Hummeln im Bauch

Liebesroman

Bibliografische Information der Deutschen Nationalbibliothek:
Die Deutsche Nationalbibliothek verzeichnet diese Publikation in der Deutschen Nationalbibliografie; detaillierte bibliografische Daten sind im Internet über http://dnb.dnb.de abrufbar.

© *2017 Jo Berger*

Neuauflage 2017 erschienen unter »Hummeln im Bauch«
Erste Auflage 2013 erschienen unter 7 Männer für Emma
Zweite Auflage 2015 erschienen unter Bedingt wetterfest
Umschlagabbildung: Fotolia / wooden heart_Catwoman
Korrektorat & Lektorat: Susanne Pavlovic, Textehexe
Herstellung und Verlag: BoD – Books on Demand, Norderstedt

ISBN: 978-3-7431-6133-7

Hummeln im Bauch

Liebesroman

Kakaonächte

Eingeschlafen. Na so was?

Irritiert blinzelte ich gegen die durch das Fenster einfallenden Sonnenstrahlen und zog mir schlaftrunken das Gummiband aus den Haaren. Dabei riss ich mir eine rotblonde Strähne aus.

»Aua, verdammt!«

Na super, erst penn ich mitten am Tag ein und dann skalpiere ich mich auch noch fast. Wie spät ist es eigentlich?

Ich angelte nach meiner Uhr auf dem Tisch neben dem Sofa, bis ich bemerkte, dass ich sie am Handgelenk trug.

Sechzehn Uhr am Nachmittag. Samstag. Eigentlich hatte ich mich nur kurz ausruhen wollen. Jetzt stand meine innere Uhr irgendwo auf früh morgens und verdammt früh morgens.

Einen langen Seufzer ausstoßend schlurfte ich in die Küche, um mir einen Kaffee zu kochen. Heißer, kalorienarmer Kaffee mit null Prozent Fettanteil im Bohnendestillat schmeckte zu jeder Tageszeit und machte müde Mädels munter.

Mit Genuss schlürfte ich meinen fünften Kaffee des Tages - vier hatte ich am Vormittag in mich reingeschüttet um auf Betriebstemperatur zu kommen. Nebenbei ignorierte ich erfolgreich die Bügelwäsche, die verknittert über einem Stuhl hing.

In diesem Moment fühlte ich mich mit meiner Bügelwäsche irgendwie verbunden, und beschloss, nach dem Kaffee den Zustand meiner Haare und des am Vormittag aufgetragenen Make-ups zu prüfen.

Ich legte die Füße hoch und schloss die Augen. Nur mein Kaffee und ich.

Und - Oh nein! Um wie viel Uhr sollte ich Lynn abholen? Hastig stellte ich die Tasse ab, raste zum Telefon, fiel über den Staubsauger - verdammt, das wollte ich ja auch noch tun - und griff mir das Telefon. Schnell tippte ich Lynns Nummer.

Nach drei Freizeichen wurde auf der anderen Seite abgenommen.

»Ja, Mama, ich weiß, ich achte darauf, die großblätterigen Pflanzen auch abzustauben. Nein, du brauchst nicht kommen.«

»Hatte ich nicht vor. Ehrlich nicht. Und nenn mich doch einfach Emma.«

Ich hörte sie aufstöhnen. »Du bist´s ...«

»Nein, ich tu nur so. Denk dran, das Grünzeug abzustauben.« Grinsend schlurfte ich zurück in die Küche, neuen Kaffee holen. Lynn hörte sich verschlafen an. »Und wie geht es deinem Kopf?«

»Frag nicht ...«

»Liegst du etwa noch im Bett?«

»Ja, genau das. Und ich würde noch schlafen, wenn mich meine Mutter nicht permanent anrufen würde.«

»Du verpennst den ganzen Tag, meine Liebe. Hopp, aufstehen, Kaffee kochen und quatschen, wie es sich gehört. Schließlich habe ich dich gestern unbeschadet vor der Haustür abgeladen!«

Einem Rascheln am anderen Ende der Leitung folgte eine seltsame Stille. Sie würde doch nicht etwa ...?

»Lynn? Was machst du? Schläfst du wieder?«

»Moment, gleich fertig, auch nur ein Mensch ...«

Das Rauschen der Klospülung warf ungewollt mein Kopfkino an. Ich konnte nicht umhin, mir Lynn mit dem Telefon auf der Toilette vorzustellen, im Gesicht nicht nur Reste von Schminke, sondern auch alle Anzeichen eines kapitalen Weinschorlekaters.

Es rappelte, es schnaufte, es stöhnte. Meine verschlafene Freundin hatte sich offensichtlich vom Klo zur Kaffeemaschine vorgearbeitet und setzte diese in Betrieb. Lynns Kommunikationsmodus schien in Ermangelung vorrätigen Hirnspeichers vorübergehend lahmgelegt. Sie machte Kaffee mit Telefon zwischen Kinn und Schulter, zu mehr schien sie nicht in der Lage zu sein. Das Gluckern der Maschine verriet mir, dass die vier Tassen Singlekaffeedosierung bereits durchlief.

»Emma? Noch dran?« Oha, Lynns Funktionen schalteten auf Normalzustand.

Seit vierzehn Tagen zogen wir ein- bis zweimal die Woche gemeinsam durch die Kneipen Heidelbergs. Man könnte auch sagen, alleinstehende Frauen verbrachten in dem Lokal ihrer Wahl einen schönen Abend mit ansprechender Musik, und hielten Ausschau nach noch ansprechenderen Männern, die günstigstenfalls Single sein sollten.

Wir trafen auf bekannte Gesichter, lachten, tanzten und schenkten attraktiven Kerlen - so denn welche da waren - unsere tiefsten Blicke. Bedauerlicherweise war die Auswahl am Vorabend kümmerlicher ausgefallen als gehofft. Nichts fürs Auge, nicht einmal bei akuter Kurzsichtigkeit und der Bereitschaft, sich den Durchschnitt schön zu trinken. Diese Mittelmäßigkeit allerdings hatte uns ihrerseits augenfällig zu viel Interesse entgegengebracht.

»Emma? Erinnerst du dich an den Typen vom letzten Donnerstag, der mit den blauen Augen? Schade, dass der gestern nicht da war. Ich habe bis zum Schluss gehofft, dass er noch reinkommt. Der war ja mal eine Sahneschnitte. Ist er dir nicht aufgefallen?«

Das Einzige, was mir auffiel, waren zwei Mittzwanzigerinnen, die sich wie liebeskranke Teenager auf der Jagd nach dem Traumprinzen zum Affen machten. Da zählten nur blaue Augen und »Mein Gott, wie der gucken kann« und der Hintern. Der Hintern war ein maßgeblicher Faktor in Bezug auf die Restattraktivität. Träger von Hängehintern oder solche mit freigiebigen Einblicken auf Unterwäsche bekamen keine Chance. Leider verbargen überfüllte Kneipen oder Barhocker gelegentlich den Blick auf den Allerwertesten. Unter dem Umstand stellte sich dann die Frage: Ihn ansprechen oder auf dem Weg zur Toilette scheinbar zufällig seinen Arm streifen, auf Tuchfühlung gehen, um festzustellen, wie er roch, wenn uns schon der Blick auf seine informative Rückseite versagt wurde?

Waren wir am Zielort angelangt, zogen wir die Lippen nach, puderten die glänzende Stirn und waren sicher: Der hat nicht mal geguckt!

»Hast du heute was Bestimmtes vor?« Ich fragte, obwohl ich bereits dumpf ahnte, Lynn würde ihren Kater kurieren und sich den Rest des Tages im Schmuddeloutfit genüsslich auf dem Sofa ausstrecken.

»Denke, ich werde heute zu Hause bleiben und überhaupt nix tun. Weil, bald ist ja schon wieder Montag!«

Sagte ich doch.

Aber sie hatte recht. Montag! Das Stichwort, das den Tag ins Verderben riss. Stähler & Co GmbH, unser Brötchengeber seit fast drei Jahren. Allein der Name hätte mich stutzig machen sollen, bevor ich dort meine Leibeigenschaft unterschrieb. Wie stählt man seine Untergebenen? Mit Zuckerbrot und Peitsche? Mit Labberbrötchen in der Kantine? Aber er ernährte uns, wir waren dankbar, motiviert und guter Dinge. Und bisweilen machte der Job ja auch Spaß. Außer montags. Und freitags. Okay, der Mittwoch war ebenfalls ein kritischer Tag, ebenso wie der Dienstag. Aber zum Glück hatte ich in Lynn Freundin und Kollegin gleichzeitig. Geteiltes Leid ist erträgliches Leid.

Wann erfand man endlich die Montagsverhinderungsmaschine? Aber wenn es jemand täte, was wäre dann?

Der Dienstag wäre dann der neue Montag und wir hätten lediglich den Wechsel von Montag auf Dienstag.

»Emma, was hältst du davon, wenn ich spontan zu dir komme und wir frühstücken gemütlich?«

Frühstück am Nachmittag ... Okay.

Der unerwartete Aktionismus meiner verkaterten Freundin versetzte mich kurz in Panik. Jetzt hieß es für mich, in ungewohnte Hektik zu verfallen, mein Bett in ein ansehnliches Sofa zu verwandeln und zu lüften.

Frischluft, bitte! Mit geschlossenen Augen zog ich die kalte Februarluft in meine Lungen und genoss den unverdorbenen Morgen. Nach einer Weile fröstelte es mich und ich beschloss, unter die heiße Dusche zu springen. Lynn musste ja nicht unbedingt sehen, was für eine Nacht ich hinter mir hatte. Das blühende, mineralwasserpralle Leben sollte sich ihr offenbaren.

Es gab kaum Schöneres, als heißes Wasser über den Nacken rieseln zu lassen, bis der Spiegel beschlug und die Kakaopölsterchen in einem Dunst aus Wasserdampf verschwanden. Gerne auch in Gesellschaft eines männlichen Wesens. Zwischen uns nur duftender Seifenschaum und sein Sixpack. Zärtliche Hände, die über meine Hüften glitten ...

... und dort direkt auf meine Kakaopölsterchen trafen. Oh. Und auf meinen Wabbelbauch. Und auf die Oberschenkel, die mittlerweile den Oberflächen überreifer Orangen ähnelten.

Nein. Stopp. So nicht. Kein Kakao mehr, fünf Kilo lang nicht. Kakaoverzicht mutete erträglicher an als eine männerfreie Zone unter der Dusche. Also, runter mit dem Speck. Dieser Vorsatz musste sofort mit Lynn besprochen werden. Schließlich war sie im Thema, hatte sie doch noch mehr überflüssige Kilos als ich. Pfui, welch böser Gedanke. Aber ist doch wahr.

Ich schloss die Augen und genoss das warme Wasser auf meiner Haut

Frischluft, bitte!

Immer noch fühlte es sich komisch an und ich wusste nicht, ob ich es toll finden soll oder nicht. So ein Singledasein hat ja nicht nur Vorteile.

Hätte mir vor ein paar Wochen jemand erzählt, dass ich mich schon bald als Einspänner in einer Ein-Raum-Wohnung wiederfinden würde, hätte ich gesagt, er soll schaukeln gehen. Ich war ziemlich gut darin, mir Selbst in die Tasche zu lügen, das musste ich mir lassen.

Tja, also vor ziemlich genau sechs Wochen hatte das Schicksal am Drecksrad gedreht und den Zeiger auf folgende Karte gerichtet: Sie benötigen in absehbarer Zeit ziemlich dringend eine beste Freundin.

Zum Glück hatte ich in dieser Sekunde Lynn an meiner Seite.

Dann kam der Tag, der alles verändern sollte. Es geschah an einem Samstag. Mein heiß geliebter Noch-Partner Vincent arbeitete wie jedes Wochenende. Wenn er nicht putzte, kochte und mir mit seinen Ratschlägen und erhobenem Zeigefinger klarzumachen versuchte, dass ich noch viel von ihm lernen könnte, arbeitete er. Nun, zu der Zeit wusste ich, er würde heimkommen, mir ein lapidares »Hallo Schatz« vor die Füße näseln und anfangen, sich die Zähne zu putzen.

Er putzte sich immer die Zähne. Zu jeder Tages- und Nachtzeit. Nach dem Mittag-, dem Abendessen und vor dem Frühstück. Hinterher sowieso. Auch vor dem Sex. Danach erst recht und nicht nur die Zähne. Ein sauberer Mann.

Aber diesmal nicht. Er würde sich in seiner hygienisch einwandfreien Wohnung umsehen, seine mustergültig legere, wenig erfolgreiche und leicht gelatinöse Freundin entdecken und trotzdem mit ihr umgehend in die frisch gebügelten Laken sinken. Soweit meine blauäugige Wunschvorstellung.

Umgehend verfiel ich in einen für mich untypischen Putzwahn und untersagte den Katzen, im Wäschekorb Verstecken zu spielen. Sie würden mich zwar wochenlang mit Nichtachtung strafen, aber damit musste ich zwangsläufig leben.

»Hör zu Jane, nachher, wenn ich hier fertig bin, darfst du stundenlang in den Wäschekorb. Fest versprochen.«

Ein herzzerreißendes »Mau« und ein verständnisloser Blick aus traurigen Katzenaugen ließ mich schwanken und die Wäsche auf später verschieben. Was, wenn mein Plan nicht aufging? Dann hätte ich auch noch die Katze gegen mich.

Innerhalb von sechs Stunden blitzte die vollständige Inneneinrichtung inklusive Speisekammer, Zimmerecken und Zahnbürstenhalter.

Für das Cerankochfeld hatte ich in weiser Voraussicht ein Spezialblank-Wisch-und-Sauber-Gel besorgt. Von wegen Wisch und sauber. Dieses Gel hinterließ sofort nach dem Auftragen einen stumpfen, grauen Film auf dem Cerangötterfeld, der mühevoll poliert werden wollte. Also polierte ich um mein Liebesleben.

Versunken in dem erhebenden Gefühl, aus einer verschmierten Oberfläche eine blitzblank schwarze zu machen, stand unvermittelt Vincent im Raum. Ha! Da hatte er doch spontan sein »Hallo Schatz« vergessen. Ich wischte mit dem Handrücken über die Stirn und strahlte ihn an. Eigentlich hatte ich erwartet, auf Begeisterung zu stoßen, doch er belehrte mich spontan eines Besseren.

Mein Lächeln gefror auf der Stelle und fiel als eiskalter Minieiszapfen vom Mundwinkel ab.

»Was soll das denn werden? Liebe Emma, verwendest du hier etwa ein Billigprodukt? Ich hatte dir doch diesen Test verschiedener Putzmittel zu lesen gegeben. Der hat eindeutig festgestellt, dass Billigprodukte die Oberflächen eher schädigen als reinigen!« Dabei wischte er mit dem Zeigefinger über die noch nicht polierte Schmiere, hielt mir den Finger unter die Nase und drehte mit verächtlichem Blick ab - ins Bad, Zähne putzen.

Paralysiert stand ich mit dem Poliertuch in der Hand in der Küche und hörte gurgelnde Geräusche aus dem Badezimmer. Der Typ hatte mich angesehen, als sei ich naturblöd. Was nahm der sich heraus, mich so zu behandeln? Wer war ich denn?! Das durfte alles nicht wahr sein. Ja, war ich blind, von Pferden getreten? War ich wirklich so vernagelt?

Um es kurz zu machen: Ja, ich war so dämlich.

Wie in Trance hatte ich nach meiner Jacke gegriffen. Nur raus hier. Frischluft, bitte, mindestens einen Wald voll.

Lynns Worte hallten in meinem Kopf nach: »Warum lässt du dich so behandeln? Der Mann ist ein egoistisches Arschloch, der lässt dich nur bei sich wohnen, weil ihm die polnische Perle zu teuer ist. Der hat definitiv ein Frauenproblem. Gib ihm den Laufpass, ohne ihn bist du besser dran!«

Ach ja? War ich das? Nun, irgendwie hatten sich Lynns Worte richtig angefühlt, auch wenn sie geschmerzt hatten. Ich würde definitiv etwas vermissen. Die Katzen beispielsweise. Und die Terrasse. Den warmen Geruch der alten Bodendielen. Und natürlich den Blick über Bäume so weit das Auge reichte. Die Bequemlichkeit, das Kuscheln und Einschlafen vorm Fernseher. Seltsam nur, dass alles das nicht unbedingt an die Person »Vincent« gebunden sein musste.

Hexentage

Die Türklingel riss mich aus meinen Gedanken. Hastig drehte ich das Wasser ab.

»Moment!«, brüllte ich, trocknete mich ab, schlüpfte in Jazzpants und Shirt und öffnete die Tür.

Die Brötchentüte sagte: »Hab gedacht, ich bring uns ein paar frische Brötchen mit. Hunger?«

Gesegnet seist du, beste aller Freundinnen. Ich hatte ja solch einen Hunger und, wie es sich für eine schlechte Hausfrau gehörte, kein Stück Brot im Haus. Wo hatte ich nur meinen Kopf?

Nach frischer Sommerluft duftend schwebte Lynn durch die Tür.

»Goldstück!« Ich strahlte ihr entgegen und zuckte gleich darauf die Schultern. »Leider kann ich als Beigabe nur Joghurtbutter und Joghurtbutter anbieten. Und Weißwein mit Wasser.«

»Dann nehme ich einfach Joghurtbutter.« Sie seufzte und legte die Tüte auf dem Tisch ab. »Und? Wie fühlt man sich so nach der ersten Woche im eigenen Reich, ganz ohne Vincent?« Lynn zwinkerte mir zu und ich wusste, sie gönnte mir meine neu gewonnene Freiheit ohne Vorbehalte.

»Unvollständig. Ich vermisse die Katzen. Und das Futonbett.«

»Und Vincent?«

»Was denkst du? Glaub mir, ich genieße es, ungestraft Krümel vom Tisch zu fegen und sie liegen zu lassen.«

»Na, Gott sei Dank. Ich dachte schon, du kommst nie raus aus deinem Frustloch.«

Niedlich, wie direkt sie doch immer war.

Lynn beschloss, das Thema zu ändern, was mir nicht unrecht war.

»Gehen wir nächste Woche auf den Handballer-Fasching in Heidelberg? Wird bestimmt gut. Wir fahren mit dem Taxi und du schläfst bei mir.«

Das hörte sich zwar mehr als eine Anweisung als eine Frage an, aber ich nahm sie gerne an. Jede Ablenkung schien mir willkommen, denn so richtig hatte ich mich an das Singleleben noch nicht gewöhnt. Handballer-Fasching war okay. Überhaupt war zurzeit jede Art von Party okay. Außerdem hatte ich Lust, mich zu verkleiden. Je weniger ich nach mir selbst aussah, desto besser.

»Abgemacht. Und als was gehen wir? Schneeweißchen und Rosenrot? Apfel und Karotte? Biene und Hummel?«

Wir beschlossen, unsere Kleiderschränke nach Resten vergangener Zeiten närrischen Treibens zu durchsuchen, um daraus neue Kostüme zu entwerfen. Solche, die unseren Typ unterstrichen und unser wahres Ich zum Vorschein brachten.

»Hexen?« Lynn brachte den ersten sinnvollen Vorschlag, während meine Gedanken sich bei den

Hummeln verhakt hatten. Hexe gefiel mir jedoch ausnehmend gut.

»Gute oder böse Hexen?«, fragte ich scheinheilig.

»Hm ... Was bringt wohl deine Persönlichkeit besser zur Geltung?«

»Gute Hexen gibt's nicht. Das wären dann Feen.« Meine Freundin hob die Brauen.

»Besserwisser, natürlich gibt es gute Hexen. Denke nur an Cinderella«, versuchte ich, meine Aussage zu untermauern.

»Fee.«

Ich rollte die Augen und gab mich geschlagen. Mir fehlte ohnehin die Lust auf gute Hexe. Ich könnte als scheinbar gute Zauberin gehen und dem geblendeten Männervolk ein Paradies vorgaukeln, nur um sie anschließend in der Hölle des geschmähten Egos schmoren zu lassen. Die hinreißende Hexe mit der feuerroten Mähne, die jedes Männerherz brach. Alle erhofften sich ein Lächeln und eine Geste der Zuneigung. Sie hingen an ihren Lippen, nur um kein göttliches Hexenwort zu versäumen. Dabei umkreiste das Luder ihre Beute, bis die Männer vor ihr auf die Knie fielen, um sie fortan mit Nichtachtung zu strafen. Gefangene Beute wurde uninteressant. Hinreißend schön und grausam. Fein!

Den ersten Hexen-Rundumblick schaffte ich erst einige Tage später. Er war ernüchternd. Konnte ein einzelner Mensch tatsächlich Unmengen von wertlosem Schrott in Schränken verstauen? Aus den Tiefen der untersten Schublade zerrte ich einen längst vergessenen goldenen Gürtel hervor. Der musste der Teenager-Zeit entstammen und wirkte billig.

Nee, Emma, das geht doch nicht! Doch!, sagte die heiße Hexe, und wie das geht! Der ist stark, zieh den an! Der ist ordinär und frivol. Männer lieben das! Außerdem ist Fasching.

Somit hatte ich das erste Stück vom Kostüm. Und jetzt? Genau! Die schwarzen Shorts aus Stretch. Passte hervorragend zu dem Gürtel. Aber mit fünf Kilo zu viel?

Ich schob den Gedanken beiseite. Heiße Hexen zeigten her, was sie hatten. Aber nur mit kurzer Hose und Gürtel war kein Staat zu machen. Blieb mir wohl nichts Anderes übrig, als in die Stadt zu fahren und mich nach geeignetem Hexenfummel umzusehen.

Kurze Zeit später sprang ich in mein Auto und ließ die Scheibe runter, dann steckte ich den Zündschlüssel ins Schloss und schaltete die Musikanlage ein. Kann losgehen!

»Ennenenn«, jammerte mein Golf, als ich den Zündschlüssel umdrehte.

»Oh nein, du alte Mistkarre. Bitte spring an. Bitte spring die nächsten zwölf bis vierundzwanzig Monate an. Mach kein Scheiß!« Ein neues Auto war undenkbar. Selbst eine große Reparatur war finanziell undenkbar.

Nach unzähligen Ennenenn und Pottpott hatte der Wagen ein Erbarmen und sprang an. Ich streichelte zärtlich das Lenkrad und bedankte mich. Man muss sich mit seinem Auto gut stellen, soll´s einen nicht im Stich lassen.

Ich gab Gas und mein Auto sprang ruckartig nach vorne aus der Parklücke auf den Gehweg - und ging aus. Pött-Uäh. Gleichzeitig tat es einen Schlag. Erschreckt blickte ich hoch. Ach du Sch … Da hätte ich beinahe jemanden umgefahren.

»Haben Sie keine Augen im Kopf?« Der hübsche, großgewachsene Mann funkelte mich zornig an. Ich sollte etwas antworten, irgendwas. Oder aussteigen und fragen, ob er sich wehgetan hat.

»Entschuldigung …«, krächzte ich heraus, und starrte dann mit offenem Mund durch die Scheibe an. Für einen Moment verhakten sich unsere Blicke ineinander. Schnell klappte ich den Mund zu und hob die Schultern. Mehr ging nicht, irgendetwas klebte mich in den Autositz. Diese Augen vielleicht, die jetzt dunkel und leicht amüsiert blitzten?

»Schon gut, ist nichts passiert. Aber geben Sie das nächste Mal einfach Acht, es hätte ein Kind sein können.«

Verlegen biss ich mir auf die Lippe, da sagte er Wahres. Oh Gott, wie ich mich schämte. Scheißkarre, blöde! Huch, wird hier gerade Zeitlupe abgespielt? Der Hübsche nickte mir zu, fuhr sich mit einer Hand über das blonde Haar und lächelte dabei so smart, dass mein Herz sich zu einem Doppelschlag veranlasst fühlte. Dann drehte er ab.

Holla, was ein Hintern!

Ich sah ihm hinterher, wie er mit federndem Schritt um die nächste Ecke verschwand. Das war mal einer, den ich nicht von der Bettkante stoßen würde, ach was, der dürfte seine Zahnbürste mitbringen. Wieso bin ich nicht ausgestiegen, ich Idiotin? Seufzend drehte ich den Schlüssel - und der Wagen sprang ohne Mucken an. Zweimal mehr als nötig, blickte ich nach links und rechts, bevor ich losfuhr.

Auf dem Wühltisch in der Stoffabteilung entdeckte ich einen herrlich weichfließenden Goldstoff - nur zwei Euro der Meter. Genial! Salopp um die Hüfte gewickelt, heiß und hexenmäßig. Gedacht, getan. Mit dem Stoff in der Hand stand ich keine Minute später an der Kasse.

Vor mir eine Dame um die Sechzig, vertieft in ein Gespräch mit einer anderen Frau. Ich ordnete sie in die Kategorie Wolle mern roilosse? ein.

»Also weißt du Hilde, der Willi un isch, mir gehn immer uff die Prunksitzung in die Stadthall. Des iss soo luschtisch, sach isch dir. Mit de Funkemariesche un so. Des macht echt Schbass.« Hilde lächelte zustimmend.

Aha, eine Prunksitzungskennerin. Eine hessische Prunkerin sozusagen.

»Ach jo, nadierlisch. Unn der olle Schorsch kummt ah widder. Weischt, der mit seine Späss, der iss jo so zum lache, zum schieße, gell?«

Teufel, wie lange dauerte das denn noch?

Nachdem ich meine zwei Euro bezahlt hatte, flüchtete ich aus der Stoffabteilung.

Eijo, der Schorsch. Nä, wie iss der luschdisch.

Kurz darauf fand ich in der Dessousabteilung eine schwarze Korsage, die zwar vorne durchsichtig, speziell da, wo sie es eigentlich nicht sein sollte, aber dafür preisreduziert war. Ich würde die Stelle mit einem Teil des Goldstoffes hinterlegen. Gute Idee. Ein paar schwarze Netzstrümpfe und ein hüftkurzes, schwarzes Jäckchen vervollständigten mein sündhaftes Outfit. So. Nun stand meiner Verwandlung zur Schwarzmagierin nichts mehr im Wege.

Spieglein, Spieglein

»Hey, Emma, komm rein.« Lynn öffnete mir in Sektlaune die Tür. »Im Wohnzimmer saß eine große Katze mit überschlagenen Beinen auf dem Sofa und nickte mir zu. »Hast sie nicht erkannt, was? Das ist Anne, meine Schwester. Starkes Kostüm, nicht?«

»Hallo Kätzin, darf ich dir den Pelz kraulen?« Ich musste zugeben, eine tolle Verkleidung.

»Achtung, ich schnurre nur bei schönen Katern. Anderen Katzen kratze ich die Augen aus«, sagte die Katze.

Resigniert angesichts solch prachtvoller Katzenschönheit zog ich meinen Hexenfetzen aus der Tasche. Sollte ich ihn jetzt einfach aufessen, mir ein Fass um den Hals hängen und als Bernhardiner gehen?

Inzwischen hüpfte Lynn in angeschickerter Vorfreude durch die Wohnung und suchte ihren Besenstiel.

»Auch einen Sekt? Das entspannt.« Anne hielt mir ein Glas unter die Nase. Wir prosteten uns zu und nahmen einen Schluck. Die Katze musste allerdings erst ihre Nase abnehmen.

»Und, schon eingelebt in der neuen Wohnung?«, wollte sie wissen.

Liebend gern hätte ich ihr jetzt die Ohren vollgeheult und die Geschichten von Möbelkauf ohne Geld, Nächten mit Kakao und pottenden Autos erzählt.

»Hervorragend. Könnte nicht besser gehen. Danke.«

Schweigen. Wo blieb nur Lynn? Ah, da ist sie ja, aber ...

»Tadaaa!« Vor uns stand eine schwarz-lila Hexe und streckte die Arme in die Luft. Ihr dunkelgraues Shirt war löchrig wie ein Sieb und ringsum mit Sicherheitsnadeln und Nieten verziert. Darunter trug Lynn eine schwarze blickdichte, an einigen Stellen aufgerissene Strumpfhose. Die Haare hatte sie wild toupiert und lilagrau gesträhnt, am Dekolleté baumelte eine metallene Bauhaus-Kette, darüber eine in Lila. Lynns Lippen lächelten uns verlockend schwarz entgegen.

Schwarze Löcher hatten ja irgendwie etwas Geheimnisvolles ...

Wir würdigten ihr Outfit gebührend, tranken noch einen Sekt auf das gelungene Werk, und bevor ich mich bitten ließ, verschwand ich in Lynns Schlafzimmer und hüpfte in meine Ausrüstung.

Hölle, waren die Shorts eng! Aber Stretch machte es möglich, und so zwängte ich mich mit hochrotem Kopf in den Doppelschlauch, der eine Hose darstellen sollte. Vorsichtig sah ich mich um. Könnte ja sein, dass gehässige Freundinnen in Sektlaune auf die Idee kämen, mich hinterrücks zu filmen und YouTube damit zu beehren. Was für ein Kracher!

Goldhexenvollfett im Schlauch!

So, jetzt noch den Goldstoff wickeln, Korsage an, Jäckchen drüber, fertig. Bingo. Sah ja gar nicht so schlecht aus. Besser als schwarz-lila Löcher. Oder mindestens genauso gut.

»Du siehst toll aus.« Die Katze wackelte erregt mit ihren Schnurrbarthaaren. »Echt. Ein teurer Fummel aus dem Laden ist nichts dagegen.«

Lynn hob ihr Glas in meine Richtung. »Klasse, Emma, steht dir total gut. Und mit dieser Figur ...!«

Ich glaubte ihnen kein Wort. Möglicherweise sollte ich mich zu Hause vor den Spiegel stellen und mir sagen, dass ich mich schön fand. So lange, bis ich es glaubte. Das rieten alle Psychologen. Die glaubten daran. Hatten sie wohl vor dem Spiegel geübt.

Spieglein, Spieglein an der Wand, wer ist die Schlankere im ganzen Land? Du, schöne Hexe, bist rank und schlank, aber hinter den sieben Bergen ...

»Emma, jetzt komm vom Spiegel weg. Was soll das denn?«

Johanniskraut-Tee

Am nächsten Morgen schleppte ich mich müde ins Büro. Die Kostümprobe hatte mehr Zeit als geplant in Anspruch genommen. Und schließlich musste ja auch die zweite Flasche Sekt weg, wenn sie schon mal geöffnet war.

Durch die Bürogänge zog der verlockende Duft nach frisch aufgebrühtem Kaffee. Frau Evens, meine Kollegin und gebürtige Engländerin mit dem typisch englischen Humor hatte bereits eine Kanne bereitgestellt. Ich liebte sie dafür. Ohne Kaffee ging zu dieser nachtschlafenden Zeit gar nichts.

Durch die zur Hälfte verglaste Zimmerabtrennung winkte ich Frau Evens zu. Sie winkte zurück und sagte etwas, was ich nicht verstand. Ich lächelte und winkte und nahm einen tiefen Schluck aus der Tasse. Sie winkte. Ich winkte. Nette Frau. Ich mochte sie.

»Guten Morning, Frau Weber.« Plötzlich stand sie in meinem Büro und grinste. »Warum Sie kommen nickt zu mir rüber? Ick habe nach Ihnen doch gewunken?«

Ach so. Hätte sie ja auch gleich sagen können. Ich zog fragend die Brauen hoch.

»Ick wollte Ihnen sagen, dass ick einen Coffee bereitet habe.«

Hatte ich bemerkt. »Oh, ja, vielen Dank! Ohne Kaffee geht morgens gar nichts.«

»Aber Sie haben schon geholt, ick sehe.«

»In der Tat.« Ich lächelte freundlich.

»Ja, dann ...«

Irgendwie machte sie den Eindruck, als wollte sie einen Plausch halten. Plausch war in Ordnung. Da musste man nicht denken.

»Wie geht es Ihnen, Frau Weber?«

Sah ich irgendwie bemitleidenswert oder krank aus? Wirkte ich schwach und verletzlich?

»Gut. Danke. Alles in bester Ordnung.«

»Spüren Sie nickt das Virus? Das ist in Umlauf seit einige Tage. Ick merke das in meine Kopf. So ein Pochen.« Sie fasste sich an den Hinterkopf und verzog das Gesicht.

»Ein Virus? Nein. Bis jetzt noch nicht, fürchte ich.»

»Aber ick habe neue Heilmittel aus die Internet. Ist Tea, Dschohännisbear-Kraut and Eckina-Tsihah ...«

»Gesundheit.«

»Danke schön. Und some Ingrediens die ick habe vergessen. Ist ein Wundermittel gegen die Virus! Soll ick Ihnen zubereiten eine Tasse?«

»Nee, Frau Evens, lassen Sie mal gut sein, ich trinke doch Kaffee. Wenn man den stark genug macht, tötet er auch Viren ab, ganz bestimmt. Aber vielen Dank für das Angebot.«

Eine so lange Rede am frühen Morgen. Soeben hatte ich meinen eigenen Jahresrekord erreicht.

»Wenn Sie schläckt fuhlen, Sie kommen zu mir und ick macke Tea. Warten Sie nickt zu lange. Keine Chance für die Virus!«

Mit erhobener Faust verließ sie mein Büro. Ach, die gute Seele, man musste sie einfach gerne haben. Wenn sie niemanden zum Kümmern hatte, verkümmerte sie selbst.

Nun brachte ich die erste schweißtreibende Tätigkeit des Tages hinter mich, schaltete meinen Computer ein, öffnete meine Schreibtischschublade und beförderte die unerledigten Sachen von Freitag nach oben, verteilte sie unordentlich und lehnte mich zurück, um das Werk zu betrachten. Ja, das sah nach Arbeit aus.

Mein Postkörbchen auf dem Monitor blinkte.

Message von: Tina Hartung an Emma Weber.

Betreff: Öde.

Zwei!

Es ist taufrisch! Krach, was schlag ich, pragmatisch ist nass! Spardrum ist es noch licht Korken? Knastkuh breit?

Die Frusthose!

In der Übersetzung hieß das in etwa:

Hi!

Es ist traurig! Ach, was sag ich, dramatisch ist das! Warum ist es noch nicht morgen? Hast du Zeit?

Die Lustlose!

Ich musste lachen. Seit einiger Zeit hatten wir begonnen, unsere Mails auf diese Weise zu schreiben. Nicht immer, nur ab und zu. Grinsend tippte ich eine Antwort.

Plunderschönen Stutenkorken,

Knechtknastkuh. Blöde. Wir sollten bei Verlegenheit Schweine stauchen gehen. Dilemma

(Recht hast du, öde. Wir sollten demnächst eine rauchen gehen. Die Emma).

Zwei Tassen Kaffee und das unterhaltsame Mailen hatten mich aus meinem Halbschlaf geschält. Durch die Glasscheibe sah ich, wie Tina gleich zwei Tassen Kaffee Richtung Schreibtisch balancierte, gefolgt von einer Teebeutel schwenkenden Frau Evens.

Mein Fazit zum Tagesbeginn: Die Arbeit war öde, die Kollegen klasse.

Schwungvoll schlug ich meinen Terminkalender auf. Zehn Uhr Meeting. Thema Kostenanalyse. Mist, das hatte ich völlig vergessen. Hastig machte ich mich an die Arbeit und zerrte alle Ordner mit den letzten achtzigtausend Kostenanalysen hervor, um Vergleichsmaterial zu haben. Um neun Uhr war ich halbwegs fertig. Jetzt war eigentlich die Zeit, Lynn anzurufen, um mich mit ihr in der Kantine zu verabreden.

War eigentlich unser Chef schon da? Hochfeld war nirgends auszumachen. Möglich, dass er sich schon seit sechs Uhr in seinem Zimmer verbunkert hatte und seine Arbeitswut auslebte. Wir schätzen ihn trotzdem als sehr fairen und humorvollen Kopf und Vorgesetzten. Außerdem sah er recht passabel aus. Und er war glücklich verheiratet.

Nach dieser gedanklichen Inventarisierung widmete ich mich meinen eigenen, unerledigten Dingen, die da so wild auf dem Tisch verstreut lagen. Ich zerrte ein Pappschild aus der untersten Schublade, um es aufzustellen. Gut und jederzeit lesbar: Nicht das Beginnen wird belohnt, sondern einzig und allein das Durchhalten.

Kurze Zeit später befand ich mich mitten in meiner mit Hassliebe verbundenen Zahlenwelt. Sie liebte mich, ich hasste sie.

Letzter Check der Analyse. Personalkosten um zwei Prozent gestiegen, Recruitingkosten lagen auf Budget und die Kosten für Leasingpersonal 10% drüber. In der Gesamtsumme müssten wir ...

»Ah, guten Morgen, Herr Hochfeld.« War der jetzt von der Decke getropft?

»Na, Frau Weber, klappt das um zehn oder sollen wir´s verschieben?«

Ein Blick auf meine leere Kaffeetasse ließ ihn wohl vermuten, ich wäre unausgeschlafen.

»Natürlich klappt das. Ich ermittele gerade nur quer.«

Herr Hochfeld nickte und verließ zufrieden mein Büro. An seiner Stelle ließ sich ein anderer Kollege rotwangig und frisch wie das Kinderschokoladen-Kind auf dem Stuhl mir gegenüber nieder. Okay, der Mann litt bekanntermaßen an Bluthochdruck.

Trotzdem, er erinnerte mich an den Jungen auf der Schokoladenverpackung.

»Frau Weber? Ist die Wirtschaftlichkeitsrechnung für die Produktion im Libanon fertig?«

»Guten Morgen erst mal, Bergmann. Ich dachte, die muss erst morgen Mittag fertig sein? Und morgen Mittag ist sie das. Jetzt hab ich gerade was anderes zu tun. Sorry, ist dringend ...« Damit vertiefte ich mich wieder ins Zahlenwerk.

»Oh, ich habe wohl vergessen, Ihnen mitzuteilen, dass unser Kunde bereits heute Nachmittag hier eintrifft. Er musste umdisponieren. Tut mir leid.« Rotbäckchen wurde noch eine Winzigkeit roter.

»Heute Nachmittag?«, stöhnte ich, als ich es begriffen hatte. »Okay, ich tu, was ich kann. Gegen zwei Uhr versuche ich, die Berechnung fertig zu haben. Wir müssten sie dann gemeinsam durchgehen.«

»Prima, danke. Ich weiß, auf Sie ist Verlass. Bis um vierzehn Uhr dann.«

Ich seufzte, nickte und seufzte, als die Tür hinter ihm ins Schloss fiel. Wie um alles in der Welt sollte ich das schaffen? Einige Informationen für die Wirtschaftlichkeitsanalyse hatte ich zwar schon zusammengetragen, aber die reichten bei Weitem nicht aus. Es fehlten wichtige Kleinigkeiten: wie viel Rohstoffe passten in einen Container nach Übersee? Wie viel kostete die Fracht? Und wie hoch waren die Einfuhrzölle auf Rohstoff und Verpackung? War da überhaupt eine Gebühr fällig? Was sollte eigentlich unser Endprodukt, der Schokoriegel, im Libanon kosten? Aßen die dort Schokolade, oder schmolz die ihnen in der Hand weg? Und außerdem, als ob es keine anderen Probleme im Libanon gäbe, als die Produktion von Schokoriegeln. Kauf Schokoriegel und die Welt ist in Ordnung, lieber Libanon.

Telefon.

»Weber?«

»He, altes Haus, nix mit Frühstück? Kantine?«

»Nee, Lynn, nix mit Frühstück. Hab zu tun. Und das Mittagessen fällt heute aus.«

»Stress?«

»Stress! Und wie!«

»Was machst du denn gerade?«

»Arbeiten?«

»Na, da kann man wohl nix machen. Vielleicht morgen. Aber ich könnte dich wenigstens mal kurz besuchen. Der Tag ist doch so lang.«

»Nix da. Der Tag ist zu kurz. Viel zu kurz. Habe nicht mal Zeit zum Atmen.«

Denkmal unter der Dusche

Welch ein Tag ... Erleichtert trat ich am sehr späten Nachmittag, also eigentlich schon Abend, aus dem Bürogebäude. Die Sonne stand bereits tief und war hinter dem gegenüberliegenden Gebäude verschwunden. Hatte ich schon erwähnt, dass ich Überstunden hasste? Egal, was muss, das muss, solange es sich in Grenzen hielt, und jetzt war Feierabend.

Beschwingt sprang ich in meinen Wagen und ließ das Fenster herunter. Ich zählte mich zu der Gattung der gediegenen Golf-Fahrer. Dieser robuste Kleinwagen verlieh der Fahrerin einen Hauch Understatement. Dass der Auspuff nur noch an einer Schraube hing, die Füllung aus den Sitzen kam und die Zündkerzen schon mal irgendwie zündender gewesen waren, zählte nicht. Ich liebte mein Auto, sprach mit ihm und es antwortete mir mit einem zärtlichen »Pottpott«. Auch bei hundert Sachen.

Und dennoch fuhr ich ihn gerne. Täglich fuhr ich mit Leidenschaft eine halbe Stunde einfache Strecke ins Büro und wieder zurück. Auf der Autobahn. Dort nämlich, besonders im Sommer, wenn sich Stoßstange an Stoßstange auf dem heißen Asphalt vorwärts schob, konnte ich so richtig abschalten. Alle Fenster geöffnet, mein Kopftuch adrett zusammengebunden, Ellenbogen zum Fenster raushängend, fühlte ich mich wie Grace Kelly auf der Küstenstraße. Mit der einzigen Ausnahme, dass es auf der A5 etwas voller war, ich gar kein Kopftuch besaß und nirgends die Leitplanken durchbrechen und den Abhang hinunterstürzen konnte. Deutschlands Autobahnen waren sicher.

Geschafft! Acht Uhr abends, und ich war endlich zu Hause. Aufatmend riss ich mir die Business-Klamotten vom Leib und warf sie über den Stuhl. Meine Füße taten weh und ich inspizierte meine schmerzende Ferse. Toll. Blase. Von was? Von am Schreibtisch sitzen? Ich hatte mal gelesen, das Leder neuer Schuhe würde schön weich, wenn man reinpinkelte, aber ich konnte mich nicht dazu durchringen, dieser Empfehlung zu folgen. Ich beschloss, Blasenpflaster zu besorgen, und notierte die spontane Eingebung auf einen Block, der stets griffbereit neben meinem veralteten Anrufbeantworter lag. Die Sprachbox blinkte heftig. Ich drückte auf Wiedergabe.

»Hallo, Emma, ich bin' s. Ich … Ähm … Ich würde dich gerne treffen. Vielleicht morgen? Im Café Dreh in Heidelberg um sieben? Ruf mich doch zurück. Meine Nummer hast du ja.«

Wer war Ich bins? Den Schuh noch in der Hand steckte ich mir eine Zigarette zwischen die Lippen und kramte nach meinem Feuerzeug. Die Stimme kam mir irgendwie bekannt vor. Eine männliche und warme Stimme. Mal überlegen. Wen hatte ich letztes Wochenende kennengelernt, der mir seine Telefonnummer gegeben hatte? Au Backe, Samuel.

Samuel war der Barkeeper in unserer Lieblingskneipe und ein wirklich putziger Kerl. Leider so gar nicht mein Typ. Barkeeper waren immer die auserwählten Opfer liebesbedürftiger Solistinnen. Aber Lynn und ich waren nicht liebesbedürftig. Und schon gar nicht zählten wir uns dem Kreis schnatternder Hühner zugehörig, die aufgereiht am Tresen hockten und auf ein Körnchen vom Bauern hofften. Nein, wir waren selbstbewusste, beruflich erfolgreiche Frauen, die wussten, wo´s langgeht. Wir ragten durch unseren Charme weit über die Menge der sich anbiedernden Weibchen heraus. Die Barkeeper flogen auf uns, nicht wir auf sie.

Ach guck, Vincent, anderen Männern gefalle ich. Auch mit Schwabbelschenkeln.

Ich hatte mich wohl dazu hinreißen lassen, mit Samuel zu flirten, rein der Übung halber. Irgendwann hatte er mir seine Telefonnummer zugesteckt, und Lynn ihm meine gegeben, das Biest!

Und nun? Jeder verdient eine Chance, oder? Samuel war ein netter, lieber Anfang-Dreißiger, der nur nebenberuflich hinter der Bar stand. Und er hatte große blau strahlende Augen mit für einen Mann ungewöhnlich langen Wimpern. Und er war Skorpion.

Überredet. Ich würde ihn anrufen. Skorpion! Passte das zu einem Löwen wie mir? Ich hatte zu meinem letzten Geburtstag ein Löwe-Buch geschenkt bekommen. Es stand weit hinten im Regal, versteckt hinter Leitfaden Finanzierung, Nieten in Nadelstreifen und heiße Flirttipps.

Ich zog es hervor und blätterte. Ah, da. Der Löwe und sein Liebeshoroskop. Löwe und Skorpion. Ein wahres Feuerwerk der Leidenschaft. Huh! Gesucht und gefunden. Der eine kann ohne den anderen nicht sein. Ergänzung und Harmonie in allen Lebenslagen. Löwenherz, was willst du mehr?

Ich griff zum Telefon und wählte.

»Zweiler?«

Eine Frauenstimme. Na, prima! Verheiratet, zwei Kinder und einen Kombi in der Garage.

»Weber mein Name. Ich bin eine Kollegin von Samuel und habe ein paar Fragen wegen des Meetings. Ist er zu sprechen?«

Gut gebrüllt, Löwin.

»Moment bitte. Mein Sohn ist noch unter der Dusche. Ich sehe mal nach, ob er ans Telefon kommen kann, ja?«

»Ähm ... ja. Bitte. Danke.«

Sohn! Ich bat Samuel innerlich um Verzeihung. Warum musste ich auch gleich an Betrug, Hinterlist und Untreue denken?

»Saaaaamueeel! Teeeleeefoon!«, hörte ich Mutti rufen. »Eine Frau Weber!«

Andererseits ... Ein erwachsener Mann, der noch bei Mami wohnte? Na, auch nicht das Gelbe vom Ei. So einer war es gewohnt, sich bekochen und betüdeln zu lassen. »Mama, wo sind meine Socken? Und ist das Hemd schon gebügelt?«, hörte ich ihn in Gedanken.

»Hallo, Emma. Schön, dass du zurückrufst!«

Er hatte meinen Nachnamen behalten. Pluspunkt.

»Tut mir leid, Samuel, da habe ich dich wohl unter der Dusche rausgeholt.« Immerhin, keine völlig abstoßende Vorstellung.

»Nein, ist schon okay. Ich komme gerade vom Sport, da springe ich danach immer schnell unter die Dusche.«

»Hm. Ja.« Huch, ich war ja aufgeregt. Wie das denn? »Wir können uns gern treffen. Morgen Abend im Café Dreh. Um sieben?«

»Schön. Super. Freu mich.«

Vielleicht hatte ja bis morgen einer von uns gelernt, wie man sich unterhielt, ohne zu stottern, sonst würde dieses Date gewaltig in die Hose gehen.

Jetzt machte ich es mir erst mal gemütlich. Ein Gläschen Rotwein, sanfte Musik und mein Tagebuch. Ich schlüpfte in meine Lieblings-Löchersocken und musste bei ihrem Anblick unwillkürlich an Vincent denken. Was er jetzt wohl machte? Entweder arbeitete er noch, oder er überprüfte seine Kontoauszüge. Oder er schlief vor dem Fernseher, bei einer politischen Debatte. Alles andere als politische Debatten und Wirtschaftsmagazine war Schund. Er sollte sich ein Denkmal aufstellen lassen. Denkmal!

Da sagte die Oma zu Klein-Frieder: Guck, Enkel, das ist ein Bild von Opa. Denkmal ganz fest an ihn, dann lebt er in dir weiter. So ähnlich musste das Wort entstanden sein.

Genüsslich streckte ich die Füße auf dem Tisch aus und öffnete mein Tagebuch. Der Anblick weißer, unbeschriebener Seiten entzückte mich immer wieder aufs Neue. Es war ein schönes Gefühl diese reinen Seiten mit kräftiger blauer oder schwarzer Tinte zu beschreiben. Nur hatte ich die dumme Angewohnheit, das Datum oben auf die Seite zu schreiben und dann in Gedanken zu verfallen. Eine Stunde später erwachte ich aus der Trance und hatte nicht eine Zeile zu Papier gebracht. Meistens kritzelte ich dann im Telegrammstil ein paar Informationen für die Nachwelt: anstrengender Tag heute. Viel gearbeitet. Stress. Immer noch zu dick! Finde ich. Lynn sagt, ich spinne. Egal. Muss abnehmen. Müde jetzt. Gute Nacht.

Wie würde wohl der Abend mit Samuel werden? Schließlich waren da nur wir beide. Keine anderen Menschen, die uns über eventuelle peinliche Schweigeminuten hinweghelfen könnten. Was, wenn wir uns rein gar nichts zu sagen hätten?

»Nette Kneipe hier.«

»Ja, ganz nett.«

»Bist du öfter in der Stadt unterwegs?«

»Schon … Meistens samstags. Und du?«

»Ja. Auch.«

»Mmh.«

»Mmh.«

Grauenvoll! Wenn das eintrat, schwor ich mir, würde ich in alle Schuhe dieser Welt strullern.

Dippels an die Macht

Am nächsten Morgen warteten Lynn und ich mit spärlich bestücktem Frühstückstablett - Kaffee und Brötchen - an der Schlange vor der Kasse. Wir nutzten die Pause zum Reden und aßen nur aus Gewohnheit etwas dazu. Der Kantinenkaffee schmeckte wie ausgedrückte Kaffeefilter versetzt mit Restesuppe, dazu ein Labberbrötchen mit einem Hauch von Wurst an Gürkchen, oder umgekehrt. Das Gürkchen entfernte ich immer. Es schmeckte nach Spülmittel.

»Zwofuffzich.« Die Kassiererin hielt ihre Hand hin und ihren Blick gelangweilt an mir vorbei.

Da war er wieder, der typische Kassiererinnen-Blick. Die Lider zur Hälfte gesenkt und die Augen leicht nach oben verdreht, blickten sie ins Leere. Dabei war der Ellenbogen aufgestützt, die Handfläche nach oben in Richtung Kleingeld gestreckt und der Kiefer bewegte sich wiederkäuend um ein Kaugummi herum.

»Für dieses Zeug müssten Sie mir eigentlich noch etwas draufzahlen«, versuchte ich witzig zu sein.

»Se brauchens ja nich kofen.« Blick an mir vorbei.

»Ich werde sozusagen gezwungen. Anordnung von oben.«

»Dann beschwern se sich beim Chef.« Die Hand zuckte mir leicht aggressiv entgegen.

»Emma, jetzt mach schon«, nervte Lynn von hinten »Du hältst hier den ganzen Betrieb auf!«

Ja, ja, schon gut. Widerwillig zahlte meine zwei Euro fünfzig und strebte auf einen freien Platz zu. Lynn setzte sich mir gegenüber. Ich begutachtete ihr Frühstückstablett. Kein Labberbrötchen?

»Ab heute Diät!« Sie sah mich vielsagend an. »Ich muss mindestens acht Kilo loswerden. Es reicht mir! Ich will schlank sein!«

Ich zog sie wieder auf ihren Stuhl. Sie musste ja nicht gleich so brüllen. Hinter uns kicherten bereits die Damen aus dem Labor. Diese weiß bekittelte Truppe kam immer in geschlossener Formation, setzte sich, kicherte, kaute, kicherte erneut und ging wieder.

»Jetzt mal langsam mit den Pferdchen. Wo drückt´s denn?« Ich konnte ihre Pein so gut nachempfinden.

»Überall! Mir passen keine Hosen mehr. Die Röcke kneifen und mein Busen wird immer größer!«, klagte sie verzweifelt und biss beherzt in ihr Knäckebrot mit Magerquark und Gürkchen.

»Vielleicht wächst du noch?« Ich gluckste. Die Vorstellung, ihren Busen beim Wachsen zusehen zu können, war zu witzig.

»Mach dich nicht lustig! Bald ist wieder Bikini-Zeit. Und bei mir wird man keinen Bikini sehen. Nicht mal, wenn ich einen anhabe!«

Tränen schossen ihr in die Augen, und ich konnte sehen, wie ihr Busen wuchs. Sie biss in ihr Knäckebrot, und er wuchs. Sie schluckte das Gürkchen runter, und es ließ sich sofort als pures Fett auf ihren Hüften nieder.

»Ich weiß. Aber es gibt so hübsche Einteiler ...«

Lynn warf mir einen vernichtenden Blick zu. Gut, Einteiler war eine ungeschickte Anmerkung, dennoch passend.

In gegenseitigem Verstehen zählten wir so eine Weile schweigend unsere Frühstückskalorien.

»Wann triffst du dich denn mit Samuel?« Meine beste Freundin hatte aufgehört zu wachsen und widmete sich nun wieder belangloseren Dingen.

»Heute Abend schon.«

»Hm.«

Das fand ich ein bisschen wenig, so als Resonanz. Ich hatte erwartet, dass sie mir, überströmt von Freudentränen, um den Hals fiele. Passender Text: Oh, ich freue mich ja so für dich. Endlich ein lieber, netter Mann, der sich mit dir trifft. Du hast es ja so was von verdient!

Oder so ähnlich.

»Hm! Was heißt: Hm?« Es fiel mir nicht schwer, betroffen zu wirken.

»Hm, heißt: Ich weiß halt auch nicht ...«

»Du verschweigst mir etwas. Sag es, Weib!« Drohend hielt ich ihr ein Gürkchen unter die Nase.

»Ihr passt nicht. Frag mich aber nicht, warum.« Sie konterte meine Drohung mit einem schussbereiten Löffel voller Magerquark.

Ich ergab mich. Gürkchen war gegen Magerquark chancenlos.

Die Zeit würde zeigen, ob wir passten oder nicht. Ich beschloss, das Thema zu wechseln.

»Habt ihr die diesjährige Trendentwicklung für euren Bereich schon abgegeben?« Der Status anderer Projekte durfte dem eigenen nicht zu lange vorausgehen.

»Nee, noch nicht.« Lynn verdrehte die Augen »Bei uns geht es zurzeit drunter und drüber. Das Budget für dieses Jahr wird schon wieder geändert. Dabei hatten wir letztes Jahr verabschiedet, dass es kein revidiertes Budget geben soll. Die wissen nicht, was sie wollen und wir sind die Leidtragenden.«

Unsere Projektbudgets revidieren? Jede einzelne Kostenstelle für jeden einzelnen Monat planen und in den Computer eintippen? Monate gab es zwar nur zwölf, aber Kostenstellen hatten wir Tausende. Bitte nicht noch einmal …

Die eine Hälfte des Jahres waren wir damit beschäftigt, ein Budget zu erstellen, die andere Hälfte, es zu revidieren. Und zwischendrin ermittelten wir Abweichungen zum Budget. Einmal zum alten Plan, dann zum neuen, einmal zu beiden, zwischendrin, querdurch, obendrein und überhaupt. Wir ermittelten immer, ständig und rund um die Uhr. Waren wir hinten mit dem Ermitteln fertig, fingen wir vorne wieder an. Auf der Suche nach dem Budget der Inkas. Indiana Emma und der Schatz des verlorenen Budgets. Fragen Sie nicht, warum die Projekte keine Abschlüsse fanden.

Ich hatte keine Lust, noch mal einen Plan zu

erstellen und außerdem genug zu tun: Wirtschaftlichkeitsrechnungen, Optimierung von irgendwelchen Abläufen, Kaffee trinken und lustige Mails schreiben.

»Zucker?« Ich hörte eine männliche Stimme neben mir.

»Nein danke!«

»Könnte ich mal bitte den Zucker haben?«

»Sie meinen ungesunde Kohlenhydrate.« Missmutig schob ich dem mir unbekannten und aufs erste Wort unsympathischen Mann am Nachbartisch den Zuckerspender rüber. Wer war das überhaupt? Den hatte ich hier noch nie gesehen.

»Ich freue mich auch, Sie kennenzulernen. Angenehm, Dippel. Dr. Dippel.«

Hatte ich richtig gehört? Der Mensch hieß Dippel? Da konnte auch ein Doktortitel nichts mehr retten. Er wirkte wie ein Bleistift, den man gegen einen Stuhl gelehnt hatte. Lang, staksig und steif. Mit seinen mindestens zwei Metern Körperlänge hätte er bei jedem Konzert einen Rundumblick. Vielleicht hatte er nur aufgehört zu wachsen, weil er ständig mit dem Kopf an die Decke gestoßen war. Schlecht gekleidet war er auch, die Ärmel seines Sakkos ließen die knochigen Handgelenke frei. Ich hegte eine gewisse Grundabneigung gegen Personen, die auf Anhieb ihren akademischen Grad erwähnten. Rein äußerlich wirkte er wie ein Bilanzbuchhalter, auch Erbsenzähler oder Knieficker genannt. Hey Dippel, heute schon eine Nadel im Strohhaufen gefunden?

Er sah mich an, als würde er etwas von mir erwarten. Genau. Meinen Namen vielleicht?

»Weber, angenehm ebenfalls. Wir kennen uns noch gar nicht?«

»Richtig.« Er tat Zucker in seinen Kaffee und hatte offenbar nicht mehr von mir wissen wollen als meinen Namen. Na ja, so irrsinnig freundlich war ich ja in der Tat nicht gewesen.

»Also, Emma«, Lynn klatschte tatendurstig in die Hände, »ich glaube, nun ist es wieder an der Zeit, produktiv zu werden.«

»Sag mal«, was war das denn für ein Typ?«, fragte ich, als wir zur Tablettabgabe schlichen.

»Keine Ahnung. Nie gesehen. Vielleicht ein Neuer?«

»Ja, aber ein neuer Herr Doktor! Wo soll der denn unterkommen? Soweit ich weiß, ist kein Wechsel in der Führungsebene vorgesehen.«

An der Ecke stießen wir beinahe mit Frau Hoffmann, der Chefsekretärin zusammen.

»Guten Morgen, Frau Hoffmann. Wie geht´s denn so?« Ich stellte mich ihr in den Weg. Lynn übernahm die andere Seite. Wenn irgendjemand etwas über Dippels wusste, dann sie!

»Morgen, Frau Weber. Morgen, Frau Dorn. Gut geht´s. Und selbst?«

»Danke, neugierig. Frau Hoffmann? Sagen Sie mal, wir haben gerade die Bekanntschaft eines Dr. Dümpel gemacht. Wer ist das denn?«

Sie zog die Brauen hoch. »Dr. Dippel heißt der

Gute, Frau Weber. Merken sie sich den Namen, kann ich nur sagen. Aber das haben Sie nicht von mir, es ist noch gar nicht offiziell.«

»Er hat aber schon ganz offiziell Kaffee getrunken und sich den Zucker reichen lassen.«

Frau Hoffmann durfte zwar nicht, aber wir registrierten messerscharf, es brannte ihr auf der Zunge. Man musste sie nur noch ein wenig bitten. »Frau Hoffmann ... bitte lassen Sie uns jetzt nicht hängen! Wir werden sonst nicht mehr schlafen können vor Neugier.«

Frau Hoffmann seufzte gespielt. »Also gut. Weil Sie es sind.« Vielsagende, quälende Pause. »Ab Mitte des Jahres wird Herr Dr. Dippel Leiter des Bereiches Projekte für den Schokoriegelvertrieb und die Produktion. Aber kein Wort davon geht über eure Lippen, verstanden? Die offizielle Ernennung ist erst Ende nächsten Monats.«

Das blühte uns also. Umstrukturierung. Jetzt begriff ich auch, warum die Direktoren ein neues Budget begehrten. Es würde sich einiges ändern. Leiter Projekte. Wollte man etwa alle Projekt-Abteilungen zusammenlegen? Würden jetzt Stellen abgebaut werden? Man wusste ja, wer zuletzt kam, flog als Erster raus. Last in - First out. So war das.

Frau Hoffmann verabschiedete sich mit hochgezogenen Schultern in die unendlichen Weiten ihrer beruflichen Verpflichtungen. Sicher bereute sie ihr loses Mundwerk.

»Das ist der Hammer.» Lynn stützte sich am Treppengeländer ab. Auch mir schwindelte.

»Damit triffst du den Nagel auf den Kopf.« Wir schleppten uns in die Kantine zurück und besorgten für jeden einen Wochenvorrat Schokoladenriegel. Lecithin beruhigt die Nerven, hatte ich gelesen.

Dippels an die Macht. Und ich hatte ihm was von Kalorien vorgeknurrt.

Bedingt wetterfest

Von wegen »Singin in the Rain«. Gene Kelly war wenigstens mit Schirm durch Pfützen getanzt. Aber das war ja auch nach seinem Date, nicht davor.

Ich ließ im Vertrauen auf die Milde des Wettergottes mein Auto im trockenen Parkhaus stehen und lieferte mich schutzlos den Wettergewalten aus. Mir war nicht nach Singen. Da hatte ich mich extra schick gemacht für das Date mit Samuel und fror entsetzlich in meinem dünnen Rock und den High-Heels. Schließlich wollte ich nicht in Regenmantel und Gummistiefeln zu meinem ersten Rendezvous erscheinen. Wir machten ja keine Wattwanderung an der Nordsee. Und es gab Parkhäuser. Leider waren die Stadtnahen an Freitagabenden heillos überfüllt. Ergo hatte ich eine Odyssee hinter mich bringen und mein Auto schließlich in der Park-and-ride-Tiefgarage am Arsch der Welt zurücklassen müssen, um jetzt stundenlang durch den Regen in die Innenstadt zu stöckeln. Ohne Schirm und Goretex versteht sich, denn Vorsorge war nicht meine Stärke.

Bereits nach wenigen Minuten klebten die Haare in nassen Strähnen an meiner Stirn und der Regen lief mir in die Heels. Ein unangenehmes Geräusch, dieses »Schlotz, Schlotz« bei jedem Schritt.

Eine wetterfeste Dame mit wetterfestem Dackel trippelte an mir vorbei. Dackelchen trug rosafarbene Plastikschühchen und ein farblich passendes Regenmäntelchen. Ich schüttelte innerlich den Kopf. Es gab schon echt verrückte Leute. Gleichzeitig beneidete ich den Dackel und nahm mir fest vor, als Waldi wiedergeboren zu werden. Schöne Sache, immer wetterfest, täglich frisches Futter und niemals revidierte Budgets. Schlotz-Schlotz.

Von Weitem lachte mich die Leuchtreklame vom Café Dreh in der Hauptstraße an. Ich legte einen Zahn zu. Zehn vor sieben. Vielleicht war ich zuerst da.

Entgegen dem weitverbreiteten Ruf, der uns Frauen anlastete, kam ich immer zu früh. Besonders zu den ersten Verabredungen. Es vermittelte so ein Gefühl der Macht, dazusitzen, die Eingangstür zu beobachten, das Objekt der Begierde eintreten zu sehen und sich daran zu weiden, wie es sich unsicher und voll des Zweifels umsah: Ist sie da? Hat sie mich versetzt? Welchen Platz suche ich aus? Ob sie kommt?

Der Regen lief mir mittlerweile in Bächen die Wangen hinunter in meinen Ausschnitt.

Kurz darauf öffnete ich die Tür des Cafés und überblickte den schmalen Raum in Windeseile. Unter mir sammelte sich das Wasser zu einer Pfütze.

Kein Samuel zu sehen. Zielstrebig steuerte ich auf einen abgelegenen Nischentisch zu. Schön schummrig und romantisch.

Der Ober kam mit einem Handtuch auf mich zugestürmt. Ach, was ein netter Ober. Der dachte mit, der war motiviert und kundenbezogen. Ich strahlte ihm und dem Handtuch entgegen. »Vielen Dank! Wie freundlich. Ein schreckliches Wetter da draußen ...«

Ich trocknete mir Gesicht und Haare ab. Unter meiner Jacke war ich einigermaßen trocken geblieben und ich bemerkte gerade die Regenflecken auf meinen Schultern, als der Ober mir mit spitzen Fingern das Handtuch wegnahm. »Isse für die Tische, Signora. Bringe Ihne gerne eine saubere ...«

»Na, ist jetzt auch nicht mehr nötig. Bringen Sie mir lieber einen Cappuccino.«

Make-up-verschmiert und strähnig lehnte ich mich zurück und harrte der Dinge, die da kommen würden. Und die Dinge kamen in Gestalt eines sehr netten, langweiligen Mannes, der mich mit Hundeaugen anblickte. Seine schütteren, hellbraunen Haare trug er so kurz, dass der Flaum erst auf einen Meter Entfernung erkennbar war, und sein zartrosa Hemd steckte in beigen Cordhosen. Als er mir die Hand gab, meinte ich, einen schlaffen Fisch zu umfassen.

Die Enttäuschung überfiel mich wie ein Schwall Wasser und wie zum Hohn fiel mir ein einsamer Wassertropfen aus der Haarsträhne auf die Nase.

Samuel hatte nichts Erotisierendes, ja nicht mal etwas annähernd Prickelndes an sich. Außer seiner Stimme vielleicht, aber die war am Telefon auch irgendwie besser rübergekommen.

Hier saß ich also mit Mr. Uninteressant und hoffte verzweifelt, irgendein Funke würde noch überspringen. Wir sprachen übers Wetter, den Regen, übers Wetter, die Kälte, seine Mutter und seine Zweitwohnung. Darüber, dass er einen BMW und einen Sportwagen fuhr, jede Menge Geld verdiente und keine Frau hatte. Ich hörte zu und lächelte pflichtbewusst. Wie hatte ich mir selbst nur so in die Tasche lügen können? Ich hatte den Typen doch gekannt. Barkeeper hin oder her, Anziehungskraft konnte man nicht mixen.

Was tun? Ich konnte ihn jetzt einfach sitzen lassen und die Kreislaufschwache spielen. Oder ihm sagen, dass er nüchtern ganz anders aussieht. Oder ...

»Emma? Langweile ich dich?«

Ich hörte auf, den Bierdeckel zu zerrupfen. »Tschuldige, Samuel. War nicht ganz bei der Sache. Was hast du gesagt?«

»Ich sagte, vielleicht möchtest du nicht mehr, dass wir uns sehen?«

Das kam jetzt überraschend. Oh Gott, tat er mir leid! Nur weil ich meine Wunschvorstellung in ihn projiziert hatte, wurde dieser arme Mensch jetzt unglücklich.

»Also ... Jetzt, wo du's sagst ... Das soll aber nicht heißen, dass ...«

»Schon klar. Ich finde es zwar schade, aber, ganz ehrlich, der Funke springt nicht so richtig über.«

Wie grausam war doch das Schicksal!

Man traf sich, man gefiel sich. Beide einsam, beide hetero, und dann fehlte der Funke. Wie morgens im Auto, wenn ein Pottpottpott kam statt schnurrender Motorengeräusche. Da war nix zu machen, außer es mit Fassung zu tragen.

Und dann passierte etwas, womit ich nicht gerechnet hatte: Das beiderseitige Unbehagen verwandelte sich in nettes, freundschaftliches Geplauder. Wir beschlossen, Freunde zu werden. Freunde bleiben konnten wir nicht. Waren wir nie gewesen. Also wurden wir welche. Nach einem langen Abend verabschiedeten wir uns mit einer freundschaftlichen Umarmung, Küsschen rechts, Küsschen links und bis ganz bald in der Stammkneipe. Er als Barkeeper, ich als Gast mit bevorzugtem und sofortigem Ausschank. Als Mann kam er nicht infrage, als männlicher Freund war er jedoch eine Bereicherung. Zumal er einen Regenschirm dabeihatte. Großherzig, wie er war, begleitete er mich zum Parkhaus und störte sich nicht mal dran, dass ich nun doch im Regen sang. Und falsch noch dazu.

Aladin ohne Lampe

Nachdem Samuel romanzenmäßig ein Griff daneben gewesen war, richtete ich meine ganze Aufmerksamkeit auf den Handballer-Fasching, der ein paar Abende später stattfand. Hier musste sich doch ein schicker Handballspieler auftreiben lassen. Zur Not tat es auch ein Minigolfer. Hauptsache, es prickelte.

Pünktlich und goldglänzend schwebte ich am Faschingsabend auf meinem Besen in den fünften Stock zu Lynn hinauf. Stundenlang hatte ich geschminkt, Locken gedreht, geföhnt und meinem Kleidchen den letzten Schliff verpasst. Lynn zeigte sich entsprechend beeindruckt. Sie selbst sah aus wie eine zu allem entschlossene Hexe. Hatte ihr Kostüm neulich nicht mehr Stoff um die Löcher drum herum gehabt? Wie dem auch sei, zur Karnevalszeit war alles erlaubt, auch diverse schadhafte Stellen in Kleidungsstücken.

Irgendein Song dröhnte aus den Lautsprechern. Wir köpften tanzend die erste Flasche Sekt des Abends und prosteten uns siegessicher zu. Heute würden sie uns alle zu Füßen liegen!

Ein Taxi brachte uns in weniger als 15 Minuten an die dekorierte Sporthalle. Sofort beim Eintreten wurden wir von der brodelnden Stimmung angesteckt.

Anne, die Katze, hatte sich bereits einen Kater geangelt und schnurrte mit ihm an der Bar. Lynn besorgte uns eine Flasche Sekt und wir ließen uns von der Masse mitreißen.

»Guck mal. Der Arzt da vorne. Den grabe ich jetzt an!« Lynn stieß mir in die Rippen und fast hätte ich den schönen Sekt ausgespuckt. War das tatsächlich meine beste Freundin, die diesen frivolen Spruch von sich gegeben hatte? Meine schüchterne Ich-trau-mich-nicht-Lynn?

»Na so was. Dein Glas ist leer. Darf ich dagegen etwas unternehmen?« Unvermittelt jagte mir eine dunkle Stimme mit nachhallendem Bass einen Schauer über den Rücken. Ich drehte mich um und blickte auf eine sonnengebräunte Männerbrust. Glatt. Ohne Haare. Genau, wie ich es mag. Na, da wollen wir uns mal den Rest angucken. Ich legte den Kopf in den Nacken – Himmel, war der Typ groß – und erblickte einen schwarzhaarigen Eros. Ein gestählter, milchkaffeefarbener Körper, schwarze, kurz gehaltene, lockige Haare, dunkle, leicht schräg stehende Augen und ein ebenmäßiger Mund mit blitzweißen Zähnen. Seine Verkleidung wirkte abendländisch. Plusterhosen in Scharlachrot mit Hüftband und einem hüftkurzen, ebenso roten Jäckchen drüber, dessen Ränder mit goldenem Garn bestickt waren und mit seinen Zähnen um die Wette blitzten.

Das war Aladin, ganz klar. Wo war die Lampe?

»Mein Name ist Maurice«, baritonte die männliche Statue.

Jetzt war mir auch klar, warum die Brust so glatt war. Auf Granit wuchs nichts. Maurice Granitaladin zog die Vokale in seinem Namen sanft in die Länge. Maurice, welch ein erotisierender Name. Ich lächelte ihn an, versuchte dem M in Emma eine erotische Färbung zu verpassen und hoffte, dass es ebenso geheimnisvoll und tiefgründig klang. Nur den Bariton bekam ich nicht so hin. Und es hörte sich auch eher an wie das Geblöke einer vereinsamten Kuh auf abgegraster Weide. Wo war Lynn? Sie musste Zeugin werden. Trauzeugin, wenn alles gut lief.

Aufgeregt sah ich mich um und traute meinen Augen nicht. Meine leicht übergewichtige Freundin wirbelte um einen Arzt mit Stethoskop herum. Und dem Arzt gefiel das offenbar. Lynn hatte schon immer eine Schwäche für Akademiker. Reihenhäuschen, Kombi und Bausparvertrag.

Nein, was machte der Doc denn jetzt? Er fiel vor Lynn auf die Knie, schlang ihr das Stethoskop um die Hüften und zog sie zu sich herunter. Der Anblick rangierte irgendwo zwischen peinlich und verrucht, ich konnte mich nicht entscheiden.

»Was machst du denn beruflich? Studierst du noch?«, eröffnete Aladin das Gespräch.

Och nö, nicht diese Frage. Ich seufzte. Menschen, die sich schon mit dem zweiten Satz nach dem Beruf erkundigten, insbesondere in der Atmosphäre eines anonymen Faschingsballes, steckte ich ohne Umwege in die Schublade für Materialisten oder Schwätzer.

Das passte nicht zu Aladin und nicht hierher, verdammt noch eins!

Im Moment holte ich tief Luft und wollte ihm erzählen, Beruf und Namen seien unwichtig, er sei heute Aladin und ich Hexe, basta, da sprudelte er auch schon weiter.

»Weißt du, ich studiere Psychologie im vierten Semester. Über die menschliche Psyche ist viel zu wenig bekannt. Man glaubt immer, alles zu wissen, aber jenseits von Küchenhoroskop und Lebensratgeber tun sich Welten auf. Die zu erforschen, ist unglaublich spannend.«

Er nahm einen Schluck Sekt, lächelte mich an und fuhr fort, sich selbst zu verherrlichen. »Zuerst hatte ich an Maschinenbau gedacht. Mein Vater ist Ingenieur, das sollte mir im Blut liegen, sozusagen. Aber die menschliche Psyche ist so viel komplexer als jede Maschine. Etwas, wo ich mich wirklich ausleben kann, was mich fordert. Ich war schon immer ein Mann für die Herausforderung. Ich träume noch davon, den Mount Everest zu besteigen. Aber zuvor muss ich mein Studium beenden, um Menschen helfen zu können, denn ich will sie dazu bringen, sich selbst zu erkennen, zu finden, eins mit sich und ihren Fähigkeiten zu werden. Das sehe ich als meine primäre Aufgabe.«

Ich gähnte unterdrückt in mein Sektglas. Mir troff jetzt ganz primär die Langeweile aus allen Poren, aber mein Abendlandneurotiker schien davon wenig beeindruckt. Einen super Psychologen würde er abgeben, ganz bestimmt.

Glatte Männerbrust hin, Spitzenkörper her: War nett mit dir, Granitbrust. Ich wollte Spaß haben, wenig reden, viel lachen, tanzen, mit netten Männern flirten und Sekt trinken. Philosophieren war nicht eingeplant.

»Und was machst du denn jetzt beruflich?« Er hatte aufgehört, sich in seiner Vorstellung von sich selbst zu aalen, und stellte mir die Frage, die hier definitiv nichts zu suchen hatte.

Zieh Leine, Aladin.

»Controlling ...«, antwortete ich gelangweilt. Stimmte zwar nicht, aber schließlich hatte er mich mit seiner Aladinverkleidung ebenfalls getäuscht.

»Oh, was kontrollierst du denn?«

Ha, ha. Spitzenwitz. Und so neu.

»Schokoriegel. Die Verpackung von Schokoriegeln. Muss ja auch jemand machen, nicht wahr?«

»Ja. Bestimmt. Unbedingt.« Seine Oberlippe zitterte leicht und sein Blick huschte gehetzt an mir vorbei.

»Glücklich macht es zwar nicht, aber irgendwie muss ich schließlich meine Kinder ernähren«, fuhr ich fort.

»Du hast Kinder?«

Tapfer unterdrückte ich ein Kichern. Das Gespräch entwickelte sich zwar in eine andere Richtung, als angestrebt, versprach jedoch, psychologisch hochinteressant zu werden. Vielleicht half er mir, mich zu finden?

»Ja. Vier. Zwei Jungs und zwei süße Zwillings-Mädchen.

Leider hat ihr Vater uns sitzen lassen. So ist das eben mit den Knastbrüdern. Die werden alle wieder rückfällig.« Ich schnaubte gespielt, riss ihm die Sektflasche aus der Hand und nahm einen tiefen Schluck. »Alles Scheusale! Schwängern eine Frau und zahlen dann nicht, treiben sich lieber vor Spielautomaten rum und prügeln sich.«

»Oh. Das ist ... unschön« Mit einem Male wirkte er ausgesprochen verkrampft. »Ähm, ich glaube, ich bin verabredet. Da drüben.« Er winkte in die Masse hinein. »Einen schönen Abend noch.« Und weg war er.

Der künftige Psychologe hatte die Suche nach meinem Ich aber ziemlich schnell aufgegeben. Na toll, zwei Pleiten innerhalb weniger Tage, erst Samuel, jetzt Aladin. Es sollte wohl nicht sein.

Ich schüttelte die ernüchternde Begegnung ab und starrte Lynn entgegen, die in diesem Moment euphorisch grinsend und schweißnass vom Tanzen und anderen Turnübungen, den Arzt in meine Richtung zog. Wo war sein Stethoskop? Hatte es die Konfrontation mit Lynns Hüften nicht überlebt?

»Emma, das ist Jürgen. Jürgen, das ist Emma, meine Freundin.«

»Hallo Emma.« Feuchtwarmer Händedruck von Herrn Doktor.

»Hallo Jürgen. Originelles Kostüm.«

»Das ist meine Berufskleidung. Ich kam nicht zum Umziehen, nach dem Dienst.«

»Ach? Ja, deshalb wirkt die wohl auch so überzeugend.«

Jürgen lächelte höflich, während Lynn mir einen bezeichnenden Blick zuwarf. Beurteile die Menschen nicht nach ihrer Verkleidung, sollte er sagen.

Wir zogen also Jürgen mit durch die Gänge und in die kleinen Bars, mit auf die Tanzfläche und wieder runter. Und wir trafen Dirk, der uns in Gestalt eines schwarz-weißen Harlekins mit ausgestreckten Armen entgegenkam. Ein ausgesprochen charmanter Mensch. Leider war Dirk schwul.

»Emma! Lange nicht gesehen, komm, lass dich drücken.«

Oh ja, drücken bitte. Dirk wusste, was Frauen fehlte. Liebdrücken. Dirk war Tröster, Streichler und Liebdrücker. Brauchte man eine starke Männerschulter zum Ausheulen, war Dirk zur Stelle. Alle Frauen liebten Dirk. Dass er auf Kerle stand, war für uns Frauen eine Verschwendung ohnegleichen.

Wir drängten uns durch die überfüllten Gänge in Richtung Sektbar und zerrten das wild knutschende Doktor-Hexen-Pärchen hinter uns her. Ich hoffte inständig, Lynn würde sich nicht in irgendeine Arztpraxis absetzen, schließlich hatte ich heute Nacht meine Schlafstelle bei ihr, aber keinen Türschlüssel.

Irgendwann gegen Sperrstunde hing der Arzt über Lynns Arm und hatte sich festgebissen.

»Und was machen wir jetzt mit dem?« Ich richtete

meine Frage an meine selig dreinblickende Freundin und wies mit dem Kinn auf den Arzt.

Sie zuckte mit den Schultern. »Einfach hier lassen können wir ihn nicht. Der ist ja völlig weggetreten. Wir nehmen ihn mit.«

»Wenn du meinst, ich gebe zu …« In diesem Moment wurde meine Aufmerksamkeit weg von Arzt und Freundin, hin zu einem Pirat gelenkt, der so dicht an mir vorbeilief, dass er meinen Arm streifte. Schlagartig hatten sich meine Haare aufgestellt. Herz. Doppelschlag. Und dazu ein Brummen in meinem Magen. Okay, Letzteres könnte Hunger sein. Hey, ein blonder Pirat. Klasse Hintern. Das war doch der Typ, den ich …

»Lynn, warte hier! Bin gleich wieder da!« Auf dem Absatz drehte ich um. Wo war er? Ich stellte mich auf die Zehenspitzen, um über die Köpfe der Menschen hinwegzublicken. Ah, da. Zügig bahnte ich mir einen Weg durch die Masse, reckte mich zwischendurch immer mal wieder hoch, um ihn nicht aus den Augen zu verlieren. Und dann passierte es. Ich konnte ihn nirgends mehr ausmachen. Kein Pirat weit und breit. Mist!

Geknickt trat ich den Rückweg zu Lynn an.

»Hast du erledigt, was du erledigen wolltest?«, fragte sie genervt. »Ich will jetzt nach Hause.«

»Hause …«, lallte der Arzt an Lynns Arm und hob den Zeigefinger.

»Du kennst ihn kaum. Was, wenn er in deine Wohnung kotzt?«, warf ich ein.

Das Leben war ungerecht. Sie hatte ihren Arzt, und ich hatte nicht mal einen Piraten.

»Dann hat er bestimmt genug Geld, um mir einen neuen Teppich zu kaufen.« Trotzig reckte sie das Kinn vor.

Bei Lynn angekommen konstruierte ich für Jürgen, der sich nach wie vor selig im Nirwana befand, eine Schlafstelle auf dem Sofa. Wie erstaunt war ich, als Lynn den orientierungslos Herumtorkelnden in ihr Schlafzimmer lotste und begann, ihm den Arztkittel vom Leib zu schälen.

»Was ist denn hier los, Lynn? Schläft der nicht auf dem Sofa?«

»Nee Süße, lass mal. Vielleicht kommt er ja wieder zu sich, und dann ...« Sie spitze die Lippen und zog die Augenbrauen hoch.

Ein Blick auf Nirwana-Jürgen zeigte, dass die Hoffnung unbegründet war. Aber vielleicht war ich auch nur frustriert angesichts meiner abendlichen Ausbeute: ein liebenswerter Homosexueller, ein philosophierender Hetero ohne Lampe und ein verschwundener Pirat.

Ich konnte ihr das Glück, neben einem völlig betrunkenen Fremden zu schlafen, einfach nicht gönnen und stieg grummelnd unter die Dusche. Hexe abwaschen.

Das Sprotzeln der Kaffeemaschine und ein unverkennbarer Duft zogen mich am nächsten Morgen mit geschlossenen Augen in die Küche. Ich wollte nicht aufwachen. Nicht nach diesem tollen Traum. Ich hatte die Bekanntschaft eines bezaubernden Jünglings gemacht. Zärtlich, liebevoll und der Welt entrückt hatten wir uns geküsst. Er hatte mich mit seinen stechend grünen Augen zärtlich angesehen, ich ihm über sein braunes, lockiges Haar gestrichen und er hatte mir ins Ohr gehaucht: »Ich bin Arzt, aber Lynn darf auf dem Behandlungsstuhl schlafen.«

Lynn hielt mir eine Tasse köstliche Kaffeebrühe unter die Nase und ich plumpste brutal von Wolke sieben.

»Schon auf?«, kommentierte ich das Offensichtliche.

»Er schnarcht!« Sie verzog das Gesicht.

»Oh. Mein Beileid. Und sonst?«

Sie hob die Schultern.

»Ganz nett.«

»Ganz nett was? Ganz nett wie? Ganz nett wobei?«

»Ja. War ganz nett. Vielleicht nicht der Brüller, aber er hat sich echt Mühe gegeben.«

»Nils bemühte sich nur redlich, deinen Anforderungen gerecht zu werden, Weib.«

»Wie kommst du auf Nils? Er heißt Jürgen. Und immerhin, bei zwei Promille Restalkohol musst du das erst mal schaffen.«

»Ich, wieso ich?«

»Ich meine ja nur.«

»Und jetzt?«

»Nix und jetzt. Der Typ hat Haare auf dem Rücken.«

Ich zog hörbar die Luft ein. Damit war alles gesagt. Haare auf dem Rücken war ein größeres Vergehen als Spaghetti schneiden. Und dafür wurde man in Italien hingerichtet.

Es gibt Pril zu Huhn

»Na, endlich sind Sie da.« Frau Evens trippelte geschäftig auf mich zu und wedelte mit einem Stapel Unterlagen vor meinem Gesicht herum. »Man schpringt im Dreieck, because Libanon. Die wollen produzieren. Fantastic, isn´t it? Und Sie mussen dringend Break-Even errechnen. Heute noch.«

»Danke, Frau Evens. Sie sind eine Seele. Ich werde mich sofort hineinstürzen.« Lächelnd nahm ich ihr die Unterlagen aus der Hand. Kleinigkeit! Das schaukelte ich doch zwischen zwei Tassen Kaffee locker aus der Hüfte.

Ich trat an meinen Schreibtisch, legte die Unterlagen ungesehen ab und schaltete den Computer ein. Anschließend schleppte ich mich müde zur Küche und starrte minutenlang in die leere Kaffeekanne. Nicht nur mein Hirn, selbst die Kaffeedose gähnte mir inhaltslos entgegen.

Seufzend trottete ich zurück, nahm die bereits fertiggestellten Unterlagen zur Hand und machte mich an die Ermittlung.

Wir waren die »Master of Projects« und die Ermittler. Die Gewinnschwelle lag bei 1,5 Millionen produzierter Schokoriegel pro Jahr. Wer sollte die denn alle essen, zum Henker?

Durchdringendes Telefonklingeln riss mich von meinem Schokoladenberg. Lynn drohte mit einer dringenden Neuigkeit.

»Echt, das wird dich vom Hocker hauen«, versprach sie und legte auf.

Wenige Minuten später stürmte sie in mein Büro. Frisch sah sie aus. Allerdings könnten ihre Wangen auch vor Zorn gerötet sein, dachte ich bei mir, und schloss die Bürotür.

»Jetzt sag schon. Ich platze!« Ich setzte mich ihr gegenüber auf meinen Stuhl und verschränkte die Arme. Wo sollte ich auch mit meinen Händen hin, so ganz ohne Kaffeetasse.

»Ich kündige«, spuckte sie aus, »am fünften März wird mein letzter Arbeitstag in diesem Scheißladen hier sein!«

»Bitte?«

»Der denkt, ich bin seine Tippse!«, regte sie sich auf.

Ja, so kannte ich meine Lynn. Mit zyklischer Verlässlichkeit pflegte sie wutschnaubend in mein Büro zu platzen und sich über ihren Vorgesetzten aufzuregen. Dann schloss ich alle Türen, ließ die Rollläden runter und hängte das Schild Do not disturb. Please wake me for meal an die Tür. In der Folge versuchte ich, sie aus ihren Mordgedanken zu reißen. Eine Kündigung hatten wir bislang noch nicht.

»Der gehört ausgepeitscht!« Sie sprang auf, stapfte im Zickzack durchs Büro und empörte sie sich wie eine aufgeschreckte Amsel. »Lässt mich die ganze Arbeit machen für dieses Unnötig-Meeting mit den Engländern, kassiert alle meine Ideen, lässt mich sogar die Powerpoint-Präsentation zusammenfrickeln. Am Ende des Meetings stellt er mich als seine Sekretärin vor und tönt rum, dass ich alle nötigen Änderungen später blitzschnell eingefügt haben werde. Und dann schickt er mich Kaffee kochen! Danke Lynn, wir brauchen Sie hier nicht mehr, hat er gesagt. Pah, soll er doch sehen, wie er ohne mich klarkommt.«

Ich räumte lose herumliegende Dinge aus ihrer Reichweite, damit sie nichts zerriss oder gegen die Wand warf. War alles schon vorgekommen. Der Kaffeefleck an der Tapete hinter mir war Zeuge.

»Herzlichen Glückwunsch. Hast du schon was Neues?«

»Natürlich nicht! Aber jetzt ist das Fass übergelaufen. Jetzt ist Ende Gelände.«

Ich lächelte milde in mich hinein und atmete auf. »Du hast die Kündigung schon abgegeben?«

»Nein, ich bin ja nicht doof.«

Auf dem Heimweg dachte ich über Lynns angedrohte Kündigung nach. Sie hatte mit ihrem Vorgesetzten und dessen Ansicht, Frauen seien irgendwie denkbehindert, zu kämpfen. Sie durfte ihm zwar jede Menge Berechnungen anstellen und komplizierte und zeitraubende Analysen entwerfen, aber die wichtigen Dinge behielt er für sich, oder er gab sie an die männlichen Kollegen weiter.

Natürlich beschwerte sie sich und wies ihn auf ihre Kompetenz hin. Er versprach jedes Mal, ihr demnächst verantwortungsvollere Aufgaben zuzuteilen. Dabei beließ er es dann. Bis zum nächsten Mal. Außer in meinem Bereich setzte sich dieses Modell offenbar flächendeckend durch.

Ich fragte mich, wann das Meer des schlechten Klimas ansteigen und meine Insel der Glückseligen überschwemmt haben würde.

Ruinenromantik

Vor dem großen Spiegel im Flur und mithilfe eines Handspiegels betrachtete ich entsetzt meine Rückseite. Fünf überflüssige Kilogramm hatten sich in unregelmäßigen Erhöhungen auf meinem Hintern niedergelassen, und es war jetzt Anfang Mai. Unmöglich! Da musste etwas geschehen! Sofort ab ins Fitnessstudio, wozu hatte ich auch den sündhaft teuren Vertrag? Ein bis zwei Stündchen blieben mir Zeit, das musste für ein halbes Kilo reichen.

Kostspielig war das Studio wohl vor allem, weil es »nur für Ladys« war. Männerfreie Zone. Ausschließlich für sportliche, glücklich schwitzende Pummelchen in weiten Hosen und T-Shirts, unter denen das Fettbäuchlein heiter schwabbelte. Das zumindest hatte man mir versprochen, ehe ich die Mitgliedschaft unterschrieb.

Zumindest die Hosen entsprachen der Wahrheit. Allerdings gehörten sie üblicherweise zum Trainings-Outfit mit Markennamen am Hosenbein und wurden vorzugsweise an gebräunter Haut und stählernen Muskeln zu neonfarbenen und hautengen Oberteilen getragen. Für einen entspannten Wabbelbauch war kein Platz in einer solchen Aufmachung. Für ein angeknicktes Selbstbewusstsein ebenfalls nicht.

Ich sah den stählernen Wahrheiten auch dieses Mal tapfer ins Auge und konzentrierte mich auf das Schmelzen meiner Fettreserven. Der Kurs machte Spaß, auch wenn meine Jazzpants aus dem Discounter nicht so schick aussahen und ich mich nach dem Kurs fühlte, als würde ich eher ein Sauerstoffzelt benötigen als trendige neue Klamotten.

Nichtsdestominder ließ mich ein Blick auf die Waage drei Wochen später jubeln. Drei Kilo Totalverlust! Achtung Sommer, ich komme! Mit Bikini und ohne Schwabbelschenkel. Vincent würden die Augen aus dem Kopf fallen. Er würde alles bereuen und sich heulend die Zähne putzen gehen.

Interessanterweise knirschte ich nicht mehr mit den Zähnen, wenn ich an Vincent dachte. Musste wohl die Zeit sein, die alle Wunden heilte.

Ich schlüpfte ohne Kneifprobleme in meine Lieblingsjeans, steckte mir etwas Geld und mein Handy in die Hosentasche und machte mich auf den Weg zu Lynn. Wir waren für das Juni-Fest in der romantischen Burgruine in einem Vorort von Heidelberg verabredet. Herumstehen, quatschen, Weinschorle trinken, alte Bekannte treffen und neue Leute kennenlernen. Ich sprang ins Auto, drehte das Radio auf und gab Gas.

Heute waren sie alle da. Anne und Kalle, ein ehemaliger Kollege von Lynn, Petra und ihr Mann Olaf und Valerie, die darauf bestand, Val genannt zu werden, aber nicht Val wie Valium, sondern amerikanisch: Wäl. Ich mochte Val nicht. Sie verachtete alle Männer. Frauen, die Männer mochten, verachtete sie pauschal mit. Da hatte sie in dieser Runde jede Menge zu tun. Lynn hatte längst aufgegeben, ihre Sandkastenfreundin und mich miteinander zu versöhnen, und schien erleichtert, dass wir uns nicht die Augen auskratzten.

Für unsere Freunde gab es Küsschen rechts, Küsschen links und Dirk bekam eine besonders liebe Umarmung. Jeder unterhielt sich mit jedem – nur ich mich nicht mit Val und Val sich mit niemandem.

Ab und zu entfernte sich einer, um Nachschub an Wein und Mineralwasser zu besorgen. So etwas dauerte dramatisch lange, weil die Burgruine mit Menschen derart vollgestopft war, dass man Mühe hatte, seine Gruppe wiederzufinden, nachdem man sich eine Stunde an den Getränken angestellt hatte. Aber immerhin lernte man in der Schlange vor der Getränkeausgabe jede Menge Leute kennen. Bevor wir also trocken liefen, schnappte ich mir Lynn und reihte mich mit ihr in die Schlange ein, die uns zu neuer Weinschorle führen würde, wenn wir nur geduldig waren.

»Und?«, erkundigte ich mich subtil. »Du und Kalle? Geht da was?«

Lynn blies die Backen auf. »Weiß nicht. Ich meine, er sieht ganz gut aus, er hat Hirn, und er mag mich. Glaube ich. Aber andererseits ...«

»Was?«

»Keine Ahnung. Es funkt nicht so richtig.«

»Vielleicht hört er ja heimlich Volksmusik und sammelt Hosenträger?«

»Möglich ...« Sie hielt sich bedeckt.

»Oder er hat in seinem Keller eine Sammlung ausgestopfter Eichhörnchen?«

»Vielleicht ...«

»Oder er war schon mal als Astronaut auf dem Mond?«

»Hm ...«

»Sag mal, Lynn, hörst du mir überhaupt zu?«

Tat sie nicht. Sie drehte sich nicht einmal um. Ihr Blick floss direkt an mir vorbei in die Menschenmenge. Unvermittelt, als wäre sie gegen eine Wand gerannt, blieb Lynn stehen. Ich prallte in ungebremstem Lauf auf ihren Rücken, aber sie bemerkte es nicht einmal.

»Da vorne!« Sie zeigte mit zitterndem Finger in die Menge und zog mich am T-Shirt zu sich. »Emma!«

»Lynn!«

»Siehst du den da vorne?«

Ich kniff die Augen zusammen. Wen? Ich sah Tausende da vorne!

»Den Dunkelhaarigen. Jeans, weißes Hemd, da drüben an der Mauer.«

Lynns Worte faserten dünn an mir vorbei. Moment. Diesen Typen kannte ich doch. Aber woher?

»Ich sehe ihn. Und?«

»Den würde ich gerne kennenlernen.«

Ja. Ich auch. Wenn ich ihn nicht schon kannte. Vielleicht fiel mir dann ja ein, woher.

»Gut, dann lass uns rübergehen.« Ich packte Lynn am Ärmel, aber sie grub die Hacken in den Boden.

»Nein!«

»Warum nicht?«

»Bist du von Sinnen? Ich kann da doch nicht so einfach hingehen. Was soll ich denn sagen?«

»Wie wäre es mit Hallo?«

Ich versuchte der aufgeregt bebenden Lynn zu erklären, dass alles in Ordnung wäre, weil ich ihn kennen würde. Ich wüsste nur nicht genau, woher und sein Name fiele mir auch gerade nicht ein, aber das würde sich dann schon geben.

Wäre ja gelacht, wenn wir Lynn nicht an den Mann bringen würden. Es wurde Zeit, dass sie einen netten Mann kennenlernte. So schnappte ich ihre Hand und zog sie einfach mit mir.

Ungefähr acht Meter vor dem Objekt der Sehnsucht rammte sie ihre Füße in den Boden und weigerte sich, auch nur einen Schritt weiterzugehen. «Ich kann das nicht!«

Jetzt komm schon, du sture Eselin, fluchte ich innerlich und zerrte an meiner Freundin herum. War nix zu machen. Der Fels von Gibraltar bewegte sich keinen Millimeter. Gut. Wollte der Prophet nicht zum Berg, musste ich den Berg eben zum Propheten bringen.

»Du wartest hier! Und wehe, du bewegst dich auch nur einen Zentimeter weg.« Ich bannte sie mit meinem Blick an Ort und Stelle und steuerte auf den Hübschen zu. Ich kannte ihn, nur woher?

»Hallo, ich bin Emma.«

»Hallo, Emma. Ich bin Nils.«

Wenn er mich jetzt fragte, ob wir uns nicht von irgendwoher kannten, wäre ich sogar erleichtert über diesen Ungeschicktesten aller Anmachsprüche. Er fragte aber nicht, sondern sah mich aus seinen wachen, blaugrauen Augen interessiert an.

Blaugrau. Warum hatte ich irgendwie mit grünen Augen gerechnet? Konzentrier dich, Emma.

»Hallo Nils. Ich habe eine kleine Bitte. Meine Freundin würde dich gerne kennenlernen. Sie hat nur eine gewisse Hemmung, dich anzusprechen.«

»Na, dann bring sie doch rüber. Hier ist noch Platz für zwei. Was meinst du, Stefan?«

Den jungen Mann neben Nils hatte ich gar nicht bemerkt. Ich nickte Stefan zu, und, bemühte mich, ihn nicht allzu auffällig anzustarren. Der Mann bestand nur aus Nase. Du liebe Güte, welch eine imposante Nase.

Nachdem wir einige Oberflächlichkeiten ausgetauscht hatten, schickte ich mich an, Lynn zu holen. Urplötzlich schob sich eine Erinnerung in mein Bewusstsein: Handballer-Fasching, Jürgen der Arzt, Frühstückskaffee, Liebestraum. In meinem Traum hatte dieser Nils mich aus grünen Augen angeglüht. Durfte der das? Nun, das musste ich erst mal verkraften.

Oder am besten gleich bei Astro-TV anrufen, die brauchten doch immer hellsichtige Übersinnlichkeits-Tussis.

Ich nahm also Lynn mit rüber und machte die Drei miteinander bekannt. Nils Augen ließen mich nicht mehr los und Nase fing an, Lynn zu erschnüffeln. Nase war absolut nett und Akademiker. Vielleicht konnte das Lynn besänftigen, denn Nils unterhielt sich ausschließlich mit mir und ich konnte nichts dagegen tun. Nichts! Wir sprachen über das Burgfest, über Musik, Skifahren, alte Filmklassiker, und surften von Thema zu Thema. Zwischendurch sahen wir uns in die Augen und vergaßen alles, was wir gerade gesagt hatten.

Irgendwann saßen wir uns schweigend gegenüber. Neben uns redete Lynn mit Händen und Füßen auf Stefan ein, lachte und schüttelte Busen und Haar. Stefan strahlte übers ganze Gesicht und ich glaubte zu erkennen, wie sich seine Nasenlöcher weiteten. Getrommelt und gepfiffen. Lynn war versorgt!

Meine Hand fand sich zwischen Nils' Fingern. Er streichelte meine Handinnenfläche. Es kitzelte.

»Es gibt da so eine Internet-Initiative zur Förderung des französischen Films ...«, begann er. Ich fiel nach vorne und küsste ihn. Nichts gegen französische Filme, aber ...

Oh. Mein. Gott. Wir zitterten, bebten und sogen tief den Duft des anderen in uns hinein.

Irgendwann fingen wir an, unsere Hälse zu beschnuppern und uns festzubeißen. Und da kriegte uns dann keiner weg. Stundenlang nicht. Wir saßen bis zum Zapfenstreich auf der Treppe und bissen, knabberten und knutschten. Starrten uns zwischendurch an und bissen wieder zu. Starrten, seufzten, bissen, kicherten und starrten. Solange bis mich ein Ruf von weit her wieder in diese Welt holte.

»Emma! Wir wollen nach Hause! Kommst du mit oder sollen wir schon mal los?«

Lynn stand am Fuß der Treppe, die Hände in den Hosentaschen, die Schultern hochgezogen. Dirk hatte beschützend einen Arm um sie gelegt. Ich konnte sie auf die drei Meter Entfernung gut erkennen, denn die Menschenmassen sowie Nase waren wie von Zauberhand verschwunden.

Natürlich kam ich mit. Auch wenn mich mit Nils sehnsüchtige Träume und wilde Küsse auf einer Burgtreppe verbanden, so war ich doch nicht verzweifelt genug, um ihn sofort in der ersten Nacht zwischen die Laken zu scheuchen. Widerstrebend schälte ich mich aus Nils´ Umarmung und wir versicherten uns gegenseitig ein baldiges Wiedersehen.

Immer noch auf Wolke Sieben schwebte ich hinter den anderen her zum Taxistand. Ich wusste nicht, ob ich liebestrunken oder weinschorleschwipst war oder beides, aber fahrtauglich war jedenfalls anders.

Erst Vincent, dann Nils. Immer die Jungs mit den altmodischen Namen. Sollte ich mal einem Siegfried begegnen, wäre es vermutlich um mich geschehen.

Aber immer schön ein Nils nach dem anderen.

Einkaufswagendilemma

Zahnpasta, Schnürsenkel, Salat, Klopapier, Brokkoli, Milch mit 1,5 % Fettanteil und Banien.

Das war kein existenzialistisches Gedicht, sondern mein Einkaufszettel, und bei Banien war das Blatt zu Ende gewesen. Nun konnte ich mir aussuchen, was das heißen sollte: Bananen oder Batterien? Das eine mochte ich nicht, das andere brauchte ich nicht.

Entschlossen schob ich den Einkaufswagen am Süßigkeitenregal vorbei und hielt tapfer auf die Salattheke zu. Was wohl der Inhalt meines Wagens über mich aussagte? Der Salat fehlte noch, dafür gab es Tiefkühl-Pizza, eine Dose Ravioli, Bio-Milch, Gouda, Äpfel, diese Frühstücksflocken, die fast ausschließlich aus Zucker bestanden und ein Diät-Eiweiß-Pulver.

Chaotische Singlefrau zwischen Fressattacke und Diätwahn hätte auf dem Schild am Wagen stehen können. Das träfe so ziemlich ins Schwarze.

Einkaufswagenpsychologie. Der Inhalt ließ zuweilen interessante Einblicke in das Persönlichkeitsprofil des Besitzers zu. Hatte ich Zeit, machte ich mir diesen Spaß. Mit der Zeit hatte ich eine solche Treffsicherheit entwickelt, dass es sich schon beinahe gelohnt hätte, vor dem ersten Date mit einem interessanten Mann einkaufen zu gehen.

Oder ihn direkt auf seinen Einkaufszettel ansprechen. Ohne Einkaufszettel kein Treffen! Man muss schließlich Prioritäten setzen, im Vorfeld filtern. Für einen Job bewarb man sich ja auch und wurde gefiltert. Warum nicht auch eine Bewerbung für Beziehungen? Es müsste etwas geben wie ein Antrag auf die Eventualität eines eventuellen Verhältnisses, oder so ähnlich. Vielleicht hätte ich dann vorher gewusst, dass Johannes ein cooler Typ war, aber küsste wie eine Betonmischmaschine, während Gregor einen wunderbaren Mann für gewisse Stunden abgab. Zärtlich, liebevoll und einfühlsam. Leider langweilte er mich schrecklich, sobald er alle Kleider wieder anhatte. Du liebe Güte, dachte ich das gerade? Sollte ich mich schämen? Oder das Singleleben genießen und auf die große Liebe warten, auf Mr. Right, der mein Herz eroberte und mir endlich wieder das Hummelbrummen in der Magengrube verschaffte? Genau das war das Problem. Der kam nicht einfach und klopfte an die Tür, den richtigen Mann musste man zunächst einmal erkennen. Und wie zur Hölle fand man das heraus? Vielleicht durch Ausprobieren? Jeans probierte man ja auch an, bevor man sein Leben mit ihnen teilte. Alles gut, Emma, du bist kein Luder, sagte ich mir. Denn in Gregor hätte ich mich ja sehr gerne verliebt. Nur hatte ich nicht beabsichtigt, morgens unter der Dusche darüber nachzudenken, wie ich ihn schnellstmöglich wieder loswerden konnte, während er noch den Schlaf der Gerechten schlief. Es hatte einfach nicht sein sollen, und so pflegten wir eine sehr oberflächliche Nicht-Beziehung und tranken gelegentlich ein Glas Wein zusammen.

Trotzig zerknüllte ich meinen Einkaufszettel und packte alles Mögliche in den Wagen: Taschentücher für Herz-Schmerz-Romane und -Filme, Sherry für gehaltvolle Tagebucheintragungen und Faltencreme für die Gräben um die Augen. Vielleicht noch ein Fläschchen Rotwein? Château ST Martin-Baracan. Prädikat: süffig, sündig, saugut.

Und Nils?

Begann mal wieder alles prickelnd, geheimnisvoll und spannend, bevor die große Ernüchterung kam? Konnte Nils den Alltagstest bestehen?

Ich war eine Frau der Tat. Ich wollte es herausfinden.

Kurz vor der Salattheke bog ich scharf rechts ab, streifte grob das Süßigkeitenregal, und so landeten auf diese Weise versehentlich zwei Packungen Schokoriegel in meinem Wagen.

Im Auto griff ich zum Handy. Bei Nils ging allerdings niemand ran: temporarily not available. Leave a message.

Hastig drückte ich auf die Aus-Taste. Ich war nicht darauf vorbereitet, eine Message zu leaven. Sie musste cool sein, verführerisch, aber nicht zu sehr, ein bisschen beiläufig. Darüber musste ich erst nachdenken.

Doch was, wenn er mich anrief, während ich nicht rangehen konnte? Er käme auf meine eigene, dämliche Mailbox.

»Bin nicht da. Hinterlassen Sie ne Nachricht. Rufe zurück.«

Nein, das musste unbedingt geändert werden. Ich war ein Fan von lustigen Mailbox-Sprüchen. Ich jedenfalls fand sie witzig.

»Guten Tag. Sie sind verbunden mit dem Wetterdienst. In den Gebieten rund um die Weber-Ebene herrscht ein umfassendes Tief, welches sich knapp über der Schädeldecke bewegt und langsam nordwärts driftet. Bitte halten sie die Fenster geschlossen und die Verbindung aufrecht. Bei aufkommendem Hoch werden sie sofort benachrichtigt. Nennen Sie Namen und Telefonnummer, gehen sie nicht über Los und ziehen sie nicht 2000 Euro ein. Danke.«

Leider üben lustige Sprüche den Zwang aus, sie alle zwei bis vier Wochen ändern zu müssen, da sie sonst ihren Witz verlieren. Heutzutage ist alles anstrengend. Auch das komisch sein. Und wenn jemand in seiner Kindheit kein Monopoly gespielt hatte, war der Witz an ihn sowieso verschwendet.

Schlimmer war nur die vorletzte Ansage gewesen. Möglicherweise hätte ich doch etwas mehr arbeiten und etwas weniger launige Mails mit Tina tauschen sollen.

»Wicht ist leider nicht im Stausee. Aber Sie können mir jederzeit Ihren Nachtisch auf den Rand brechen. Hiermit vertreibe ich herzlichst Ihre Streber.«

Eine Woche danach hatte ich einen Brief von meiner Großmutter in der Post. Sie habe verzweifelt versucht, mich anzurufen. Aber da seien immer nur ordinäre Sprüche zu hören gewesen. Ob ich denn mein Telefon abgemeldet hätte? Oder ich meine Telefonrechnung nicht mehr bezahlen könne, und sie mir etwas Geld schicken solle?

Daraufhin änderte ich sofort meine Ansage und gab Entwarnung. Anrufbeantworter kaputt, Oma, verzerrt die Ansage. Jaja, die Technik von heute.

Ich drückte Raute – zwei – Raute und wartete auf den Piep.

»Dies ist die Mailbox von Emma Weber – brechen Sie ...«

Mist.

Raute – zwei – Raute.

»Hallo, dies ist die Mailbox von Emma Weber, und ich bin gerade nicht da, und, äh ...«

Raute – zwei – Raute.

»Dies ist die Mailbox von Emma Weber, ich kann gerade nicht, aber Sie können gerne ...«

Raute – zwei – Raute.

Jetzt klingelte auch noch das Telefon. »Dies ist die Mailbox. Quatsch. Emma Weber hier?«

»Honig ...«

»Nein danke, ich war schon einkaufen.«

»Emma? Bist du das?«

»Nils?« Ich ließ mich verblüfft auf den Stuhl fallen. »Hast du gerade versucht, mich zu erreichen?«

»Ja. Ich wollte ..., ich dachte nur ..., ich würde gern ...« Jetzt stotterte ich auch noch. Das war unfair. Hörst du, Leben?

»Prima. Was machst du heute Abend?«

»Ich? Nichts. Noch nicht. Aber jetzt fiele mir etwas ein.« Dieses Ziehen in der Magengegend wollte ich noch mal spüren, heute Abend. In seinen baugrauen Augen versinken und vielleicht ein bisschen mehr.

»Ein Glas Wein bei mir? Um sieben?« Er hatte eine schöne Telefonstimme.

Wir lachten und schäkerten noch ein Weilchen, während die Pizza in der Tüte neben mir leise vor sich hin taute. Egal. Die würde ich heute Abend sicher nicht essen, denn in meinem Bauch tummelten sich Kolonien von Schmetterlingen. Nur die Hummel fehlte. Aber was nicht ist, konnte ja noch werden. Im Verlauf der nächsten Stunden, stellte ich fest, dass wenige Stunden sich wie Tage anfühlen können.

Nils hatte Stil. Das bewies seine Wohnungseinrichtung. Eine karge, in weiß und schwarz gehaltene Möblierung mit einigen farbigen Akzenten. Wenige, aber aussagekräftige Bilder an der Wand, Yin und Yang auf weißem Hintergrund, gedämpfte Musik, Kerzenlicht und ein Bund Trauben auf einem runden, dunkelgebeizten Tisch, zusammen mit einer Flasche Rotwein.

Der Junge hatte nichts von seiner Anziehungskraft auf mich verloren. Endlich mal kein Betonmischmaschinen-Langweiler. Er lud mich ein, mich zu ihm auf den Teppich zu setzen, und brachte mir ein Glas Rotwein. José Carreras untermalte unsere gespannte Erwartung mit inbrünstigem Tenor.

Für einen Moment erblickte ich ein Stoppschild vor meinem inneren Auge. War ich noch zu retten? Kerzenlicht, klassische Musik und Rotwein waren die platteste Masche, die es gab. Ich würde doch darauf nicht reinfallen?

Oh doch, beschloss ich. Genau das würde ich. Ich sehnte mich regelrecht danach und darüber hinaus hatte ich die Schnauze voll von wildem Rumgevögel ohne Romantik. Ich wollte Kerzenlicht mit Rotwein und Romantik bis zum Abwinken! Sofort! Hier und jetzt! Und ich bekam es.

Wir lehnten uns an das Bett, tranken Rotwein, fütterten uns mit Trauben und hörten der Musik zu. Immer näher rutschten wir zueinander hin, berührten uns kaum. Die Spannung steigerte sich ins Unerträgliche. Ich bezweifelte, das innere Vibrieren noch viel länger als einen Schluck Wein aushalten zu können. In diesem Moment legte Nils einen Soundtrack aus einem uralten Film mit Gérard Depardieu ein: Greencard, einer meiner Lieblingsfilme.

Auf Anhieb zogen uns die rhythmischen Klänge in ihren Bann. Langsam, fast zärtlich begann die Musik, schwoll zu einem Taumel der Leidenschaft an, um kurz darauf wieder ins Beruhigende, Langsame abzufallen. Und, als hätten wir nie etwas Anderes getan, steigerten wir uns im Gleichmaß der Musik, fielen in das Meer der animalischen Düfte und des Geschmacks von Salz auf unseren Lippen. Der Anblick des anderen raubte uns den Atem. Zärtlich hielten wir inne, um gleich darauf wieder übereinander herzufallen. Und Greencard begleitete uns mindestens fünf Mal in der Wiederholung.

Irgendwann schlief er ein, seinen Kopf auf meinen Bauch gebettet. Auch ich hätte gerne geschlafen. Hier jedoch nicht. Nicht bei ihm. Das Karussell drehte sich wieder.

Was, wenn er ein langweiliger Frühstücker war? Wenn er nach den zwei, drei interessanten Geschichten, die ich nun schon kannte, nichts mehr zu erzählen hatte? Wenn er aus seinem durchgestylten Leben heraus begann, seine Krakenfinger in mein geliebtes Chaos auszustrecken? Wenn er ansetzte, mir zu sagen, wie ich zu leben hatte, und mich zwischendurch nur noch anödete?

Das wollte ich nicht, und das konnte ich nicht. Nicht noch eine Enttäuschung. Lieber ein wenig auf Abstand bleiben, ihn noch eine Weile testen, nicht meine kuschelige Illusion gegen die harte, ungewaschene Realität tauschen. Nicht heute jedenfalls.

Ich rutschte in Millimeterarbeit aus dem Bett und suchte meine Siebensachen zusammen. Er wachte nicht auf. Im Flur zog ich mich an und schlich mich raus, die Schuhe in der Hand.

Kaffeesätze

Hier mussten doch noch Aspirin sein? Ich wühlte in der Schreibtischschublade und schüttelte die letzten zwei Brausetabletten aus dem Röhrchen. Dumpf schaute ich den Sprudelbläschen zu und wartete, bis sich die Tabletten im Wasser auflösten. Aspirin war an diesem Morgen das Einzige, was ich zu mir nehmen konnte, bei dem Gedanken an Kaffee wurde mir schlecht, und das sollte etwas heißen. Wieso hatte ich mich nicht krankgemeldet, wie es jeder Mensch mit zwei Stunden Schlaf und Träumen von blonden Piraten getan hätte?

Weil du pflichtbewusst und ehrlich bist, Emma! Und weil du dich vor deinen Computer setzen und mit offenen Augen schlafen kannst.

Mit dem Wasserglas in der Hand starrte ich dumpf auf meinen Bildschirm. Wollte ich Nils noch einmal sehen? Nils kaute mental noch an seiner Ex herum, das verrieten die Fotos und die Häufigkeit, mit der er sie erwähnt hatte. Lisa. Dunkelhaarig, langbeinig. Das Gegenteil von mir. Außerdem war Nils erst dreiundzwanzig. Das lassen wir doch lieber! Das brachte nichts. Romantischer Sex? Ja. Beziehung? Nein. Mir gefiel mein Singleleben zunehmend besser. Es war ein gutes Gefühl, unabhängig und frei Schnauze leben zu können; niemandem Rechenschaft schuldig zu sein.

Einsame Kakaonächte und vollgeheulte Taschentücher gehörten zwangsläufig dazu.

»Frau Weber? Hallo? Hören Sie mich?« Mein Chef klopfte an den Bildschirm. Ich zuckte zusammen und drehte mich um.

»Sind Sie krank? Geht´s Ihnen nicht gut? Möchten Sie nach Hause gehen?«

Ich lächelte ihn tapfer an und schüttelte den Kopf, das heißt, ich bewegte ihn langsam von links nach rechts.

»Danke, geht schon. Ist etwas spät geworden heute früh.« Und einen Kater hab ich, fügte ich in Gedanken hinzu. Vom Rotwein und den Trauben. Die Letzte muss schlecht gewesen sein, Chefchen.

Er klopfte mir verständnisvoll auf die Schulter, was einen Steinschlag von enormen Ausmaßen in meinem Kopf verursachte und teilte mir mit, dass er mich heute in Ruhe lassen würde und wir uns gerne erst morgen zusammensetzen konnten.

Dank Aspirin ließ das Dröhnen in meinem Kopf nach und ich glotzte von Neuem auf den Bildschirm. Auf dem Monitor erschien eine Meldung. »Neue Nachricht! Von: Tina Hartung. Betreff: Moin ...«.

Ich klickte an, um die Mail abzurufen.

Hat Kuh einen Vater? Stets Tier im Blut? Nass ist Hos? Gitte melde dich! Kleine Tina ...

Nach zehn Minuten hatte ich den Text entschlüsselt und fühlte mich nicht in der Lage, zu antworten. Vielleicht sollte ich mir etwas von Frau Evans

Johanniskraut-Tee zubereiten? Sehr gesund. Aber Johanniskraut beruhigte die Nerven und machte schläfrig, da würde ich endgültig einnicken. Lieber nicht. Ich rief Lynn an.

Es war jetzt kurz vor neun und Frühstückszeit. Wir setzten uns an den letzten Tisch ganz hinten. Lynn sah ungefähr genauso mies aus wie ich.

»Hey!« Sie hielt sich ihren Kopf. »Frag mich mal, wie´s mir geht!«

»Wie geht es dir?«

»Frag nicht!«

»Wogegen bist du denn heute Nacht gefahren?« Ich zog ihr das Halstuch weg. Wenigstens drei blaue Flecken leuchteten mir entgegen. Auch an ihren Unterarmen hatte sie Verfärbungen. Autounfall? Totalschaden, Krankenhaus, Versicherungsbetrug?

»Was ist passiert, du hast ja überall Prellungen? Tut das sehr weh?« Ich starrte entsetzt auf ihre Verfärbungen am Unterarm und drückte testweise einen Finger auf einen der blauen Flecke.

»Au! Lass das das! Logan!«

»Logan?«

»Ja, Logan. Der Kleine vom Tennisklub. Heiße Nacht, kann ich dir sagen. Ich hab kein Auge zu gemacht. Und meine Wohnung gleicht einem Schlachtfeld.«

»Schlachtfeld ...« Ich begriff. Aber doch bitte nicht Logan. Der war doch gerade mal zwanzig Jahre alt. Allerdings knackige zwanzig.

Wenn der sein T-Shirt auf dem Tennisplatz auszog, blieb einem die Luft weg.

»Die heißeste Nacht aller Zeiten«, schwärmte Lynn. »Wir haben es überall getrieben. Auf dem Tisch, an der Wand, auf dem Balkon und auf dem Herd. Wir haben sogar eine Gardine runtergerissen und ein paar Teller zerbrochen, als er mich auf der Kommode ...«

Ich winkte ab. »Erspare mir Einzelheiten, bitte, kann's mir vorstellen.«

»Er hat einen ziemlich festen Griff.« Sie verzog ihr Gesicht zu einem lasziven Lächeln und biss auffallend langsam in ihr Brötchen.

Ich musterte sie kritisch. Sie wirkte äußerst zufrieden, oder aber äußerst befriedigt. Offenbar hatte sie eine neue Spielart gefunden, die ihr gefiel.

Sie war allerdings ausgeschlafen genug, um meine Augenringe und die Tiefenentspannung, die ich verströmte, richtig zu deuten.

»Und du bist anscheinend auch von einem Mann überfahren worden, wenn ich mir deine Augenringe so betrachte.«

»Ja, aber ...«

»Wer war es?« Sie beugte sich sensationslüstern vor.

»Nils, und er ist nicht der Richtige. Glaube ich.«

»Nils von dem Burgfest?«

»Genau der.«

»Hui! Nils ist eine Sünde wert! Und? Hummeln im Bauch gehabt?«

»Ja, ist er. Und viel zu jung ist er auch. Nein, keine Hummeln. Im Übrigen schwirrt ihm seine Exfreundin latent im Kopf rum, und die ist auch super.«

»Aber seine Ex!«

»Die größte Gefahr droht immer von der Ex, das weißt du doch.«

»Ich finde, du siehst das Alles zu Schwarz. Freu dich doch, der Typ ist Zucker, und das mit den Schmetterlingen und Hummeln kann ja noch kommen! Weißt du, ich glaube, Vincent hat dich echt geschädigt. Seit der Typ bei dir Geschichte ist, kriegst du keinen Fuß mehr auf den Boden. Nicht alle Männer sind Vollpfosten.«

»Das habe ich auch nie behauptet.« Mein Brötchen lag unangetastet vor mir. Der Hunger machte einer allumfassenden Übelkeit Platz.

»Also, was dann?«

»Ich finde mein Singleleben eigentlich ganz okay. Ich kann machen, was ich will. Keine Kompromisse und kein Druck, verstehst du? Ich muss mir nicht mal die Beine rasieren, wenn ich nicht will.«

Lynn warf einen kurzen Blick unter den Tisch. Ich hatte Hosen an.

»Sag ich doch«, sagte sie kopfschüttelnd. »Total verdorben. Im Übrigen siehst du scheiße aus. Ist dir schlecht?«

»Ja«, gab ich zu. »Und nur, weil ich nicht ununterbrochen heule, bin ich nicht gleich beziehungsunfähig, oder?«

Wenn ich nicht gleich feste Nahrung zu mir nähme, würde ich mich übergeben müssen. Ich knabberte am Brötchenrand herum und lauschte meiner geschundenen Freundin.

»Ach, dieser Nils. So einen vernascht man nicht alle Tage.«

»Und was ist mit Tennis-Logan? Wirst du den heiraten und viele süße Kinderchen mit ihm kriegen?« Spontan überfiel mich der Hunger und jetzt machte ich selbst vor dem Gürkchen nicht halt. Mit jedem Biss wich das flaue Gefühl in der Magengegend.

»Nein, wieso sollte ich?« Entsetzt blickte sie mich an.

»Siehst du. Deshalb bist du noch lange nicht beziehungsunfähig.«

»Ich vertreibe mir nur die Zeit bis zum Richtigen«, sagte sie verschnupft.

»Eben, ich auch. Und ob Nils der Richtige ist? Keine Ahnung. Die Nacht war schön, aber es war auch angenehm, danach wieder allein zu sein.«

Lynn machte noch einen Versuch, aber ich bügelte ihn ab. Mir war nicht nach Kaffeesatzpsychologie, schon gar nicht, wenn die Psychologin noch weniger geschlafen
hatte als ich.

»Mach doch, was du willst!« Abrupt schob sie ihren Stuhl zurück und stöckelte beleidigt davon. Ich hörte noch ihr Zischen: »Dir kann man es sowieso nicht recht machen!«

Stunden später klingelte mein Telefon. Lynn.

»Entschuldige Emma. War nicht so gemeint.« Lynn nuschelte schuldbewusst. »Ich bin einfach gereizt. Als ich noch jünger war, konnte ich noch besser ohne Schlaf und so. Frieden?«

»Na klar, Lynn. Frieden. Einen Freundinnenstreit sind die Kerle doch gar nicht wert, oder?«

Darüber waren wir uns einig, und die trübe Wolke über unserer Freundschaft zog weiter, um sich andernorts auszuregnen.

Kurz vor Feierabend streckte Tina ihren Kopf zur Tür herein und wollte wissen, ob ich am Freitag schon etwas vorhätte. Ich gab ein tonloses »Bis jetzt noch nicht« von mir. Kopfschütteln war nicht möglich. Das verursachte immer noch Steinschläge. Wir verabredeten uns für den Freitagabend am Lokal Reichsapfel in der Unteren Straße in Heidelberg. Dort wollten wir in der Abendsonne stehen, ein Glas Wein in der Hand und Leute gucken. Ich freute mich.

Der Nächste! Bitte nicht

Wir lehnten an der Mauer gegenüber des Lokals, vor dem einige Tische standen, erzählten und überlegten uns lustige Wortverdrehungen für unsere täglichen Mails im Büro.

Lynn gesellte sich mit einem Glas Weinschorle zu uns. Schön. Jetzt waren wir zu dritt. Entspannt hielt ich mein Gesicht in die Sonne, in einer Hand mein Glas, den Daumen der anderen Hand lässig am Hosenträger verhakt. Gut, Lynn hatte sich über meine roten Hosenträger lustig gemacht. Egal. Ich liebte die Kombi Jeans, weißes Shirt und darüber Hosenträger, auch wenn ich damit nicht unbedingt den aktuellen Modetrends folgte.

Gegen halb zehn Uhr abends verschwand die Sonne hinter den Häusern. Wir fröstelten und schoben uns durch die Menschenmenge in das Innere der Lokalität. Was für ein herrlicher Tag! Ich fühlte mich ja so gut. Die Lieblingsjeans passte mir wieder und die Weinschorle tat ihr Übriges dazu.

Kurz schnalzte ich mit den Hosenträgern. Schnapp! Mindestens zwanzig Augenpaare schnellten in meine Richtung. Dieser uralte Trick wirkte noch immer. In längst vergangenen Zeiten trugen die Frauen Strumpfbänder. Mithilfe dieser obszönen Dinger pflegten sie die Männer einzufangen. Sie begaben sich brav und unauffällig in eine

Menschenmenge, etwa ein Café im Sommer, dann ließen sie leise ihr Strumpfband schnalzen. Frauen nahmen dieses Geräusch nicht wahr, nur Männer, ein ähnlicher Effekt wie bei Hundepfeifen. Die Dame mit dem begehrten Band verwandelte sich auf der Stelle in eine Hauptattraktion und konnte sich die Rosinen aus dem Kuchen picken. Heutzutage gab es keine Strumpfbänder mehr. Weibliche Hosenträger jedoch sendeten auf der gleichen Frequenz. Zumindest bildete ich mir das ein.

Vergnügt nippte ich an meinem Bier und ließ meine Blicke schweifen.

Es wurde später, die Kneipe voller und die Musik lauter. Begrüßungsküsschen für den netten Samuel und Liebdrücker mit Dirk. Händedruck für Michael, den Küsser. Michael war ständig unrasiert und lederbejackt. Wenn ihn eine Frau im Vorübergehen anlächelte, zog er sie mit einem Ruck in seine Arme und sagte so etwas Ähnliches wie: »Schau mir in die Zähne, Kleines.« In der Folge schob er seine Zunge in ihren Mund und wühlte zwei Sekunden darin herum, bevor er seine Eroberung losließ und nach dem Barkeeper schnippte. »Einen Bourbon für mich. Ohne Eis. Für die Dame Tequila Sunrise.«

Lynn hatte damals den Fehler begangen, ihn anzulächeln. Wir behandelten noch tagelang danach ihre aufgerissenen Mundwinkel mit Wundsalbe.

Wir amüsierten uns köstlich, flirteten mal hier, mal dort und sangen aus voller Kehle mit, egal, ob wir den Songtext kannten oder nicht.

Und dann tauchte plötzlich einer auf, der mir gefiel.

Er stand drei Meter entfernt von mir an einem Stehtisch in der Nähe des Eingangs. Mit einer Körpergröße von fast zwei Metern ragte er mit seinem hellen Schopf aus der Masse heraus und schien sich ebenfalls im Kreise von Freunden gut zu amüsieren. Seine Körperhaltung strahlte Optimismus, Freude am Leben und Offenheit aus. Ein breites Lachen zog sich über das ganze Gesicht und erzeugte sympathische Lachfältchen rund um die Augen.

Lynn drückte sich an mich. »Wo guckst du denn hin?«

»Der da vorne, der blonde Wuschelkopf mit dem tollen Lachen.«

»Der passt«, meinte Tina.

»Er schein interessiert an dir, Emma«, kam das Urteil von Lynn, »Der hat schon ein paar Mal hierher gesehen.«

Lügnerin! Das hätte ich bemerkt. Oder?

»Ich gehe mal für kleine Mädchen«, sagte ich kurz entschlossen. »Ihr bleibt hier und schaut, ob er schaut.«

Meine Mädels nickten. Was waren wir doch für ein Spitzenteam.

Gesagt, getan, begab ich mich zur Damentoilette. Das Lokal war brechend voll, sodass ich Mühe hatte, vorwärtszukommen. Alle standen sie mir im Weg, nur der Schöne nicht. »Entschuldigung? Darf ich mal? Danke … Verzeihung, ja, etwas eng hier. Oh, war das Ihr Fuß? Tut mir leid.«

In der Anonymität der Damentoilette kontrollierte ich im Spiegel mein Make-up und zog mir die Lippen nach. Nach einer Schweigeminute machte ich mich auf den Rückweg, drückte mich am Tresen vorbei und stand plötzlich vor Nils, der einen Arm um eine Frau gelegt hatte. Na, sieh mal einer an. Wenn das nicht die Ex war.

»Nils ...« Erfolgreich unterdrückte ich die tobende Zicke in mir, die seiner Ex am liebsten gegen das Schienbein getreten hätte, und strahlte ihn an. »Ich bin ja so froh, dich zu sehen. Mensch, ich habe doch glatt vergessen, dich anzurufen.«

Sein Mund lächelte, aber seine Augen blitzten nervös »Hallo, Emma. Schön dich zu sehen. Das ist Lisa.«

Dachte ich es mir doch.

»Hallo, Lisa«, säuselte ich zuckersüß.

Ich ergriff die perfekt manikürte Hand, die sie mir gar nicht hingehalten hatte, und schüttelte, was das Zeug hielt. »Schön, dich mal kennenzulernen. Nils hat schon so viel von dir erzählt. Ach, übrigens, Nils, dein T-Shirt ist noch bei mir.« Dieser Blick ... Herrlich! »Soll ich dir das einfach in den Briefkasten stecken?«

»Aber ...«

»Kein Problem. Ich komme immer mal wieder in deiner Gegend vorbei. Keine Sache, wirklich nicht.«

Fingertiplisa nahm ihren Blick von mir und starrte Nils an. Ich erwartete, ihn jeden Augenblick in Flammen aufgehen zu sehen.

»Schönen Abend noch.« Süffisant lächelnd versorgte ich Lisa mit einem tiefen, vielsagenden Blick und verließ die beiden Turteltäubchen, auf dass sie den Abend noch delikaten Gesprächsstoff hätten.

Meine Güte war ich gemein.

Sehr beschwingt traf ich wieder am Stehtisch meiner Freundinnen ein.

»Erfolg!«, meldete Tina.

»Kannst du wohl sagen«, meinte ich sehr zufrieden, bis mir klar wurde, dass sie von dem attraktiven Fremden sprach und ich von dem schönen Loser, der just in diesem Moment von den Fingernägeln seiner Freundin in winzige Fetzen zerpflückt wurde. Egal. Hatte beides seinen Reiz.

»Er hat dir hinterher gestarrt, als hätte er noch nie eine Frau gesehen. Ich finde, wir sollten die Jungs kennenlernen.« Tina zeigte mit dem Kopf in Richtung Stehtisch. »Der Dunkelhaarige, der bei dem großen Blonden steht, gefällt mir.«

Und wer gefiel Lynn?

»Heute ist keiner für mich dabei«, stellte sie fest, »aber das macht nichts. Ich habe Spaß.«

Der Große schob sich mit Körperkontakt an uns vorbei Richtung Tresen. »Entschuldigung.« Strahlelächeln. »Darf ich mal? Danke.« Strahlelächeln meinerseits.

Hinter ihm drängelte sich sein Freund durch und warf Tina ein ebenso sonniges Lächeln zu. Wenige Minuten später zwängten sich beide wieder zurück, beladen mit Sekt und Gläsern.

Nach dem fünften Mal drängeln und Strahlelächeln beschloss ich, etwas zu unternehmen. Ich zog mich mit meinen Freundinnen zurück, um einen Masterplan zu entwerfen. Wir entschlossen uns für den Besuch der nächstgelegenen Diskothek und wollten die Herren bitten, uns zu begleiten.

»Ich frage sie nicht!« Lynn zierte sich wie immer.

»Ich auch nicht«, kniff Tina.

»Und ich ebenfalls nicht«, schloss ich mich an.

Der Große bedachte mich mit einem tiefen Blick. Beschämt schaute ich zu Boden. Sollte er doch kommen. Wer war denn hier der Mann? Immer mussten wir Frauen uns und anderen unsere Stärke beweisen. Und wenn es brenzlig wurde, zogen wir den Schwanz ein, den wir nicht hatten, obwohl einige von uns immer wieder behaupteten, sie hätten mehr Eier in der Hose als mancher Mann. Wie dem auch sei, ich wollte endlich mal wieder erobert werden.

»Na los, Emma, mach schon«, nervte Lynn. »Bist doch sonst nicht auf den Mund gefallen.«

»Jetzt gib dem Mann eine Chance, seinen Mann zu stehen. Der soll selber kommen!« Wenn er kam, kam er. Und wenn nicht, dann eben nicht.

Und er kam! Der Große mit dem Freund im Schlepptau. »Würden die Damen ein Glas Sekt mit uns trinken?«

Und ob die Damen würden, her mit dem Sekt! Kurz darauf prosteten wir uns zu.

Sebastian war ein Alleinunterhalter. Er sprudelte über vor Energie und guter Laune. Der Mann hatte Witz, Charme und Stil. Er war ein niveauvoller, kultivierter, großer Junge von 26 Jahren, der auf Hip-Hop und Rap stand, und er gefiel mir ausnehmend gut. Hingerissen legte ich meinen Kopf in den Nacken und blickte zu ihm hoch. Kein Zweifel, er verzauberte mich mit seinem Lachen und den sehr weißen, ebenmäßigen Zähnen. Und den geraden Schultern. Und mit seinem herbmännlichen Duft.

Tina stand auf gleicher Höhe mit Sebastians Freund David. Die beiden erweckten den Eindruck, als wüssten sie nicht so recht, was sie miteinander anfangen sollten. Aber das gab sich vielleicht noch. Der Abend war ja noch jung.

Zu fünft zogen wir ein paar Straßen weiter in den nächsten Tanzschuppen und ich zog Sebastian sogleich auf die Tanzfläche.

Bei so vielen sich bewegenden, schwitzenden Leibern war die Luft zum Schneiden dick. Man tippte mit dem Fuß von rechts nach links und wieder zurück, und der Schweiß floss in Strömen. Wer war auf die hirnverbrannte Idee gekommen, im Hochsommer eine winzige Disco zu besuchen, wer? Ich!

Also tanzte und schwitzte ich. Bereits nach kurzer Zeit war mein weißes T-Shirt völlig durchnässt und Sebastian zog mich von der Tanzfläche. Im Kreise meiner Freunde holte ich erst einmal tief Luft. Ah, Sauerstoff! Mein Shirt klebte an mir und ich war mit dem Gedanken beschäftigt, ob es wohl durchsichtig sein könnte.

Meine allerliebste Lynn las mir kundig die Hieroglyphen von der Stirn ab, beugte sich zu mir und flüsterte: »Dein Shirt ist nicht durchsichtig. Keine Angst. Alles noch verborgen. Na ja, so halb wenigstens.«

Danke, Freundin. Wenn ich dich nicht hätte. Sebastian schwitzte ebenfalls – und zog sein Hemd aus.

Böse Welt! Schwindel erfasste mich, und ich krallte mich schwankend an den nächsten freien Barhocker. Da stand er nun, mein Held, verschwitzt, lächelnd, und jetzt fehlte nur noch der Schokoriegel, dessen Verpackung er mit den Zähnen abzog und wild hineinbiss.

»Der Sebastian ...«, wisperte mir Tina ins Ohr, »weißt du, wo ich mir den vorstellen kann? Auf einer Jacht, braun gebrannt, mit weißem Handtuch über den Schultern und einem Longdrink in der Hand.«

Nicht übel. Die Vorstellung hatte was.

Plötzlich fuhr mir Sebastian mit seinen Fingerspitzen den Nacken entlang und ich bekam eine Gänsehaut.

»Mhm ... Schweiß auf brauner Haut. Lecker!« Er hauchte mir seinen heißen Atem in die Halskuhle.

Aufhören! Sofort! Nimm die Finger weg von dieser meiner empfindlichsten Stelle! Und hör auf, wie ein betörender Täuberich zu gurren!

Du mit deiner Jacht und deinen weißen Handtüchern und deinen abgenudelten Sprüchen kriegst mich nicht rum. Freundinnen, helft mir! Seht ihr nicht, dass dieser Schönling alle weiblichen Vertreter seiner Spezies mit Worten vergiftet und gefügig macht? Seid ihr blind?

Doch ich brachte keinen Ton über die Lippen und stürzte Hals über Kopf auf die Tanzfläche. Abtanzen. Bis ich tot umfalle. Lieber tot umfallen, als sich in einen Herzensbrecher verlieben.

»He, Emma! Was ist denn mit dir los? Gehst du jetzt alleine tanzen!?« Lynn war mir gefolgt.

Der Kloß im Hals löste sich, und ich überschüttete Lynn mit meinen bösen Vorahnungen. Sie meinte, ich sähe Gespenster und hätte nur Angst vor einer festen Bindung. Den Text kannte ich bereits. Das hielt sie jedoch nicht davon ab, ihn gebetsmühlenartig zu wiederholen. Nicht alle Männer seien Vincents, Nils vielleicht schon, aber Sebastian doch nicht, der sei offensichtlich sehr verliebt in mich und im Übrigen absolut süß. Eine Chance hätte er doch verdient. Überhaupt solle ich mich aufraffen und dem Sebastian die Möglichkeit geben, mich länger als zwei Nächte kennenzulernen. Und mir selbst solle ich diese Chance ebenfalls geben.

Damit sie nicht länger gegen hundert Dezibel Bässe anbrüllen musste, nickte ich und gab ihr Recht. Aber was, wenn er mich nur verführen und fallen lassen wollte? Bitteschön, auch damit konnte ich fertig werden.

Mir dämmerte, dass ich mich in ihn verlieben könnte. Frauen spüren so etwas. Männer auch?

Egal. Nach dem Nils war vor dem Nils, oder so ähnlich.

Tabascopizza

Die Morgensonne leuchtete durch das Fenster und ließ mich blinzeln. Mit einem Schlag hellwach hüpfte ich aus dem Bett um diesen herrlichen Tag zu begrüßen, und riss die Balkontür auf.

Eine Weile stand ich mit geschlossenen Augen und atmete die frische Sommerluft ein. Mich beschlich das untrügliche Gefühl einer auf mich zurasenden Umwälzung meines Lebens, ohne dass ich Einfluss darauf hatte. Ähnliche Gefühle musste ein mittelmäßiger Skifahrer an einer schwarzen Piste empfinden, wenn ihm die Erinnerung an einen vergangenen Sturz die Schweißperlen auf die Stirn trieb. Es zwang ihn niemand, dort hinunterzufahren. Aber er war bereits zu weit gegangen, als dass er hätte zurückkönnen. Außerdem liebte er schwarze Pisten. Es gab lediglich die Problematik des Anstoßes. War er erst einmal auf dem Weg ins Tal, ging alles wie von selbst. Da stand ich nun, am Beginn der schwarzen Piste und hatte Angst, über verborgene Hügel zu stürzen und mich zu verletzen.

Hastig schloss ich die Balkontür und verfiel in einen für mich eher untypischen Putzwahn. Ganz klar eine Übersprunghandlung.

So! Fertig! Befriedigt über der Tatsache, dass ich soeben meine Wohnung auf Hochglanz gebracht hatte, ließ ich die verdreckten Geschirrtücher in den Wäschekorb fallen.

Heute erwartete ich Silke, meine direkte, etwas derbe Freundin, die sich gestern via Mail angekündigt hatte. Da sollte mein Heim glänzen. Wenn schon nicht primelbesäumt, dann wenigstens sauber. Schlimm genug, dass wir in einem Bett schlafen mussten. Oder eine zöge in die Badewanne um. Aber auch diese war, wie alles hier, miniaturhaft und nur mit angezogenen Beinen als Schlafstätte von Nutzen.

Ich freute mich auf Silke. Ob sie sich sehr verändert hatte? In einem Jahr konnte sich ein Mensch ziemlich verändern. Silke pflegte wöchentlich ihre Haarfarbe und ihren Kleidungsstil zu wechseln. Silke war unkonventionell, chaotisch, flatterhaft und manchmal schwer zu ertragen. Wenn ihr nicht alle verfügbare Aufmerksamkeit zuteil würde, verlor sie rasch das Interesse an einer Sache.

Zurzeit war auch Silke ohne männliches Gegenstück. Ihren letzten Lover hatte sie entrüstet verlassen, weil er keine Kinder wollte. Schnappzack. »Was, du willst keine Kinder? Und tschüss!« So schnell ging das bei Silke. Und so oft wie ihre Männer, wechselte sie auch ihre Jobs. Es war mir ein Rätsel, wie diese Frau immer wieder die begehrtesten Männer und bestbezahltesten und interessantesten Jobs auftat. Wie eine Katze, die stets auf ihre Füße fiel. Vor einem halben Jahr hatte sie bei einer Immobilienfirma gekündigt, obwohl sie es mit dieser Firma optimal getroffen hatte. Kurzerhand fing sie ein Verhältnis mit dem Junior-Chef an, der sie mit auf die Geschäftsreisen zu Objektbesichtigungen nahm. Nach Budapest, Frankreich und Bulgarien. Natürlich immer übers Wochenende. Vier Monate hielt sie aus, dann hatte sie genug und kündigte. Das war Silke. Momentan war sie Chef-Assistentin in einer Firma für Vertrieb von Soft- und Hardware. Wie wohl der Chef aussah?

Klingelte da mein Telefon? Verzweifelt suchte ich das kleine, schnurlose Ding. Ich fand es nirgends, betete, der Anrufer möge nicht aufgeben und robbte auf dem Boden in Richtung Klingeln. Die Spur führte mich ins Bad, an den Wäschekorb, unter die Geschirrhandtücher und da lag es dann und klingelte immer noch. Jedoch nur so lange, bis meine Hand es berührte. Dann verstummte es. Genervt schleuderte ich das Telefon auf die Kommode im Flur und wischte mir den Schweiß von der Stirn.

Jetzt klingelte es an der Tür. Silke! Ich drückte den Knopf. »Ja?«

»Hallihallo, hier ist die Silke«, flötete es mir aus der Sprechanlage entgegen. Ich bat sie, heraufzukommen, drückte auf den Türöffner und seufzte. Eigentlich hatte ich mit mir selbst, meinen schlechten Finanzen und mit Sebastian genug am Hals. Allerdings würde der Wirbelwind in Gestalt meiner zweitbesten Freundin mich definitiv auf andere Gedanken bringen.

Silke schnaufte, beladen mit einem überdimensionierten Schminkkoffer, einem Trolley und einer Reisetasche die Treppe hinauf. Hatte sie eine Woche gesagt? Ich war mir sicher, einen Tag verstanden zu haben.

»Hallo«, hechelte sie, »Bin wohl etwas außer Atem. Wieso hast du mich nicht vorgewarnt? Hättest mir echt sagen können, dass du im dritten Stock wohnst.«

»Wieso? Wärst du dann nicht gekommen?« Ich zwinkerte ihr zu und hielt ihr die Tür auf.

»Gekommen bin ich heute Nacht schon. Danke.« Sie zwinkerte zurück und donnerte den Koffer in eine Flurecke.

Auf meine Frage, wer der Glückliche gewesen sei, kam nur ein genuscheltes »Kennst du eh nich. Iss auch nich weiter wichtig«.

»Wie lange willst du eigentlich bleiben?«

Silke sah mich fragend an. »Na, nur heute Nacht!? Warum? Hatten wir anderes ausgemacht?«

»Nö. Ich dachte nur, wegen des vielen Gepäcks!«

»Ach so. Das ist nur für heute. Man weiß ja nie, auf welche Klamotten man Lust hat, gell? Da hab ich mal ein paar Sachen mehr eingepackt. Apropos Sachen, was hast du denn so in deinem Kleiderschrank? Darf ich mal sehen?«

Noch bevor ich etwas erwidern konnte, riss sie die Schranktüren auf und wühlte sich durch Kleiderberge.

Es gab Dinge im Leben eines Menschen, die änderten sich nie. Ich schloss die Tür, setzte mich an den Tisch und schaute Silke zu, wie sie nach und nach den Inhalt des Schrankes nach draußen beförderte, dabei murmelte sie: »Das iss nix! Das da passt! Viel zu bieder! Typisch Emma! Das da sieht ganz nett aus. Sag mal, hast du eigentlich Vincent verdaut?«

Musste sie davon anfangen? Mir stand nicht der Sinn, über diesen Vollpfosten zu reden. »Schon lange.«

»Kein Trauern mehr?«

»Nein!«

»Schön. Vielleicht ruf ich ihn mal an«, rief sie aus den Tiefen meines Kleiderschrankes.

Bitte? Was sollte das jetzt? Sie würde doch nicht ... Nein, das traute ich ihr nicht zu. Obwohl, am Anfang meiner Beziehung mit Vincent, hatte sie ihn bei einem unserer seltenen Treffen tief angeblickt. So tief und vielsagend, wie es nur Silke konnte.

»Ist ja schon ein Hübscher, der Vincent. Kannst du mir mal meine Zigaretten holen, Emma? Die sind in der Handtasche, ganz unten, da ist auch ein Feuerzeug. Hat mir mein Chef geschenkt. Ach ja, die Handtasche ist in der Tragetasche. Die mit den gelben Punkten drauf. Seitlich ist der Reißverschluss, den musst du erst öffnen. Unter den Socken. Emma?«

Der Abend würde anstrengend werden.

Ich kramte in ihrer Tasche nach den Zigaretten und zündete ihr eine davon an. Sie würde doch nicht Vincent schöne Augen machen? Egal. Ich zuckte die Schultern. Und wenn schon. Allerdings wusste sie um die Eigenheiten dieses peniblen Saubermannes. Aber eine Nacht oder zwei ...

»Leihst du mir für heute Abend diesen schwarzen Body? Der würde mein Dekolleté zur Geltung bringen.« Mit vorgeschobener Unterlippe stand sie wie ein Kind vor mir, das sich ein zweites Stück Schokolade erhoffte.

»Kannst du haben. Vorausgesetzt, du beseitigst das Kleiderchaos um uns herum!« Ich betrachtete mit Grauen die Kleiderberge auf dem Sofa, den Stühlen, dem Tisch und dem Boden.

Nur nicht aufregen. Diese Frau schaffte es, innerhalb von Augenblicken ein Inferno zu entfachen. Aber im Moment wurde ich Zeuge, dass sie in der gleichen Geschwindigkeit den Normalzustand wieder herzustellen vermochte.

»Vo ghn vier heuth Abnd hn?« Sie sprach, hatte dabei eine Zigarette im Mundwinkel, und war damit beschäftig, eine Sektflasche zu entkorken. »Verzeihung. Wo gehen wir denn heute Abend hin?« Silke hatte den Glimmstängel entfernt und schenkte uns Sekt ein.

»Och, ich dachte, wir gehen am Marktplatz Pizza essen und danach ins Delano, eine einzigartige Lokalität mit Biergarten und Seeblick. Manchmal spielt eine Band. Gute Musik. Gute Leute.«

»In Ordnung. Muss aber erst duschen und Haare

waschen. So kann ich ja nicht unter die Leute gehen!« Sie zupfte an ihren Haaren herum und verzog das Gesicht.

Ich neigte den Kopf zur Seite und sah mir meine Freundin an. Sie hatte sich nicht so sehr verändert. Nur die Haarfarbe wies einen dunkleren Ton als früher auf. Sollte ich meiner Haarfarbe auch etwas Peppiges geben? Das langweilige rotblond ging mir auf den Keks.

»Du hast so schöne Haare …«, als ob sie meine Gedanken gelesen hätte. »Nur den öden Flechtzopf könntest du mal weglassen. Der wirkt bieder.«

Daraufhin verschwand sie ohne eine Antwort abzuwarten für die nächsten sechzig Minuten im Bad.

Zwei Stunden später saßen wir am Marktplatz und mir verschlug es die Sprache. Was stellte sie nur mit ihrer Pizza an? Konnte ein Mensch derart unkultiviert sein? Silke konnte! Sie schüttete sich Unmengen von Tabasco und Ketchup auf ihre Stagione. Mir blieb die Frutti di Mare im Hals stecken und ich starrte auf ihr Werk, in das sie genussvoll hineinbiss.

»Schmeckt das denn? Mit so viel Tabasco?«

»Schmeckt präschtisch! Probier doch auch mal.« Sie hielt mir ein Stück entwürdigte Pizza entgegen.

Ich lehnte dankend ab. Allein bei dem Gedanken an 50 ml Tabasco brannte mir die Kehle. Kurz darauf sprang ich vom Stuhl auf und verbiss mir einen Schrei. Etwas Feuchtes war an meiner Wade hochgeschleimt. Igitt! Was ...?

Ein schwarzes Ungetüm wedelte mich an. Wie war dieses Riesenvieh von Hund unbemerkt unter unseren Tisch geraten? Die Mischung zwischen Braunbär und Bergamasker Hirtenhund war offenbar mit freundlichem Wesen gesegnet, drehte mir sein Hinterteil zu und machte sich begeistert über Silkes Bein her. Dabei hätte er es ohne Mühe mit einem Happs verspeisen können.

»Ach Gott, iss der niedlich!« Silke brach in Freudengeschrei aus und fing an, den Flokati zu tätscheln. Und ihm schmeckte Tabasco-Pizza.

»Spartakus! Hierher. KOMMST du HIERHER!«

Oh, das Kalb hieß also Spartakus? Ungewöhnlicher Name für einen außergewöhnlichen Hund. War das Herrchen ebenfalls ungewöhnlich? Dem Namen des Tieres nach vielleicht ein römischer Heerführer mit Hakennase und Adleraugen?

Wir verdrehten unsere Hälse, aber leider sahen wir Herrchen in der Abenddämmerung nur undeutlich, und er musste Spartakus auch nicht holen, denn Spartakus war ein folgsames Tierchen und kam dem Ruf seines Herrn sofort nach. Weg waren sie. Hund und Herrchen. Schade.

Nachdem Silke ihre Pizza ohne Feuer zu speien vertilgt und ich meinen Golf glücklich in eine Parklücke vor dem Delano gesteuert hatte, beschloss ich, dass es wohl vernünftiger sei, ab jetzt auf Alkohol zu verzichten. Nach zwei Grappa lag dieser

Gedanke nicht allzu fern. Silke stimmte mir zu. Hoffnungsvoll warf ich ein, dass man später auch zu Fuß nach Hause gehen könne, schließlich war meine Wohnung nur ungefähr einen Kilometer entfernt. Silke zeigte wortlos auf ihre Schuhe. Geschnürte High-Heels. In Ordnung, ich trink nix mehr, dachte ich traurig und bestellte Milchkaffee. Rosé, Grappa, Milchkaffee. Na, wir werden es doch noch schaffen, den Magen zu übersäuern? Wär ja gelacht, wär das. Mit einem Tröpfchen Tabasco vielleicht?

Kaum saßen wir im Biergarten und bewunderten das beleuchtete Seeufer, wurden unsere Beine heftigst abgeleckt. Die Zunge kannten wir doch? Spartakus! Hallo, alter Freund.

Silke warf mir einen bedeutsamen Blick zu. Wo der Hund war, war der Mann nicht mehr weit. Richtig kombiniert? Richtig kombiniert.

»Tut mir leid ... Spartakus! KOMMST DU JETZT HIERHER! Ich hoffe, Sie nehmen mir das nicht übel. Das macht er nur bei Damen. Entschuldigen Sie bitte.«

Ein Römer ist das nicht, dachte ich. Dafür war er zu klein, und eine Hakennase hatte er auch nicht. Eher eine Knubbelnase. Nett sah er aus. Und höflich war er. Nur das schwarze Muscle-Shirt war total daneben, passte jedoch durchaus zu seiner tierischen Begleitung, seiner sonnengebräunten Haut und den schwarzen, vollen Haaren.

»Ich heiße Olli. Eigentlich Oliver, aber der Länge wegen einfach Olli.«

Wir stellten uns ebenfalls vor, und er lud uns zu sich und seinen Freunden an den Tisch ein. Er machte uns mit seinen Freunden Birgit und Horst bekannt. Birgit hatte hellbraune Haare, die streng zu einem Zopf zurückgebunden waren, vornehme Blässe und einen leicht hypnotischen Blick, der mich dazu veranlasste, nervös auf meinem Daumennagel herumzukauen. Oliver versicherte uns zu einem späteren Zeitpunkt, dass sie ein sehr zugänglicher Mensch sei, nur eben bei neuen Bekanntschaften etwas, nun ja, zurückhaltend. Zurückhaltend? Okay, sie durchbohrte mich mit ihrem Röntgenblick und ich hätte schwören können, sie könnte mir auf Knopfdruck den Zustand meiner Herzkranzgefäße mitteilen. Im Gegensatz zu ihr besaß Horst einen eher munteren und weltoffenen Blick. Auch wenn er sich ausschließlich in Sprichwörtern und Floskeln unterhielt und mir damit innerhalb kürzester Zeit das Zwerchfell reizte.

Silke zog es vor, ihre Aufmerksamkeit auf den Hund zu richten, und Oliver beobachtete sie dabei freudig erregt. Ständig huschte sein Blick zu ihr und dem zufrieden sabbernden Spartakus. Bahomi, klärte uns Oliver auf. Bauernhofmischung. Und Spartakus hätte die Eigenart, reizenden Damen die Waden abzulecken, warum, weiß der Geier.

Aha, interessant ... Ich brauchte Alkohol! Denn an Silkes Waden schlabberte das Kälbchen eindeutig länger. Schon gut, ich wollte Oliver ja gar nicht, der den Eindruck vermittelte, als wäre er liebend gern an Spartakus Stelle. Kniekehlen riechen und gekrault werden. Welcher Mann wollte das nicht?

»Ich liebe Hunde«, stellte Silke kraulenderweise fest, ohne den Blick zu heben. »Ich könnte ohne Hunde nicht leben! Ohne Hund ist man nur ein halber Mensch!« Jetzt blickte sie kokett auf und seufzte bedeutungsschwer.

Luder!

Oliver hing an ihren Lippen, als sie fortfuhr. »Ist schon lustig, wenn wir Freundinnen unterwegs sind, gell, Emma? Die Emma hält Ausschau nach Männern und ich nach Hunden. Ist doch so, was, Emma?« Dem folgte ein mehr als aufgesetztes Lachen.

Aufpassen, Oliver, gleich fängst du an zu speicheln!

Die Emma hält nach Männern Ausschau! Ist das noch zu fassen? Unverschämtheit! Mir blieb kurzzeitig die Luft weg. Wieso versuchte sie, mich auszuspielen? Sie hatte doch keine Veranlassung dazu?

»Emma hat keine Tiere«, sprudelte sie weiterhin auf Oliver ein, »Emma hat noch nie einen Hund gehabt, gell Emma? Ich dagegen liebe Hunde!«

Du wiederholst dich, Heuchlerin! Wieso mochte ich sie eigentlich?

»Wenn du Tiere liebst, spüren die das! Und Spartakus mag mich offensichtlich.« Sie schleimte und kraulte in einem fort. Ich hielt verkrampft mein Glas fest und beobachtete ungläubig das Schmierentheater.

»Wie es den Wald hineinruft, so schallt es heraus«, stellte Horst treffsicher fest, und wurde dafür von Birgit mit einem bewundernden Blick bedacht.

Ich gluckste. Gut gesprochen, Horst, weiter so. Ich lehnte mich zurück und ließ den Dingen ihren Lauf. Ich konnte es nicht fassen, dass Oliver auf Silkes gekünsteltes Gehabe hereinfiel. Unabhängig davon, dass sie mich als ein flatterhaftes, tierbezugsloses Monster darstellte, strapazierte Silkes übertriebene Hundeliebe und ihr Braves-Mädchen-Getue mein Nervenkostüm. Mittlerweile hing Oliver mit den Augen im Ausschnitt meiner Freundin und spielte verlegen mit seinen angewachsenen Ohrläppchen. Ich starrte weitgehendst desillusioniert vor mich hin und überlegte, ob ich Silke die Schlafstelle verweigern sollte. Ich entschloss mich jedoch, mitzuspielen, lächelte und nickte.

Wieso mochte ich sie? Keine Ahnung. Einen Grund würde es schon geben. Vielleicht kam ich eines Tages dahinter.

»Du hast bestimmt ein geräumiges Auto, wenn du diesen Hund transportieren musst?« Mit honigsüßen Worten lullte sie ihn ein.

Ich verschluckte mich beinahe an der Weinschorle, die ich mir bestellt hatte. Aha! Jetzt tastete sie sich an den finanziellen Status heran!

»Allerdings«, meinte Oliver bescheiden. »Das ist bei einem solchen Ungetüm notwendig. Ohne Kombi geht da gar nichts. Der Spartakus bräuchte einen Wagen für sich alleine. Das kannst du mir glauben.«

»Wie der Herr, so sei G´scherr!«

Gut gekontert, Horst! Der Abend versprach, interessant zu werden.

»Hunde sind mir die treueren Gesellen. Geht es dir auch so, Oliver?« Silke beugte sich zu ihm herüber und hielt ihm ihren Ausschnitt direkt unter die Nase. »Im wievielten Stockwerk wohnst du denn? Muss der arme Spartakus viele Treppen laufen? Weißt du, Treppen steigen ist nicht gut für die Wirbelsäule von Hunden.«

Hexe! Himmel, war die gerissen, und Oliver merkte es nicht. Es gab allem Anschein nach nicht nur rosarote Brillen, sondern auch rosarote Ohrstöpsel.

»Der Oliver hat ein Haus. Ein Eigenes. Da hat es der Spartakus gut«, meldete sich Birgit zu Wort.

»Eig´ner Herd ist Goldes Wert!«

Herr, lass den Abend schleunigst vorüber gehen.

Silke zwinkerte mir zu. Siehst du, ein Haus hat der!

Ich zog die Brauen hoch, prostete ihr zu und rang mir ein gequältes Lächeln ab.

Verräterin! So, Oliver, dein Schicksal ist besiegelt. Klar, Häuschen im Grünen, Kombi in der Garage und Bausparvertrag.

Oliver lächelte verlegen, es wäre nur ein bescheidenes Haus in einem katastrophalen Zustand. Die Renovierung koste ihn jeden Cent, den er habe.

Soeben hatte er Silke unbewusst den Aufhänger zu der letzten Information gegeben, die sie noch benötigte, um ihn als eventuellen Partner zu in die engere Auswahl zu ziehen.

»Das muss ja Unmengen von Geld verschlingen? Ich kenn das von meinem Vater, der renovierte auch mal ein Haus und nahm sich dafür einen Kredit auf. Wie machst du denn das. So nach und nach oder alles auf einmal?«

»Ein Kredit war nicht nötig.« Oliver wand sich und lächelte verlegen. Ihm waren diese Fragen wohl doch etwas unangenehm.

»Ein Inschenör hat´s selten schwör«, warf Horst informativ in die Runde.

»Oh, du bist Ingenieur? Was denn für einer?« Silke sah sich schon als Hausherrin.

Dein Schicksal ist besiegelt, Oliver!

Bauingenieur war er. Alleinstehend, geschieden und Teilhaber einer florierenden Firma. Und das passende Gegenstück war noch nicht gefunden, erfuhren wir von Birgit.

Jetzt schon! Und selbst, wenn du es nicht wolltest, lieber Oliver, Silke hat dich im Netz. Auf Häuschen, Hund und Bauingenieur fährt sie total ab.

Birgit und Horst verabschiedeten sich. Es sei schon spät, entschuldigte sich Birgit und diesmal lächelte sie mir freundlich zu. Das erleichterte mich. Ich wusste zwar nicht warum und wieso, aber eins stand fest: Jetzt war ich allein mit Turtelpärchen nebst Hund. Wie war das mit dem fünften Rad? Genauso kam ich mir jetzt vor.

Silke und Oliver himmelten sich an, während ich schweigend danebensaß. Toll! Spartakus leckte mir freudig die Waden, als ich anfing, ihn mit Streicheleinheiten zu überschütten.

Na, Spartakus, sagte ich in Gedanken zu dem Kalb, wie findest du die Turtelei deines Herrchens? Spartakus sah mich aus unverdorbenen Hundeaugen an, und ich seufzte tief.

»Natürlich fahren wir dich nach Hause. Ist doch selbstverständlich, was Emma?« Silkes Blick ließ mir keine Möglichkeit, etwas anderes als das von ihr anvisierte zu antworten.

»Natürlich. Klar doch.«

Aber an die Bettkante setz ich mich nicht und passe auf, dass ihr ja nicht unanständig werdet! Benutzt mich nur als Taxi. Habe sowieso nichts anderes vor.

Olivers Häuschen stand mitten im Grünen. Das Innere des Hauses sah nach Renovierungsarbeiten und nicht sehr wohnlich aus. Er entschuldigte sich, dass die Arbeiter immer alles herumliegen lassen würden, und die Überstunden, der Hund und das mangelnde Talent für Hausarbeit ihm nicht zupasskämen. Silke nickte wissend und schaute sich um. Dieser taxierende Blick war mir wohlbekannt: Das da drüben, das könnte man anders hinstellen, und der PVC-Boden würde einem Parkett weichen müssen, und die Küche ...! Ihre Küche würde da schön hineinpassen. Und so weiter.

Minuten später saß ich als Anstandsdame zwischen den beiden Turteltauben auf dem Sofa, schlürfte Kaffee, und Spartakus versuchte, mich zu besteigen.

Lass das, Hund, ich bin nicht so eine!

Oliver versuchte, uns seinen Musikgeschmack nahe zu bringen, und legte eine CD der Toten Hosen ein. Silke liebte schwarze Soul-Musik, langsam und erotisch. Das war ein Fehler, Olli!

Ach, welch ein netter Mann. Höflich, bescheiden, stilvoll, und er konnte Kaffee kochen. Ich mochte Oliver. Er war diese Sorte Mensch, mit der man stundenlang irgendwo sitzen, Bier trinken und über Gott und die Welt quatschen konnte. Er hatte einen leicht sarkastischen Humor, und er konnte unheimlich schelmisch grinsen. Und dieser nette Nachbar hatte sich ausgerechnet in Silke verguckt. Wenn das mal kein böses Ende nahm. Für Oliver, nicht für Silke.

Ich hatte keine Lust mehr! Ich wollte nach Hause. Alleine! Konnte ich sie einfach hier lassen?

»Bist du verrückt?«, zischte sie mir zu. »Ich bleib doch nicht hier! Was soll er von mir denken?«

Als wir uns endlich schweren Herzens von Mann und Hund verabschiedeten, steckte uns Oliver je eine Visitenkarte zu und versprach, sich gleich morgen mit uns, das hieß mit Silke, in Verbindung zu setzen.

Ich zerrte meine Freundin in den Wagen und war froh, als ich die Türe zu meinen gemütlichen 45 Quadratmetern aufschloss. Wieso mochte ich Silke eigentlich? Oh, das fragte ich mich ja schon.

»Willst du auch einen Scotch? Ich hätte Glenfiddich da.« Aufatmend, endlich zu Hause zu sein, genehmigte ich mir einen Tropfen edlen, schottischen Scotchs. Das musste jetzt sein. Fünftes Rad spielen und den Abend bei zwei kleinen Grappa, Wasser, Milchkaffee und nur einer Weinschorle sitzen, verlangte einen harten Abschlussdrink. »Gefällt Olli dir eigentlich?«

»Nö.« Sie warf ihre Klamotten über den Stuhl, schlüpfte in ein hauchzartes, schwarzes Nichts und zündete sich eine Zigarette an.

»Bitte?« Ich hatte mich hoffentlich verhört.

»Nicht wirklich. Aber er ist ein netter Kerl.« Sie blies den Rauch langsam in die Luft.

Moment mal! Da hatte sie mich den ganzen Abend an die Bande gedrückt, gefoult bis zur Schmerzgrenze und nicht einen einzigen Strafpunkt dafür kassiert? Im Gegenteil. Mich hatte man auf die Ersatzbank verbannt! Und das alles für ein »Nö«?

»Das ist nicht dein Ernst!« Ich nahm ihr die Zigarette weg und drückte sie im Aschenbecher auf dem Balkon aus.

»Och, frag mich morgen früh noch einmal, ja? Bin jetzt zu müde.« Sie gähnte und verzog sich unabgeschminkt ins Bett.

Schöne Freundin! Zum Abschluss schwärzt sie sogar noch mein Kopfkissen mit Wimperntusche!

Ich schnappte mir die Flasche Glenfiddich und schlich ins Bad. Wenn ich die Füße etwas anzog und das Kopfkissen unter die Knie legte, war meine kleine Badewanne recht bequem.

»He! Hast du die Nacht in der Badewanne gepennt, oder was?« Silke rüttelte mich wach.

Au, mir taten alle Knochen weh. Mein Kopf auch. Der letzte Glenfiddich musste schlecht gewesen sein.

»Denke, ich wollte duschen und bin darüber eingeschlafen«, murmelte ich mit schwerer Zunge und versuchte ungelenk aus der Wanne zu klettern.

Eine helfende Hand hätte ich benötigt, doch Silke drehte mir den Rücken zu, kämmte sich ihre brünetten Locken und erzählte mir, dass sie bereits mit Oliver gesprochen habe. Sie würde jetzt zu ihm fahren, mit ihm frühstücken und anschließend würden sie mit Spartakus spazieren gehen.

Und wer frühstückte mit mir?

»Sei nicht böse, Emma. Aber wir werden uns heute wohl nicht mehr sehen. Sie zog sich die Lippen nach und besprühte sich mit einem süßlich riechenden Parfüm. Mir drehte sich der Magen um.

»Ach ...« Sie zupfte sich die Locken zurecht. »Kannst du mir die Nummer von Vincent geben? Macht dir doch nix aus, oder?«

Ich schloss die Augen. Nein, es machte mir nichts aus.

Sie griff zu ihrem Handy. »Schieß los.«

Auswendig sagte ich die Telefonnummer auf und sie tippte die Zahlen auf das Display.

»Danke, Freundin.« Sie drückte mir einen Kuss auf die Wange, steckte das Handy ein und schwebte davon. »Tschau, Emma, ich ruf dich an, ja?«

Ich gab ihr allerhöchstens zwei Wochen, dann würde sie mit Sack und Pack bei Oliver eingezogen sein. Entweder bei ihm oder bei Vincent. Nun, Letzteres bezweifelte ich dann doch.

Wer die Wahl hat

Präzise sortierte ich die Präsentationsunterlagen für unsere Verkaufsleiter. Das war eine Aufgabe, bei der ich nicht denken musste. Gut, so konnte ich meine Gedanken etwas abschweifen lassen.

Alle meine Männer ... Langsam sollte ich vielleicht Hängeregister anlegen. Vom schüchternen Samuel über den irregeleiteten Nils, den gelegentlichen Gregor bis hin zum sympathischen Sebastian. Der hinter mir gelassene Vincent verflüchtigte sich immer mehr aus meinem Kopf. Sehr cool, der kam in die Ablage P wie Papierkorb. Die anderen konnte ich noch eine Weile bei mir herumhängen lassen. Vielleicht in zwei Kategorien: mit und ohne Hummeln im Bauch.

Nachdem ich schließlich den halben Tag damit zugebracht hatte, mit unseren Verkaufsleitern Abweichungen zu besprechen, setzte ich mich an den Computer und begann, den monatlichen Bericht für die Bereichsleitung zu schreiben. Sorgfältig erklärte ich jede prozentuale und absolute Abweichung und endete mit der Darstellung des aller Voraussicht nach zu erreichenden Ergebnisses zum Jahresende.

Geschafft!

Noch mal Korrektur lesen und dann den Bericht beiseitelegen. Morgen früh würde ich die Endprüfung vornehmen. Sicher war sicher, dieser Bericht durfte nicht einen einzigen Fehler aufweisen. Prozentual nicht, absolut nicht und grammatikalisch auch nicht. Absolut!

Ich schlenderte in die Küche, um mit Tina ein wenig small Talk zu halten. Außerdem wollte ich wissen, ob sie sich inzwischen mit David getroffen hatte. Ich erfuhr von der Sekretärin, dass sie heute Morgen überraschend Urlaub genommen hatte.

So musste ich meinen Kaffee ganz alleine trinken und mich fragen, ob da wohl ein Mann im Spiel war.

Kurz vor Feierabend klingelte mein Telefon. Warum meldeten sich die meisten Vorgesetzten, besonders die verhassten, mit Vorliebe kurz vor Feierabend bei ihren Mitarbeitern, um sie mit nebensächlichen, dafür mit umso dringlicheren Anfragen zu quälen? Nach so einem Anruf vergnügte man sich normalerweise mit dem Wälzen von Vor- und Vorvorjahresordnern, was Stunden dauern konnte.

Ich starrte das Telefon an. Sollte ich abnehmen? Rechtschaffen, wie ich war, gab ich dem Klingeln ermüdet nach.

»Hi, ich bin' s. Sebastian. Wie geht´s dir?«

Postwendend schnellte mein Adrenalinspiegel aus seinem Büroschlaf empor, was eine sofortige Ganzkörperdurchblutung zur Folge hatte und meine Pulsfrequenz auf ein ungesundes Maß hochjagte.

Ab etwa 165 Pulsschlägen pro Minute befand ich mich im anaeroben Bereich, hatte man mir im Studio erklärt.

Bis eben sei es mir eher mittelmäßig gegangen, versicherte ich ihm anaerob nach Luft schnappend, aber ich freute mich außerordentlich, ihn zu hören.

»Ich will dich sehen.« Oh, er klang sehr bestimmt. Widerworte zwecklos. Allerdings fuhr er etwas weniger bestimmt fort: »Vorausgesetzt, du willst es auch. Mich sehen, meine ich. Wenn du mich nicht sehen magst, dann sag es bitte sofort. Dann mache ich mir keine Hoffnungen. Und wenn du mich treffen willst, dann lass uns das gleich morgen tun, ja? Aber wenn du nichts von mir wissen willst, dann triff dich trotzdem mit mir, nur als Freund, nur zum Reden. Andersherum wäre es mir natürlich lieber. Ich freue mich so auf dich, Emma.«

Da hatte er sich aber ein Herz gefasst, der liebe Sebastian, und sein gesamtes Inneres mit einem Wortschwall offengelegt. Wie niedlich!

»Sebastian, ich würde mich sehr gerne mit dir treffen. Morgen, sagtest du?« Ich versuchte, meiner Stimme Gelassenheit zu verleihen. Wie gut, dass er nicht sah, wie meine Hand unkontrolliert zitterte und mein Kopf wie ein Warnsignal leuchtete.

»Oh ja, morgen Abend. Ich hol dich zu Hause ab, und wir gehen gemütlich ein Gläschen Wein trinken. Einverstanden?«

»Es ist nicht nötig, dass du mich abholst, wirklich nicht. Hör zu«, überlegte ich laut, »wie wäre es, wenn wir uns nach Feierabend treffen?

Komm doch einfach um sechs Uhr nach Heidelberg ins Extrabreit. Kennst du das?«

Mir war es angenehmer, beim ersten Mal unabhängig zu sein. Was, wenn er mich an einen Parkautomaten drücken und mich vollsabbern würde? Was, wenn er mich in seinem Wagen fesseln und ins Feld fahren würde, um mich dort vollzuschlabbern? Das eigene Wagentürchen wollte ich mir für einen kalkulierten Rückzug offenhalten.

»Ja. Kenn ich. Und ...«

»Ja?«

»Ich freue mich auf dich!«

Gleicher Tag, ein paar Stunden später.

Mit den Beinen auf der Balkonbrüstung, dem Tagebuch auf den Oberschenkeln und einem Glas Rotwein an den Lippen versuchte ich, meine Empfindungen in Bezug auf Sebastian festzuhalten. Ich beobachtete die langsam untergehende Sonne, fing meine zweite Packung Zigaretten an und ließ meinen Kugelschreiber austrocknen. Es war zutiefst entspannend, einfach da zu sitzen, Sonne und Vögel zu beobachten, den warmen Wind zu spüren und das Gefühl zu haben, dass man sich verliebt hatte. Ich dachte an Sebastian und genoss dieses wohlbekannte, kribbelnde Ziehen in der Magengrube, ja, ich glaubte auch, das leichte Vibrieren eines Hummelchens zu spüren. Dabei konnte ich mir kaum die Einzelheiten seines Gesichtes ins Gedächtnis rufen. Nur seine Gesamtheit und die

Wirkung, die er auf mich gehabt hatte. Und seine sanft nach oben geschwungene Oberlippe. Er hatte ein süffisantes Lächeln, wobei sich die Lippen leicht nach oben bewegten und in den Mundwinkeln ein dezenter Abwärtstrend zu beobachten war.

Ich liebte süffisante Lächler, besonders wenn sie mich mit blitzenden, vielversprechenden Augen ansahen. Ich glaubte, mich an wild durcheinandergeratene Haare zu erinnern, untermalt von leckerem Männerschweiß und dem Zittern der Erregung. Die Vorstellung, voreinander zu stehen, sich nach sanfter, rhythmischer Musik langsam, kaum spürbar zu bewegen, ließ mich wohlig erschauern: Afrikanische Trommeln, Takt, zwei Körper bewegen sich in Einklang, die Ekstase verhaltend bezwingen, sich nicht berühren, die Schwingungen des anderen auffangen und zurückleiten. Sehnsucht nach der Berührung, der Glaube, es nicht ertragen zu können, und sich doch auf Gedeih und Verderb der reizvollen Qual ergeben.

Stop, Emma. Gut möglich, dass ich einiges in ihn hineininterpretierte, das er nicht war und nicht halten konnte. Vielleicht träumte ich da von etwas, das nie geschehen würde und das ich auch nicht geschehen lassen wollte?

Ich wollte nicht wieder nur für eine Nacht bleiben und mich bei erster Gelegenheit mit den Schuhen in der Hand davon schleichen. Erwartungsvoll prickelnde und verhaltene Erotik mit Herz! Das war es, was ich brauchte. Herzklopfen, Sehnsucht, Ziehen im Bauch, Zittern, Gummibeine, verliebte Blicke.

Das und nichts Anderes!

Und überhaupt. Afrikanisches Getrommel ... Lächerlich!

Es wäre zu schön, um wahr zu sein, schrieb ich in mein Tagebuch, und: Lieber Gott, gib mir endlich wieder meine Hummeln. Ich könnte es kaum ertragen, erneut enttäuscht zu werden. Ich habe Angst! Angst vor unserem ersten Treffen, vor seiner Reaktion auf mich. Angst vor mir, vor meiner Reaktion auf ihn.

Ich wollte endlich wieder jemanden lieben, verdammte Hacke!

Die Sonne schob sich hinter die Häuser, und der Wind frischte auf. Schwerfällig schleppte ich mich in mein Bett und beschloss, von Sebastian zu träumen. Tatsächlich wollte der Schlaf sich nicht einstellen. Fest entschlossen kniff ich die Augen zu und zählte Schäfchen. Das Einzige, was da über den Holzzaun sprang, war ein verliebter Sebastian, der wiegenden Schrittes auf mich zukam. Mein Kopf war voll von ihm und überzogenen Erwartungen. Verzweifelt versuchte ich, den erlösenden Schlaf zu finden, während mir die verrücktesten Fantasien durchs Hirn schossen.

Unnütz. Er würde mich benutzen und sich dann in Strahlemannmanier der Nächsten zuwenden. Oder er hielt meinen Illusionen nicht stand. Oder wir hatten beide zu viel in den Abend hineininterpretiert, oder ...

Es gab zu viel Oder und zu wenig Informationen.

»Lynn! Hilf mir!«, heulte ich eine Woche und ein Sebastian-Date später in den Sessel meiner Freundin.

»Um Gottes willen, Emma, was ist denn passiert?« Lynn reichte mir Taschentücher und Ramazotti.

»Ich habe mich mit Sebastian getroffen. Und jetzt ist alles so entsetzlich!«

»Ganz ruhig. Erzähl einfach von Anfang an.«

»Wir haben uns im Extrabreit getroffen,« ich atmete tief durch und nahm einen Schluck. »Lynn, diese Nase ..., die geht einfach nicht. Sie stört mich, mehr als gedacht. Ach, alle meine Erwartungen lösten sich mit einem Schlag in Luft auf. Du weißt schon, afrikanische Rhythmen, Erotik, Tanzen, Sinnlichkeit und all das.« Ich sackte in mich zusammen.

»Und weiter?«

Ich blickte gequält zu ihr hoch. »Und weiter? Na, wir sind zu mir gegangen und haben uns bis drei Uhr morgens unterhalten. Ja, richtig gehört, unterhalten. Er hat mich nicht mal angerührt. Und dann reagierte er total erwachsen und tapfer, als ich ihm irgendwann sagte, dass es nichts wird mit uns, weil es einfach nicht gefunkt hat. Er war so lieb und anständig. Und ich fühle mich so mies und gemein!«

»Du hattest meines Wissens nicht ein einziges Mal seine Nase erwähnt?«

»Sie ist riesig, diese Nase«, begehrte ich auf.

»Und der Rest?«

»Der Rest?« Irritiert blickte ich sie an, dann begriff ich. »Du liebe Güte, Lynn! Keine Ahnung, ob der Rest riesig ist ... Aber er hat dunkle und sanfte Augen mit langen Wimpern und ein faszinierendes Lächeln. Alles Mist. Und dann küsst er mich unter der Tür und drückt mich ganz lieb und flüstert mir zu, ich sei seine Traumfrau. Ist das nicht zum Heulen? Und der Kuss hat mir sogar gefallen - trotz Nase. Und es war schön, lieb gedrückt zu werden. Was soll ich nur tun?«

»Versuch es mal mit Kennenlernen? Du hast ihn zweimal gesehen, das ist gar nix. Weißt du noch, damals mit Peter? Den kannte ich ein halbes Jahr, bevor ich mich in ihn verliebte. Und? Sechs Jahre wurden daraus, bis er mich verließ. Und ich liebte diesen Mann so sehr, dass ich ihn geheiratet hätte. Aber als ich ihn zum ersten Mal sah, dachte ich: Mein Gott, der ist ja so was von zum Abgewöhnen.«

»Ach, ich weiß halt auch nicht.« Ich zuckte mit den Schultern.

»Das ist mein Satz. Den darf nur ich sagen«, versuchte Lynn die Situation aufzulockern, und lachte. Gequält verzog ich mein Gesicht.

»Ich koche uns erst mal Spaghetti«, sagte Lynn. »Auf leeren Magen sind mir deine Männergeschichten echt zu heftig.«

Es dauerte ein bisschen, bis sie zwei saubere Töpfe gefunden hatte. Was sie dann aber im Chaos ihrer unaufgeräumten Küche zauberte, war das beste Mittel gegen Realitätsverleugnung. Wir bedeckten unsere Spaghetti mit Tomatensoße und Bergen von Parmesan. Nur so schmeckten Spaghetti richtig gut. Nach drei Portionen hatten wir leere Töpfe, zum Bersten volle Bäuche, ein schlechtes Gewissen und schworen uns, ab morgen Diät zu halten. Aber heute war nicht morgen, und so tranken wir genussvoll einen trockenen Rotwein dazu. Dann nahm Lynn den Faden wieder auf.

»Wie soll das weitergehen mit dir und Sebastian? Trefft ihr euch, oder geht ihr euch aus dem Weg? Das wäre schade. Ich mag ihn, und die Clique ist lustig. Und außerdem finde ich, dass er richtig gut aussieht. David hat mir übrigens erzählt, dass Sebastian vor einem halben Jahr fürchterlich enttäuscht worden ist. Seine damalige Freundin hat ihn betrogen, bevor sie ihn dann verlassen hat. Sebastian hat gelitten wie ein Hund. Und du, liebe Emma, warst die erste Frau, die er wieder angesehen hat, sagt David. Und wie er dich angesehen hat! Du brichst dem armen Jungen das Herz!«

Lynn senkte den Kopf und schaute mich von unten herauf an. »Überleg es dir doch noch mal, hm? Lass dich doch mal auf ihn ein.«

Was? Ich horchte auf. Er war betrogen und verlassen worden, hatte gelitten, und ich war die erste Frau, die ihn aus seinem Leid erlöste? Jetzt fühlte ich mich noch miserabler. Das war Absicht, Freundin!

Das hast du mir mit Kalkül aufs Auge gedrückt! Das war gemein!

»Du appellierst an mein gutmütiges Herz! Hast du mir das unbedingt sagen müssen? Du willst doch nur, dass ich mich schlecht fühle!«

»So etwas würde ich nie tun!« Das Weib legte den Kopf schief, streckte beide Hände von sich und verzog die Mundwinkel zu einem Grinsen. Das war der Nachteil einer langjährigen Freundschaft. Lynn kannte mich viel zu gut. Besser als ich mich selbst.

Schluss mit lustig

Moin Emma! Wollen wir Schweine stauchen?

Ich winkte Tina durch die Glasscheibe zu und hielt zustimmend eine Zigarette in die Luft.

»Und?«, wollte ich fünf Minuten später wissen, »läuft was mit dir und David? Erzähl. Umsonst hast du dir bestimmt keinen Urlaubstag gegönnt.«

»Oh Emma, ich bin ja so verliebt, David ist der Richtige, absolut. Mich hat es voll erwischt. Und das zu einer Zeit, in der ich nie damit gerechnet hätte.«

Sie verströmte das pure Glück der Frischverliebten. Ein wenig beneidete ich sie um dieses schöne Gefühl.

»Sebastian hat nach dir gefragt.« Tina schaute mich vielsagend an.

»Ach ja?« Ich versuchte, gelangweilt zu wirken, und testete mein Gleichgewicht auf einem Bein.

»Sag mal, gefällt er dir nicht, oder was? Ich dachte, ihr seid das neue Dream-Team?«

»Ich weiß es nicht, Tina.« Ich zündete mir noch eine Zigarette an und blies nachdenklich den Rauch in die Luft. »Irgendwie geht mir der Junge ans Herz, und ich habe ständig das Gefühl, ihn knuddeln zu müssen. Aber eine Beziehung? Ich glaube, dazu reicht es nicht.«

»Finde ich extrem schade. Aber wir können uns ja trotzdem mal zu viert treffen, oder? Die beiden, David und Sebastian, sind gute Freunde und wir schließlich etwas mehr als Kolleginnen. Muss ja nichts draus werden. Ganz unverfänglich. Hm?«

Wollte mich Tina verkuppeln? Nein, so ein Weibergetue passte nicht zu ihr. Tina war nicht der Typ, der Freundinnen verkuppelte. Nicht Tina. Sie glaubte an die Macht des Schicksals, das jedem Menschen zuteilte, was ihm entsprach.

»Spricht nichts dagegen«, überlegte ich laut, »nur möchte ich nicht, dass sich Sebastian unnötig Hoffnung macht. Er wäre der letzte Mensch, den ich enttäuschen mag. Andererseits, wann will man schon jemanden enttäuschen?«

»Mach dir mal keine Sorgen. Der Sebastian ist erwachsener, als du denkst. Er hat sich die Sache schon abgeschminkt.«

Wie bitte, was? So schnell gab er mich auf? Unverschämtheit.

Du spinnst, Emma! Sei doch froh, dass er sich so schnell damit abgefunden hat!

Ungeduldiges Telefonklingeln aus dem Vorzimmer unseres Bereichsleiters löste unsere kleine Runde auf. Die Arbeit rief. Seufzend angesichts des langen Tages, der noch sieben Stunden dauern sollte, schnappte ich mir den Berg von Papier aus meinem Postkörbchen.

Wie sollte ich die kommenden sieben Stunden überstehen? Die Sonne brannte gnadenlos vom wolkenlosen Himmel, die Wettervorhersage prophezeite 32 Grad im Schatten, und ich saß im Büro und träumte davon, faul am See herumzuliegen und mir Sebastian durch Kopf und Herz gehen zu lassen.

Mein Blick fiel auf Frau Evens, unserer Engländerin mit dem Tee-Fimmel. Normalerweise war sie immer für ein Späßchen zu haben und wartete nur darauf, ihren trockenen englischen Humor anzubringen. Jetzt saß sie mit Todesmiene an ihrem Schreibtisch und brütete dumpf über einer Tasse Tee. Nanu? So bitterernst und unproduktiv kannte ich sie ja gar nicht. Musste das schwüle Wetter sein. Vielleicht träumte sie sich auch gerade an den Badesee.

Eine Weile brütete ich über einer Mail unseres Kunden in Malta. Was sollte ich damit? Die Nachricht gehörte doch zu Herrn Bergmann? Ich leitete die E-Mail weiter und beschloss spontan, meinen Kollegen zu besuchen, um ihn persönlich auf die wichtige Kundeninformation aufmerksam zu machen.

Herr Bergmann saß an seinem Schreibtisch vor fünf aufgeklappten Ordnern, dazwischen wild durcheinandergeratene Papierstöße, und wirkte verstimmt. Das war untypisch für unseren peniblen Saubermann. Ganz untypisch.

»Einen wunderschönen guten Morgen, Herr Bergmann«, flötete ich fröhlich, »Sind Sie heute Morgen mit dem falschen Fuß aufgestanden? Oder vermissen Sie eine Mail vom Malteser? Die habe ich Ihnen weitergeleitet. Ist wohl versehentlich bei mir gelandet. Sie können jetzt wieder lächeln.«

»Guten Morgen, Frau Weber.« Herr Bergmann lächelte gequält. »Danke. Aber ich habe nicht drauf gewartet. Wissen Sie noch nichts?«

»Sollte ich etwas wissen?«

Was war denn hier los? Eine erstarrte Evens und ein unordentlicher Bergmann wirbelten mein Abteilungsgefüge durcheinander. Ich roch Unrat.

»Oh. Gut. Nun ... dann darf ich Ihnen auch nichts sagen. Um zehn findet eine Betriebsversammlung statt, da ist offizielle Verkündigung.« Seine Mimik verschloss sich und er starrte auf seinen Monitor.

»Wovon, Herr Bergmann? Rücken Sie schon raus!«

Doch er schüttelte den Kopf. »Ich will keinen Ärger bekommen, verstehen Sie das bitte.«

Ich wollte ihn nicht länger malträtieren und ließ von ihm ab. Wenn er mich fragte, ob ich es nicht schon wusste, hieß das ja wohl, dass es Kollegen gab, die bereits eingeweiht waren. Sollte ich jetzt noch recherchieren? Ein Blick auf die Uhr hielt mich davon ab. In weniger als einer halben Stunde würde auch ich zum Kreis der Eingeweihten gehören.

Meine Konzentration in den folgenden zwanzig Minuten zerstob wie ein Schwarm aufgeschreckter Spatzen in alle Himmelsrichtungen. Um drei Minuten vor zehn postierte ich mich gemeinsam mit meinen Kollegen vor dem großen Saal. Nach und nach gesellte sich ein Großteil der kompletten Bereichsbelegschaft dazu und die Tore wurden geöffnet. Scheinbar war ich nicht die einzige Ahnungslose, denn erst der Geschäftsführer beendete das fröhliche Rätselraten. Er trat hinter das Stehpult, und fünfunddreißig Augenpaare saugten sich an ihm fest.

»Erst einmal guten Morgen, meine Damen und Herren«, begann Kunz, nervös den Kugelschreiber zwischen den Fingern drehend. »Ich danke Ihnen für Ihr zahlreiches Erscheinen und möchte mich zuerst bei dem Teil der Belegschaft entschuldigen, der erst heute Morgen von dieser Versammlung erfahren hat.«

Kunz legte eine kurze Pause ein, um uns alle nacheinander anzusehen und die Spannung zu steigern. Auch ich blickte in die Runde. Die meisten hatten den Blick gesenkt, einige schauten unwissend und neugierig nach vorne. Andere wiederum sahen aus, als würden sie im Anschluss ihre Kündigung aufsetzen oder eine Bombe legen.

Mir schwante Übles. Sollte Dippel der Grund für diese Versammlung sein? Sollten sich meine schlimmsten Befürchtungen bewahrheiten?

Kunz fuhr fort. »Wie die meisten von Ihnen wissen, fiel das Betriebsergebnis für das vergangene Jahr nicht so positiv aus wie erwartet. So hat sich die Geschäftsleitung kurzfristig entschlossen, eine Umstrukturierung vorzunehmen. Zu diesem Zweck werden wir Anfang September einen neuen Mitarbeiter, den geschätzten Herrn Doktor Dippel, begrüßen, der den Bereich Projekte und Analysen leiten wird. Außerdem wird Herr Dr. Dippel die stellvertretende Geschäftsführung repräsentieren und unsere einzelnen Divisions finanztechnisch beraten und unterstützen.«

Weiter teilte uns Kunz mit, dass ab September alles besser, schöner und effektiver werde, die Projektmanager, drei an der Zahl, ich eingeschlossen, zusammen in einem Büro sitzen würden und Dippel unser neuer Vorgesetzter sei. Außerdem würde ein zentrales Marketing geschaffen, das die einzelnen Marketingbereiche ablöste. Der Marketingchef Dr. Locher übernähme ebenfalls die Leitung des gesamten Vertriebes.

Schweigen. Das blanke Entsetzen spiegelte sich in den Gesichtern aller Anwesenden. Meine kleine, heile Bürowelt lag in Scherben vor mir und eine Herde Dinosaurier trampelte die Überreste in den Staub der letzten Hoffnung.

Der Vollpfosten würde also Marketing und Vertrieb leiten. Reichte es nicht, dass er von einem der zwei Bereiche keine Ahnung hatte? Es war legendär, dass er alle paar Monate seine Marketing-Crew auswechselte, weil er den Standpunkt vertrat, dass junge, motivierte Hochschulabgänger oder Zeitarbeitskräfte mehr leisteten und entweder günstiger waren oder nicht im Personalkostenblock auftauchten. Sehr praktisch.

Am allerschlimmsten jedoch war: auf Wiedersehen, schnuckeliges kleines Büro! Nie wieder Tina winken oder mit Frau Evens Tee trinken. Stattdessen würde ich mit Tobias, dem Projektleiter Produktion und Trude, seiner Kollegin, in einem Büro sitzen. Tobias war in Ordnung. Seine Kollegin, Gertrud Trudemann, von allen nur Trude genannt, hatte ich flüchtig kennengelernt. Sie war seit etwa einem halben Jahr dabei, klein, mit undefinierbarer Haarfarbe und biederem Auftreten. Sie trug immer brave Stoffhöschen, Blüschen mit Rüschen dran und Goldkettchen mit Kreuzanhänger. Zu jedem angesprochenen Punkt lächelte sie, nickte und lächelte und nickte. Eine Trude halt.

Gott stehe mir bei.

Betreten standen wir später in der Abteilung zusammen. Unser geliebter Chef hatte uns soeben mitgeteilt, dass er die Firma verlassen werde, und war desillusioniert in seinem Büro verschwunden.

»Ich kündige!« Tina kleidete den Gedanken eines jeden in Worte.

»Abwarten, Tina«, sagte ich, »erst mal abwarten. Vielleicht wird´s nicht so schlimm.«

»Du beliebst zu scherzen, werte Emma! Mit Locher als Chef geh ich lieber putzen. Mit dem kann und will ich nicht zusammenarbeiten. Ich meine, in einem halben Jahr hat der sowieso die gesamte Belegschaft seiner Abteilung ausgetauscht. Da mach ich's lieber wie Hochfeld: Gehen, bevor man gegangen wird. Das ist mir sogar meine Abfindung wert. Die spüle ich gepflegt den Abfluss runter. Herrgott, was eine Scheiße.«

Da hatte sie recht. Wen Locher nicht freisetzte,

der würde nach einer Weile von selbst gehen. Wir alle, Hochfeld eingeschlossen, waren ein starkes, eingespieltes Team. Wenn man das aufbrach, entstanden Wunden, die man nicht einfach ignorieren und schon gar nicht heilen konnte.

In den Büros war unheilvolles Schweigen ausgebrochen. Jeder arbeitete leise vor sich hin, nur Tina tippte an ihrer Kündigung. Sie war vermutlich die Einzige, die mit dem Herz bei dem war, was sie tat.

Irgendwann am Nachmittag hielt ich es nicht mehr aus und rief Lynn an, um mich mit ihr in der Kantine zu verabreden.

»Wieso Kantine?«, fragte sie verblüfft. »Es ist drei Uhr. Mittagspause ist längst vorüber.«

Ich schilderte ihr im Telegrammstil den Sachverhalt und wies sie darauf hin, dass ich jetzt dringend eine kollegiale Freundinnenschulter zum Ausheulen bräuchte. Sofort und ungeachtet des Risikos, dass mir die Firma deswegen kündigen könne. Und wenn sie nicht sofort rüberkäme, müsse ich mich im Kaffee ertränken oder Schlimmeres.

Derart unter Druck gesetzt stand sie einige Minuten später in meinem Büro. Ich schüttete ihr meine strukturell bedingte Enttäuschung vor die Füße und ließ mich trösten. Ändern konnte sie zwar auch nichts, aber zumindest zuhören. Und sie konnte mich vor Dummheiten bewahren, wie zum Beispiel das Verfassen einer Kündigung.

Heute Abend würde ich mir die Seele aus dem Leib trainieren und alle Umstrukturierungsgedanken aus meinem Hirn schwitzen.

Einige Stunden später stopfte ich hastig Handtuch, Duschgel und frische Klamotten in die Trainingstasche, schulterte sie und riss meine Tür auf. Vor lauter Firmenstress hatte ich völlig vergessen, dass ich mich heute für ein Probetraining in einem Verein für Budosport und Fitness angemeldet hatte. Das extreme Modebewusstsein im Frauenstudio ging mir auf den Keks.

Entnervt und mit quietschenden Reifen fuhr ich rückwärts aus der Parklücke. Der Verein war etwa zehn Fußminuten von meiner Wohnung entfernt. Aber warum laufen, wenn es Autos gab? Außerdem war mir heute nicht nach einem Fußmarsch. Aber genauso wenig danach, in einem unbekannten Umfeld mit unbekannten Leuten zu trainieren.

Nachdem ich mich den anderen als mögliches neues Mitglied vorgestellt hatte, legte die Trainerin eine CD ein und trat vor den Spiegel. Sie war ungeschminkt! Ebenso wie alle anderen, die teilweise weite T-Shirts über No-Name-Pluderhosen trugen. Wie angenehm.

Sobald die Musik einsetzte, verflog der Stress. Der Spaß an der Bewegung gewann die Oberhand. Viel zu schnell war die Stunde vorbei und wir klatschten, wie sich das gehörte. Hier gefiel es mir.

Zufrieden machte ich mich auf den Heimweg. Was für ein nettes Studio. Ein ganz normaler Verein mit sportbegeisterten Menschen. Dort standen der Mensch und seine Gesundheit im Vordergrund. Nicht hübsche Klamotten und gestylte Fingernägel.

Völlig verausgabt, aber glücklich und zufrieden schleppte ich mich in den dritten Stock und fiel todmüde in mein Bett.

Schaumschlägereien

Flinken Fußes sprang ich in Sebastians dunkelgrünen Renault. Auf Knopfdruck surrte das Dach zurück und verschwand im Kofferraum. Gut, das beeindruckte mich und ich nahm mir vor, auf ein Cabriolet zu sparen. Es gab auch günstigere Varianten, hoffte ich zumindest.

»Kann losgehen!« Grinsend setzte ich meine Baseballmütze auf, der Wind wehte mir um die hochgestreckte Nase, und ich genoss die neidischen Blicke der schwitzenden Autofahrer, die nicht einmal ein Schiebedach hatten.

Tina und David hatten eine Kleinigkeit zu essen vorbereitet und reichten dazu einen trockenen Rotwein. Ich erfuhr, dass David seine Brötchen mit der Programmierung irgendwelcher Alarmanlagen verdiente. Er wirkte auf mich nicht wie die typischen Programmierer und war weit entfernt von den weltfremden Vertretern seiner Art, die es bedauerten, sich nicht mit aller Welt in Nullen und Einsen verständigen zu können.

Sebastian studierte noch. Medizin im vierten Semester. Womit hatte ich das verdient? Alle lernten gestandene Männer mit hoch dotierten Jobs kennen, und mir ließ man die Studenten übrig. Kräftig sprach ich dem Rotwein zu und spülte alle Dippels, Lochers und Studenten dieses Tages hinunter.

Wir würden alle bei Tina übernachten. Sebastian und ich in getrennten Betten.

Irgendwann waren Tina und David verschwunden.

»Hast du eine Ahnung, wo die sind?« Mir wurde unbehaglich, so ganz alleine mit Sebastian.

»Du, ich vermute, wenn sie fertig sind, kommen sie wieder.« Sebastian grinste sein breites Jungengrinsen.

»Fertig mit Briefmarkenzählen?«

Jetzt lachte er laut. »Genau, Emma, das wird es sein.«

Das fand ich unerhört. Nicht, dass er lachte, sondern dass sich die beiden einfach davonstahlen, um ein schnelles Nümmerchen zu schieben, und mich hier hocken ließen. Dabei wusste Tina ganz genau, wie, äh, brenzlig ... heiß ... sagen wir, kritisch das mit mir und Sebastian war.

Ganz ruhig, Emma, nur keine Panik. Immer schön lächeln und Abstand halten. Und keine Schokolade von fremden Jungs annehmen. Dann passiert nix.

Ich erzählte ihm meine Geschichte mit Vincent. In allen Einzelheiten. Er sah mich teilnahmsvoll an und untermalte meine Erzählung mit entsetzten Ausrufen. Als ich geendet hatte, beteuerte er mir, er hätte bisher von mir eine völlig andere Seite kennengelernt, ich sei doch eine so selbstbewusste Frau, und wie gut das sei, dass ich die Selbstzweifel Made by Vincent hinter mir gelassen hätte. Und was dieser Typ doch für ein Trottel wäre, eine Frau wie mich nicht auf Händen zu tragen.

Bitte? Sag´s noch mal, Sebastian, das tut der geschundenen Seele gut. Mit jedem Glas Rotwein rutschte ich ein Stückchen näher zu ihm. Aber was war nur mit seinen Haaren passiert? Er hatte mindestens eine Tube Gel verbraucht, um sie so stachelig zu bekommen. Kurzerhand zog ich ihn ins Bad. Haare waschen.

»Was willst du?« Entsetzt blickte er mich an.

»Ich wasche dir die Haare. Ich will mal sehen, wie du unter diesem Motorradhelm aus Gel aussiehst. Hinknien!«

Sebastian gehorchte grinsend.

»Hör auf zu lachen, sonst kriegst du noch Schaum in den Mund!«

Ich seifte ihm seine festgekleisterten Haare ein und massierte die Kopfhaut. Eine Tube Gel? Es mussten mindestens zwei gewesen sein.

»Das kitzelt! Lass das! Igitt, schmeckt das eklig.«

»Genau deshalb Mund zu und stillhalten.«

»Dir ist klar, dass das eine voll angesagte Frisur ist?«

»War, meinst du. Und überhaupt, wo soll die denn angesagt sein? Bei der David-Bowie-Gedächtnisparty?«

»Du bist ein böses Weib!«

»Ich weiß. Hat Vincent gemacht.«

Energisch schrubbte ich weiter, spülte, schrubbte und spülte. Nachdem Sebastian auch den anschließenden

Föhnangriff überlebt hatte, nur knapp, wie er behauptete, sah er wie ein Mensch aus. So gefiel er mir schon besser.

Er wartete geduldig, bis ich auch die letzte Haarsträhne in Ordnung gebracht hatte. So, fertig.

»Und jetzt bist du dran!« Er schnappte mich, setzte mich in die Badewanne und stellte das Wasser an.

»He! Was machst du denn? Verrückt geworden? Lass das!«

Ich versuchte, ihn zu packen und ihn zu mir in die Dusche zu ziehen. Aber er verwendete die Shampooflasche gegen mich und vernebelte mir die Sicht mit Schaum. Wild fuchtelnd versuchte ich, den Mischhebel zu erreichen. Ah, da war er ja. Ich hielt mich daran fest, während mein seifiger Hintern in der glatten Wanne abschmierte. Ein kalter Schwall Wasser kam über mich, und ich schrie wie am Spieß.

»Kalt! Kalt! Kalt!«

Sebastian ließ mich los. Er lachte so sehr, dass mir nicht ganz klar war, ob er nun ersticken oder kollabieren würde. Ob ich wollte oder nicht, sein Lachen wirkte ansteckend. Und der Schaum schmeckte tatsächlich fürchterlich.

Na warte, dachte ich. Die Rache ist mein, du kleiner Gelfetischist. Ehe sich Sebastian in Deckung bringen konnte, hatte ich den Duschkopf an mich gerissen und das kalte Wasser aufgedreht. In dem Moment ging die Tür auf, Sebastian sprang zur

Seite und Tina bekam die volle Ladung ab.

»Oh ... was macht ihr denn hier?«, tropfte sie.

»Duschen«, sagten Sebastian und ich aus einem Munde.

»Duschen tut man unter der Dusche und nicht im ganzen Badezimmer.«

Ich kicherte, immer noch klitschnass, in der Badewanne vor mich hin, und Sebastian tropfte gemeinsam mit Tina den Boden voll.

Nachdem wir – getrennt, versteht sich – warm geduscht und in trockene Sachen geschlüpft waren, wurde es Zeit, ins Bett zu gehen.

»Hier schlaft ihr!« Tina schob uns in das Gästezimmer. Meine Blicke überflogen in sekundenschnelle den Raum, fanden jedoch nur ein einziges Bett, eindeutig zu breit für ein Einzelbett und definitiv zu klein für uns beide.

»Das Bett ist breit genug für zwei.« Tina musste meinen Widerwillen bemerkt haben. »Und der Sebastian wird dich schon nicht fressen.«

Nein, aber begrapschen.

»Mal sehen. Frisch gewaschen bist du ja jetzt«, kam die süffisante Antwort.

»Du kannst auf dem Sofa schlafen!«, bestimmte ich energisch.

Soweit käme es noch. Nie im Leben.

»Könnte schwierig werden«, meinte Tina. »Das Sofa ist nicht lang genug. Dafür haben wir ja dieses Gästebett, verstehst du?«

»Meinetwegen.« Ich hielt Sebastian den Zeigefinger unter die Nase. »Wehe dir, du fängst an zu grabbeln. Dann gibt´s Haue!«

»Kein Grabbeln. Versprochen!«

»Schnarchen?«

»Auch nicht.«

»Decke wegziehen?«

»Niemals. Indianer-Ehrenwort.«

»Na, dann.«

Tina und David verzogen sich, und ich verzog das Gesicht. Bei Licht ausziehen oder im Dunkeln? Bei Licht natürlich. Wer war ich denn? Lieselotte Müller, oder was?

»Du hast deinen Slip verkehrt herum an, Emma.«

Ich schaute an mir herunter. Tatsächlich! Nein, war mir das peinlich! Moment mal ...

»Wo hast du denn deine Augen?! Das geht dich überhaupt nichts an, wie herum ich meinen Slip trage. Und wenn ich ihn mir über den Kopf stülpe, geht's dich nichts an!«

Er lachte. »Mach mal.«

»Einen Teufel werd ich tun!«

Kichernd schlüpfte er unter die Decke. Ich tat es ihm gleich und löschte das Licht. »Nacht, Sebastian.«

»Nacht, Emma.«

»Wehe, du schnarchst.«

»Ist ja gut jetzt.«

Was noch gut war, war sein Geruch im Dunkeln. Seine atmende Wärme neben mir. Mein Kopfkissen war sowieso viel zu klein, seines war größer. Ich rückte mal ran. Wortlos hielt er seinen Arm hoch, und ich legte meinen Kopf auf seine Schulter.

»Süße Träume, Emma«, flüsterte er. Wohlig kuschelte ich mich an ihn und schlief sofort ein.

»Guck dir die beiden an! Sehen sie nicht süß aus?«

Ich blinzelte. Wer trompetete hier in meinem Schlafzimmer rum? Ach, Moment, war ja gar nicht meines. Wo war ich hier? Was neben mir roch hier so gut nach Mann?

»Guten Morgen, ihr Schlafmützen. Aufstehen. Wir müssen ins Büro.«

Tina hatte sich zu mir heruntergebeugt und säuselte mir ins Ohr. David stand mit verschränkten Armen am Türrahmen und schmunzelte. Noch immer lag ich in Sebastians Arm. Süß sah er aus, wie er da so schlief und nach Mann duftete.

»Ihr kommt dann Kaffee trinken, wenn ihr fertig seid, ja?« Tina zog David mit sich nach draußen.

Ich hauchte Sebastian einen Kuss auf seine Stirn und weckte ihn leise. Er grunzte wohlig, zog mich an sich und küsste mich.

Schön, so ein nachtwarmer Kuss am Morgen. Könnte man öfter machen ... Aber schließlich wollte ich nichts von ihm. Nein, wollte ich nicht. Kein Stück.

Eine Stunde später stieg David zu Sebastian in den Renault und winkte uns noch einmal zu. Wir winkten kräftig zurück und mussten lachen.

Die beiden sahen mit ihren umgedreht aufgesetzten Baseballmützen zum Schießen aus. Dann machten wir uns auf den Weg ins Büro. Erfreulicherweise war der Freitag ein kurzer Arbeitstag.

»Und?«, wollte Tina wissen.

»Was und?«

»Wie war´s heute Nacht?«

»Dunkel. Nein, ehrlich. Wir haben brav nebeneinander geschlafen.«

»Tatsächlich?«

»Tatsächlich.«

»Na, vielleicht seid ihr noch nicht so weit.«

»Wir sind überhaupt nicht so weit und werden es auch nie sein. Sebastian ist niedlich, aber das sind kleine Häschen auch.«

»Na, wir werden sehen.«

Was sollte der Spruch nun wieder? Tina saß mit einer Gelassenheit und mit einem Ausdruck im Gesicht hinter dem Lenkrad, den nur Menschen hatten, die sich einer Sache unumstößlich sicher waren. Wenn sie sich da nur mal nicht getäuscht hatte.

Mission Impossible

So sehr ich es auch wollte: Konzentriertes Arbeiten war nicht möglich. Um mich herum bewegten sich alle mürrisch und demotiviert. Keiner wollte über die Umstrukturierung sprechen und alle brauten sich ihr eigenes Gedankensüppchen. Der Tag zog sich in die Länge wie Kaugummi und ich erledigte meine Routineaufgaben lustlos mit ständigem Blick auf die Uhr. Ich hatte das dringende Bedürfnis nach massiver sportlicher Betätigung.

Endlich! Um 16 Uhr stürmte ich aus dem Büro.

Eine Stunde später betrat ich bereits in Vorfreude auf die Anstrengung stark transpirierend und rotnasig den Aerobicraum. Es gab immer noch ein paar Verrückte, die sich bei 40 Grad im Schatten in einem geschlossenen Raum trafen, um sich zu entkräften. Mich eingeschlossen. Eine Badewanne mit eiskaltem Wasser wäre mir jetzt lieber gewesen.

Bereits nach wenigen Minuten floss der Schweiß in Strömen und die Luft war zum Schneiden dick. Bei einer Drehung vergaß ich, meinen Fuß mitzunehmen. Ein beißender Schmerz ließ mich zu Boden sinken.

Die Trainerin stürzte sofort zu mir.

»Um Gottes willen, Emma, was machst du denn?«

Mein Knöchel schmerzte heftig. Ich hängte mich an Hannas Arm, um aufzustehen.

»Keine Ahnung. Ich muss umgeknickt sein«, presste ich hervor, versuchte, den Fuß zu belasten, und sank mit einem Aufschrei wieder zu Boden.

»Du, das hat gerade echt komisch ausgesehen. Du hast nach vorne gesehen, und deine Fußspitze nach hinten.« Sie runzelte die Stirn und tastete meinen Knöchel ab. »Sieht nicht gut aus. Zwar nicht geschwollen, aber das kann noch kommen«, prophezeite sie.

»Papperlapapp!« Ich stemmte mich hoch und stand felsenfest auf zwei Beinen. »Wird schon nichts passiert sein. Ich kann belasten. Alles gut.«

Tatsächlich schmerzte der Fuß etwas weniger. Bewegung schien ihm gutzutun.

Der Rest der Stunde verlief ohne nennenswerte Probleme. Das leichte Ziehen im Knöchel brachte mich nicht um. Mich doch nicht!

Ich duschte, machte mich zurecht und stand das Übel durch wie ein Mann, will heißen, wie eine Frau, die unbedingt zu einem Date mit einem Mann will, für den sie sich nicht interessiert.

Mit einem flauen Gefühl fuhr ich auf der Autobahn in Richtung Heidelberg. Beim Gasgeben tat mein rechter Knöchel weh, und der rechte Schuh fühlte sich enger an. Trotzdem, ich war eine Frau mit einer Mission. Ich musste Sebastian sagen, dass eine Beziehung zwischen ihm und mir keine Aussicht auf Erfolg hatte. Nachtwarme Küsse im Halbschlaf hatten gefälligst nichts zu bedeuten.

Heilfroh, meinen geschundenen Fuß endlich entlasten zu können, ließ ich mich wenig später auf einem Barhocker neben Sebastian nieder.

Sebastian stellte mir Franjo, seinen Cousin, vor. Der warf mir ein kurzes »Hey« in den Ausschnitt und wand sich erneut David und Tina zu. Komischer Typ.

Maskulin, aufrecht und unbeugsam stand Tina am Stehtisch und ließ ihre Blicke schweifen. Neid durchzog meine Gedärme. Warum hatte ich nicht einen winzigen Hintern, der problemlos in jede Lederhose passte und wirkte wie zwei Äpfelchen? Noch nie kam ich mir so fade und aufgedunsen vor wie heute.

Tina entdeckte mich und prostete mir zu. Aha, haben wir uns mit Sebastian getroffen?, schien ihr Blick zu sagen. Sind extra nach Heidelberg gefahren. Jaja, wir wollen nix von ihm, gell.

Klappe, blickte ich zurück, hast ja keine Ahnung.

Sebastian mimte den vollendeten Gentleman. »Darf ich dir etwas zu trinken bringen? Vielleicht einen leichten Rosé? Oder lieber etwas Alkoholfreies, bei der Hitze? Vielleicht Apfelschorle?«

Oh ja, Apfelschorle mit viel Eis. Schorle für mich, Eis für den Fuß. Der tat mittlerweile höllisch weh und fühlte sich warm an.

Sebastian musterte mich mit sorgenvollem Blick. »Was ist denn los, Emma? Alles in Ordnung?«

»Nicht der Rede wert«, winkte ich ab, »Fuß vertreten. Das wird schon wieder.«

Eisern biss ich die Zähne zusammen. Eine Indianerin kennt keinen Schmerz. Und überdies hatte ich noch eine unangenehme Aufgabe zu erfüllen. Da musste ich durch. Sebastian war so unglaublich liebenswert, er verdiente Offenheit.

Nachdenklich beobachtete ich ihn. Er sprühte vor Lebenslust, Witz und Energie. Er war der geborene Alleinunterhalter. Mit seinem Lausejungenlächeln, seinen blitzenden Augen und seiner ausdrucksstarken Körpersprache zog er alle in seinen Bann. Auch mich.

Die Kehle war mir zugeschnürt. Ich brachte es nicht fertig, ihm jetzt, heute Abend den Dolch ins Herz zu stoßen. Oh Sebastian, warum bist du nur so ein feiner Mensch?

Die Zeit verstrich, und ich saß unbeteiligt auf dem Barhocker und wartete auf meinen Einsatz. Gegen ein Uhr morgens schlug Franjo den Gang in die nächstliegende Disco vor. Ich lehnte ab und faselte etwas von einem langen Tag, und wie müde ich sei, und dass ich wohl besser nach Hause fahren solle. Ich war ein Feigling. Es blieb mir nichts anderes übrig, als mich noch einmal mit Sebastian zu treffen.

»Kannst du mich mitnehmen, Emma? Franjo ist heute der Fahrer, aber ich habe auch keine Lust mehr auf Disco. Oh, kannst du überhaupt fahren? Sollen wir uns ein Taxi nehmen?« Sebastian beugte sich zu mir herüber.

Klar, sagte mein Knöchel, ich fahr dich gerne nach Hause. Im Übrigen steht mir Blau total gut.

Ich brachte meinen Knöchel zum Schweigen. Wir hatten es hierhergeschafft, wir würden es auch wieder zurückschaffen. Sebastians Wohnort lag auf dem Weg. Ein kurzer Abstecher, weiter nichts.

Sebastian und ich in einem Auto, besser konnte die Gelegenheit nicht werden, und wenn es sein musste, würde ich alle Türen verriegeln, um mir selbst den Fluchtweg abzuschneiden.

Vor seiner Haustür bat mich Sebastian auf einen Absacker hinein. Er hätte ein eigenes und winziges Häuschen hinter dem Haus seiner Eltern. Ganz hübsch, ob ich nicht mal einen Blick darauf werfen wollte. Notgedrungen sagte ich zu. Schließlich musste ich ja noch etwas loswerden.

Zu meinem Entsetzen lag das Haus am Hang und ich musste Treppen steigen. Das war der Augenblick, in dem mein Knöchel streikte. Ehe ich mich versah, saß ich auf den Stufen und heulte vor Schmerz. Und dann wurde mir plötzlich so leicht, denn Sebastian hob mich von der Treppe, als wöge ich gar nichts, trug mich die restlichen Stufen hinauf und setzte mich auf seinem roten Stoffsofa ab. Er zog meinen Fuß auf seinen Oberschenkel, schnürte mir den Schuh auf und runzelte die Stirn.

»Das sieht nicht wie ein Fuß aus.«

Kopfschüttelnd besah er sich den blaugelben Klumpen unterhalb meiner Wade.

»Mensch, warum sagst du denn nichts? Du musst doch irrsinnige Schmerzen haben?« Dann drehte er meinen Fuß herum, um ihn von der anderen Seite zu sehen. Ich jaulte auf.

»Vorhin war es noch nicht so schlimm«, log ich tapfer. Klar war mir allerdings, dass ich mit diesem Fuß in kein Auto mehr steigen konnte. Schon allein, weil er aller Voraussicht nach nicht mehr in den Schuh hineinpasste.

Sebastian, offenbar der Mann für alle Fälle, holte Coolpacks aus dem Kühlschrank. Behutsam legte er mir das kalte Päckchen auf meinen Knöchel und knotete ein Handtuch darum.

»So. Heute Nacht bleibst du hier. Du kannst nicht mehr Auto fahren. Und morgen früh bringe ich dich zum Arzt.«

»Ich könnte ein Taxi nehmen«, wehrte ich mich halbherzig. Seltsamerweise fühlte ich mich in seiner kleinen Hütte ausgesprochen wohl und die Vorstellung, die Stufen hinunter zu humpeln und anschließend den dritten Stock zu meiner Wohnung zu erklimmen, ließ mich nachgeben.

»Spinnst du? Weißt du, was das kostet? Und außerdem, du allein in deiner Wohnung ... Was, wenn du etwas brauchst? Wer stützt dich, wenn du aufs Klo musst?«

Ich verzog mein Gesicht zu einem gequälten Lächeln. Er war zu gut für diese Welt, veranstaltete keinen unnötigen Aufwand und redete nicht um den heißen Brei herum. Sebastian war der fürsorglichste Mensch, den ich je erlebt hatte. Und ich war losgezogen, um ihm heute Abend das Herz zu brechen. Kein Wunder, dass ich sofort wieder anfing zu heulen.

Stammelnd und schniefend versuchte ich ihm deutlich zu machen, dass ich keine Beziehung zu ihm eingehen könne. Es fehlte das Kribbeln im Bauch. Und die Hummeln. Und das happy Feeling, das einen Menschen überrollte, wenn ihn die Erkenntnis streifte, dass er sich soeben verliebt hatte. Doch anstatt überrascht, traurig oder enttäuscht zu sein oder mich einfach rauszuwerfen, nahm er mich in den Arm und tröstete mich. Das musste man sich mal auf der Synapse zergehen lassen.

Umständlich schälte ich mich aus den Jeans, und Sebastian gab mir ein Schlaf-Shirt, packte mich ins Bett und schickte sich an, auf dem Sofa zu nächtigen. Angesichts solch männlicher Entscheidungskraft ließ ich das alles mit mir geschehen, und bat ihn schließlich, ins Bett zu kommen. Schließlich hatten wir schon einmal eine Nacht ohne Fummeln verbracht. Und ich brauchte ihn jetzt. Ich brauchte seinen Duft in Verbindung mit seiner tröstenden Hingabe. Ich wollte mit meinen nassen Augen in seinem Arm einschlafen.

Er kam zu mir, und ich bettete den Kopf an seiner Schulter.

»Du kannst beruhigt einschlafen«, flüsterte er. »Und morgen früh bringe ich dir Frühstück ans Bett. Ich rühre dich nicht an, fest versprochen.«

Dann schlief ich behütet ein. Und träumte von Piraten, die Frauen die Füße massierten.

Am nächsten Morgen wachte ich auf, das Kopfkissen fest umschlungen. Sebastian stand in der

Kochecke und brühte Kaffee auf. Ich beobachtete ihn, wie er Eier, Orangensaft, Kaffee, Butter und Toast auf einem Tablett anrichtete und damit zu mir an das Bett trat.

»Guten Morgen, meine Kranke. Wie geht es deinem Fuß?«

Vorsichtig schlug ich die Bettdecke zurück. Der blaugelbe Klumpen war zu einem dunkelblauen Fleischklops mutiert, der bei der geringsten Bewegung einen dumpfen Schmerz durch mein Nervensystem schickte. Na toll. Da war jeder Kommentar überflüssig.

Sebastian strich mir tröstend übers Haar. Sofort fühlte ich mich mies. Auf der einen Seite erkläre ich ihm, wie hoffnungslos das mit uns war, beziehungsweise, dass es »das mit uns« eigentlich gar nicht gab, im selben Atemzug schlüpfe ich bei jeder Gelegenheit zum Kuscheln in sein Bett. Nur, weil es mir guttat, auf seine liebevolle Art umsorgt zu werden. Das war nicht fair. Das war eigennützig und rücksichtslos.

Beschämt versteckte ich mich hinter meiner Kaffeetasse. »Es tut mir so leid, Sebastian. Ich fühle mich einfach schlecht.«

»Mach dir keine Vorwürfe. Alles ist gut.« Er nahm meine Hand. »So, jetzt wird gefrühstückt, und dann fahre ich dich zum Notdienst. Und keine Widerrede.«

Okay. Keine Widerrede. Ging klar, Mann.

Automechanisches Moraltief

Ein Bänderriss am rechten Fußgelenk verschaffte mir eine Manschette plus Krücken und sechs Wochen Krankmeldung.

Listig säuselte das Schicksal mir zu: So, jetzt hast du keine Gelegenheit mehr, vor deiner Liebe abzuhauen, du Waschlappen. Wenn du ihn nicht freiwillig nimmst, muss ich zu solchen Mitteln greifen. Selbst schuld.

Halt den Rand, du Fügung des Teufels!

Nachdem Sebastian mich in meiner Wohnung abgeliefert und sich mit einem weichen Kuss auf meine Stirn verabschiedet hatte, humpelte ich zum Telefon und rief Lynn an.

»Hey, altes Haus. Rate, was passiert ist.«

»Hm. Sonderlich glücklich klingst du nicht. Also ... hast du's ihm nun gesagt oder nicht?«

Nachdem ich ihr von meinem Missgeschick und der Nacht bei Sebastian berichtet hatte, verfiel sie augenblicklich in Lobeshymnen. Ach, der Sebastian, welch ein wunderbarer Mensch, so verständnisvoll, so fürsorglich, so außerordentlich gutaussehend.

Ich hatte meine liebe Mühe, das angemessene Mitleid für meine sechswöchige Leidenszeit von ihr zu bekommen. Insgesamt fühlte ich mich schrecklich.

Aber das war ja schon nichts Neues mehr.

»Du, ich komme heute Mittag zu dir. Soll ich für dich einkaufen? Kein Protest, ich kaufe für dich ein und koche dir was. Du sagst mir, was du brauchst, und ich kümmere mich um alles. Wozu hat man denn Freundinnen, gell?«

Wie rührend. Richtige Freunde verkuppeln dich, waschen dir, wenn nötig, den Kopf und sind da, wenn du sie brauchst. Ich liebte Lynn dafür. Ich hatte gerade den Telefonhörer aufgelegt und dachte an Sebastian, als Tina anrief.

»Ich muss dir etwas erzählen! David und ich fahren nächste Woche nach Spanien. Nur er und ich und das Meer. Ist das nicht toll?«

Toll, fahrt ihr nur, ihr Frischverliebten. Ich wünschte ihr viel Sonnenschein, eine gute Fahrt, viel Zärtlichkeit, endlosen Sex und romantische Einsamkeit. Wie beneidete ich die beiden. Zweisamkeit von früh bis spät, nur unterbrochen durch sich sanft am Ufer brechende Wellen. Ich gönnte es ihnen, hätte es aber, ehrlich gesagt, auch mir selbst mal gegönnt. Das Leben war ungerecht. Dort die glücklichen Zweisamen, hier ich: allein, einsam und gehandicapt.

Wenigstens hatte ich Freunde.

Nach einer Woche konnte ich den Fuß so weit belasten, dass ich nur noch eine Krücke brauchte. Das machte es deutlich einfacher, mit der Tasse Kaffee aufs Sofa oder mit dem Buch aufs Bett zu kommen.

Sebastian rief täglich bis zu dreimal an, um sich nach meinem Zustand zu erkundigen und mich zu fragen, ob er mir irgendwie behilflich sein konnte. Ich war geschmeichelt, gerührt – und genervt.

Seit einiger Zeit fuhr ich regelmäßig einmal am Tag mit dem Taxi zu meiner Krankengymnastin. Sie meinte, selbst fahren würde die Heilung hemmen. Er fehlte mir, mein Wagen. Ohne mein Auto fühlte ich mich abgeschnitten. Ich konnte doch nicht für jeden Furz ein Taxi rufen!

Draußen brannte die Sonne vom Himmel und es herrschten immer noch dreißig Grad im Schatten. Scheiß drauf! Entgegen allen Ermahnungen würde ich jetzt sofort an den See fahren, meine Manschette abschnallen und zum kühlen Nass robben!

Umständlich warf ich die Krücke auf den Rücksitz, hievte mich hinters Lenkrad, drehte den Zündschlüssel um und drückte testweise mit dem verletzten Fuß auf das Gaspedal. Na also, es ging doch. Tat gar nicht so weh.

Nach etwa zweihundert Metern fing der Wagen an zu stottern und wurde langsamer. Luftfilter verstopft, dachte ich, ist nicht so schlimm. Einmal kurz aufs Gas drücken und ordentlich Stoff geben. Half sonst immer, diesmal nicht. Ich trat aufs Gas – und mein Golf blieb stehen.

»Pött uäh«, sagte er noch, bevor er endgültig verstummte. Fassungslos biss ich ins Lenkrad und drehte wiederholt erfolglos den Autoschlüssel herum. Kein Mucks. Nicht mal ein gequältes »Pöttött Hnänän«. Nix!

»Lass mich nicht im Stich«, flehte ich. »Nicht jetzt, jetzt nicht. Ich brauche dich.«

Schweren Herzens rief ich die Jungs in den gelben Overalls an. Dann wartete ich, der prallen Sonne ausgesetzt, an die Motorhaube gelehnt und hielt Ausschau nach dem Abschleppdienst. Ich wollte nicht darüber nachdenken, welches Zipperlein mein Auto quälte, das würde ich noch früh genug erfahren. Und dann konnte ich der Karre immer noch den Gnadenschuss geben. Oder mir.

Der ADAC, schnell, zuverlässig und Ihr Partner auf allen Straßen, kam auch schon nach etwas über einer halben Stunde. Der schnelle Helfer schaute in den Motor und schüttelte den Kopf.

»Tja, Frollein. Des werd deier.«

Ich stülpte meine Hosentaschen nach außen. Siehst du, keine Kohle. Abgebrannt. Verschuldet. Reparierst du auch für ein nettes Lächeln?

»Der muss in die Werkstadd. Zylinderkopf am Arsch. Des werd deier«, informierte er mich und zog seine Schirmmütze über die Stirn. Wahrscheinlich wollte er so meinem sengenden Blick ausweichen.

Dann bring ihn mal in die Werkstatt. Und ich setz mich ins Ausland ab.

Ich nahm im Führerhaus des Abschleppwagens Platz, und wir fuhren meinen unpässlichen Golf in die Werkstatt, damit er dort wieder gesunden würde.

Der Kostenvoranschlag belief sich auf zwölfhundert Euro. Mir wurde schwindlig. Der Meister brachte mir ein Glas Wasser und drückte mich auf einen Stuhl. Ob er jemanden für mich anrufen solle. Meinen Mann oder meine Mutter? Oder einen Arzt?

Klappe, gib das Telefon her. Über mir schweben zwei Pleitegeier und du speist mich mit einem Glas Wasser ab. Telefon her, bevor ich dich mit der Krücke erschlage.

Ich konnte Lynn nicht erreichen. Wahrscheinlich lag sie am See und sonnte sich, das Biest. Bei Tina ging immerhin die Mailbox ran, die war gedanklich sicher schon in der prallen Sonne Spaniens. Blieb nur noch Sebastian.

Zwanzig Minuten später fuhr er vor. Fast krank vor Sorge eilte er auf mich zu, und ich ließ mich schluchzend in seine Arme fallen.

Bring mich heim. Tröste mich. Bleib bei mir.

Was er auch tat. In meinen vier Wänden hievte er mich auf die Küchenarbeitsplatte und saß mir mit hängenden Schultern gegenüber, als wäre sein Leben in Schutt und Schulden, und nicht meines. Was sollte ich jetzt tun? Woher nahm ich das Geld für die Reparatur? Ich hatte eine Menge Kohle für mein neues Hobby, den Bänderriss, ausgeben müssen. Die Zeiten, in denen die Krankenkassen das Rundumsorglos-Paket anboten, waren vorbei, diese Erfahrung hatte ich schmerzlich machen müssen. Meine knappen Ersparnisse waren Geschichte. Konnte ich ohne ein Auto langfristig überleben?

»Ich koche dir erst mal einen Tee«, verkündete mein fürsorglicher Sebastian.

Mir war nicht nach Tee. »Nee, lass mal. Da, im Kühlschrank, die Flasche Wodka. Schokolade liegt daneben.«

Sebastian sparte sich jeden Kommentar und schenkte mir ein Gläschen ein. Und noch eins.

Der Wodka tat gut. Das Brennen in der Kehle ließ mich spüren, dass ich noch da war.

»Was ist denn so schlimm an der Reparatur?«, erkundigte sich Sebastian, als ich meine erste Frustration mit Wodka runtergespült hatte.

»Tausendzweihundert Euro sind schlimm daran. Und keine Ersparnisse.« Ich schluchzte und er schob mir ein Stück Schokolade in den Mund. Dann setzte er sich neben mich auf die Küchenplatte.

»Erzähl mal.«

Ein Gefühl von Zutrauen breitete sich in mir aus. Da war jemand, der mir zuhörte, mich tröstete und das fühlte sich anders an, als wäre es Lynn. Als sei Sebastian immer schon Teil meines Lebens gewesen, einer, der mit mir in der Küche saß, Schokolade lutschte und sich meine Leidensgeschichte anhörte. Vom Martyrium mit Vincent, der mich ein Leben jenseits meiner finanziellen Möglichkeiten gelehrt hatte. Meiner neuen Wohnung, die ich zwar nicht teuer, aber doch komplett neu hatte einrichten müssen, und die ich vor allem Knall auf Fall gemietet hatte, ungeachtet der Tatsache, dass die Miete Monat für Monat ein bisschen zu teuer für mich war. Bis hin zu Physiotherapie und Heilmitteln, was mir mein exzellenter Knöchel beschert hatte. Das, so fand ich, erklärte hinreichend, warum ein defektes Auto einer Katastrophe gleichkam.

Und was machte mein Ritter? Er nahm mich in den Arm und meinte, ich solle mir keine Gedanken machen. Schließlich hätte ich doch ihn. Und gemeinsam würden wir einen Weg finden. Und er würde mich überall hinfahren, bis ich mein Auto wieder hätte. Und ich könne bei ihm zu Hause mitessen. Ich bräuchte mir nichts zu kaufen. Und wenn ich mir Geld leihen müsse, solle ich lieber zu ihm gehen als zu den Räubern von der Bank.

Ergriffen schlang ich meine Arme um ihn und heulte ihm ins Stonewashed-Shirt. Womit hatte ich das nur verdient? Natürlich würde ich mich eher öffentlich auspeitschen lassen, als Geld von ihm zu nehmen, aber allein das Angebot machte mich glücklich und offenbarte seine Großherzigkeit. Und meine Schwäche.

Zwei Tage später hatte ich mein Auto gesund zurück und einen sehr ungesunden Kontostand. Unzählige Male hatte ich beschlossen, die Kiste endgültig zu verkaufen, mich aber schließlich dagegen entschieden. Wenn ich nach der Arbeit trainieren wollte, brauchte ich ein Auto, um pünktlich zu sein. Und wenn ich mich sportlich nicht mehr verausgaben konnte, würde sich meine figürliche Lage auch nicht verbessern. Also, Investition für Rendite. Wer nicht wagt, der nicht gewinnt, und mit einem Sebastian an meiner Seite wagte ich, es zu wagen.

Wackeldackel

Eine Woche später hatte mich das Berufsleben wieder. Kaum hatte ich die heiligen Hallen ohne Krücken betreten, durfte ich stehenden Fußes in mein neues Büro umziehen.

Es heißt, jeder bekommt, was er verdient. Konnte mir bitte mal jemand erklären, warum ich verdiente, Trude als Zimmernachbarin mit stets offenstehender Tür zu bekommen? Vermutlich war sie ja eine kompetente Kollegin, mit der sich gut auskommen ließ, vorausgesetzt, sie trieb mich vorher nicht in den Wahnsinn. Permanent cremte Trude ihre Hände ein und nickte dazu wie ein Wackeldackel, egal, was ihr Gegenüber von sich gab. Mit ihren knapp dreißig Jahren kleidete sie sich frisch und modisch aus dem Homeshopping für die moderne Dame ab Achtzig und holte sich ihre Erfolgserlebnisse aus selbst hergestelltem Linseneintopf.

Nachdem ich eingezogen war, musste ich dringend den Fuß hochlegen und meine neuen Kollegen besser kennenlernen, und wie ging das besser als bei einer gemütlichen Tasse Bürokaffee?

»Und, wie findet ihr den Dippel?«, fragte ich. Die beiden hatten immerhin ein paar Wochen Wissensvorsprung.

Mein Kollege Tobias schürzte die Lippen. »Na ja. So übel scheint er nicht zu sein. Ich hatte gestern ein kurzes Gespräch mit ihm. Er lässt uns freie Hand, und es ist ihm wichtig, dass der Output stimmt. Ob wir früher gehen oder länger bleiben, ist uns überlassen. Außerdem ist er immer dafür, konstruktive Kritik zu üben. Und das erwartet er auch von uns. Ist doch okay.«

Konstruktive Kritik! Das kam mir verdammt bekannt vor. Ich fragte, ob sie wüssten, wann er Geburtstag hätte.

»Mitte Februar«, glaubte Trude, cremte und nickte.

Aha. Ein Wassermann mit Hang zu konstruktiver Kritik. Na Mahlzeit! Vincent war auch stets konstruktiv kritisierender Wassermann. Das konnte ja ein Vergnügen werden.

Dippel steckte den Kopf zur Tür herein. »Na, wie läuft´s?«

»Blendend!«, riefen wir aus einem Mund und hielten die Daumen hoch. Trude nickte.

Dann verschwand der Kopf wieder. Trude stellte sich vor ihren Schreibtisch, um zu telefonieren. Sie wackeldackelte dabei, dass ich schon befürchtete, ihr Kopf könnte abbrechen und zu mir rüberrollen. Und was machte ich dann? Ihn ihr wieder aufsetzen?

»Und ich sag zu ihm, Herr Doktor Dippel, sag ich. Auf mich könnense sich verlassen, sag ich. Und da hat er mich ganz stolz angesehen und gesagt, dass er das aus sicheren Quellen schon wüsste. Und ich sag, dass ich seine Ansicht von Kritik voll vertrete, sag ich. Und dann sag ich, dass ich mich freue, ihn zum Chef zum haben, hab ich gesagt. Und er hat mir die Hand gedrückt, und gesagt, dass er mich im Team willkommen heißt. Und ich sag, ich geb mein Bestes. Und du kennst mich ja, ich war schon immer gut im Team. Da werde ich als seine Sekretärin noch viel besser sein. Und ich sag noch gestern zu meinem Freund, Rudi, sag ich, auf die Arbeit freu ich mich. Und er sagt, Trude, sagt er, das entspricht auch total deinem Typ. Aber was erzähl ich, wir sehen uns ja heute Abend, nicht wahr? Bis dann.«

Ich flüchtete aufs Klo. Mein erster Tag im Büro, und mir reichte es schon. Sag ich. Mit der Trude gegenüber. Und ich sag noch, womit hab ich das verdient, sag ich.

Zehn Minuten später lauschte ich an der Bürotür. Stille. Trude telefonierte nicht. Aufatmend betrat ich das neue Reich. Keine Trude. Dafür klingelte mein Telefon.

»Hallo, du treulose Tomate. Hier ist die Silke. Hast ja lange nichts mehr von dir hören lassen.«

»Entschuldige, ich hatte ziemlich viel um die Ohren in letzter Zeit.«

»Wem sagst du das. Ich auch, ich auch. Rate mal, wo ich bin?«

Danke der Nachfrage, Freundin, mir geht's auch gut.

»Wo bist du?«, fragte ich gehorsam.

»Ich bin zu Oliver gezogen!«

Na, das war ja abzusehen gewesen. Und ich sag noch, sag ich.

»Oh, das ging aber schnell. Ist ja gerade mal ein paar Monate her, oder so.«

»Viereinhalb. Und der Oliver hatte sich extra dafür Urlaub genommen, um mir beim Umzug zu helfen. Ist das nicht hinreißend von ihm?« Ihre Stimme klang euphorisch. Ähnlich wie bei den letzten Männern, zu denen sie gezogen war.

»Ja«, gab ich zu, »der Oliver ist ein anständiger Kerl. Bist du jetzt wenigstens richtig verliebt?«

»Joa, denke schon. Aber ach, Emma, das Haus ist toll, und der Garten ... Und der Spartakus ist ein klasse Hund, und einen Job finde ich schon irgendwo entlang der Bergstraße. Da mache ich mir keine Sorgen.«

»Jetzt sag bloß, du hast deinen Job aufgegeben?« Das durfte nicht wahr sein.

»Was sollte ich denn machen? Eine Stunde einfache Strecke und das jeden Tag! Da suche ich mir doch lieber hier in der Gegend etwas Neues. Kannst ja mal deinen Chef fragen, ob er noch jemanden braucht. Ach, ich bin einfach nur glücklich!«

Ich fand das zuckersüße Glück meiner alten Schulfreundin ein bisschen schwer verdaulich. Was war das für ein Mechanismus, der die Frauen rudelweise in die Abhängigkeit von Kerlen trieb? Konnten die nicht bleiben, wer sie waren und wo sie waren und trotzdem einen Mann an ihrer Seite genießen?

Ein Häuschen mit Garten, Kombi und Hund plus gut verdienendem Mann, und schon schmissen die Frauen ihr Leben weg. Später würden Kinder folgen und dann war alles unter Dach und Fach. Ich gab ihr maximal ein Jahr, dann würde sie schwanger sein. Und Oliver auf immer und ewig gefangen. Aber vielleicht wollte Oliver ja gerade das? Sie lud mich für irgendwann einmal in ihr Haus zum Teetrinken ein. Ihr Haus. Armer Oliver.

Kein Bauchgefühl

Altstadtfest! Endlich! Heute war der Erste von vier Tagen Ausnahmezustand. Sozusagen regionale Feiertage von Freitag bis einschließlich Montag. Eine Pflichtveranstaltung für jeden Einwohner. In den kleinen Gerbergässchen wurden Lampions aufgehängt, und jeder zweite Hausherr verwandelte seinen nostalgischen Innenhof in eine Straußenwirtschaft. Der romantisch plätschernde Bach, der sich in der gesamten Altstadt um die Häuser schlängelte, gab dem Gerberviertel etwas Altertümliches, etwas Vergangenes. Überall spielten Bands, es gab Bier und Bratwürste und jede Menge Männer.

Lynn und ich zogen durch die Gassen. Es war noch heller Tag, und die Menschenmassen schoben sich gegenseitig vorwärts in Richtung Marktplatz.

»Ich hab so Lust auf Paella«, jammerte Lynn. »Kriegen wir das hier irgendwo?«

»Sicher«, antwortete ich, »hier gibt es bestimmt auch irgendwo Paella.«

Wir kamen an Festständen mit Bratwürsten, Frühlingsrollen, Bratwürsten und Nasi Goreng vorbei. An Pizzen und Tortellini, Bratwürsten, Kartoffelpuffern und wieder Bratwürsten.

Keine Paella, nur Bratwürste an jeder zweiten Bude. Nach einer Stunde Suchen gaben wir auf.

Wir standen, wie sollte es auch anders sein, vor Bratwürsten.

»Tja, das mit der Paella können wir uns abschminken. Wie wär´s mit einer Bratwurst?«, resignierte Lynn. Der Hunger schob sie vorwärts.

Sie schmeckten gar nicht schlecht. Aber es war eben keine Paella. Bratwürste waren wie Männer. Du suchst angestrengt nach einer leckeren Paella und siehst überall nur Bratwürste. Irgendwann gibst du auf und nimmst dir doch das Würstchen zur Brust.

Wir schlenderten in Richtung Gerbergässchen, betrachteten die Ausstellungen der hiesigen Handwerker und kauten auf unseren Bratwürsten herum. An der großen Treppe besorgten wir uns eine Flasche Weißwein, eine Flasche Mineralwasser und zwei Gläser und setzten uns auf die Stufen. Auf dem kleinen Platz am Fuß der Treppe standen Grüppchen beisammen, die tranken, lachten und sich im Takt der Musik bewegten. Es machte Spaß, die Menschen zu beobachten und die Stimmung des Festes an einem lauen Sommerabend auf sich wirken zu lassen. Ich liebte es.

Von hinten klopfte mir jemand auf die Schulter. »Hey, was macht ihr denn hier? Schön, euch zu sehen.«

Ich drehte mich um und versuchte, mir mein Erschrecken nicht anmerken zu lassen.

»Vincent! Wie nett! Wie geht es dir?«

»Prächtig, danke.«

Mein Ex hatte eine Rothaarige neben sich in festem Griff. Sie lächelte und hob die freie Hand für ein unsicheres und wabbeliges Winken.

»Darf ich vorstellen? Tanja, meine Lebenspartnerin.« Er schob sie stolz nach vorne.

Ich machte ebenfalls Winkewinke und lächelte zuckersüß. Die war ja blutjung! Was wollte der alte Knopf mit seinen 36 Jahren mit so einem jungen Hüpfer? Ich zog Vincent zu mir runter. »Sag mal, wie alt ist die denn? Du machst dich strafbar.«

»Quatsch, Tanja ist schon zwanzig.«

Zwanzig! Na ja, die konnte er noch nach seinem Gusto formen. Viel Spaß, Vincent. Vielleicht bleibt sie sogar bei dir. Aber nur wenn sie weder raucht, noch an den Fingernägeln knabbert, immer das richtige Reinigungsmittel benutzt, keine eigene Meinung hat und kochen kann.

»Na, ich glaub, wir ziehen mal weiter.« Er wippte von einem Fuß auf den anderen. Tanja winkte wie ein Vorschulkind und lächelte. Wir winkten zuckersüß und verzogen ebenfalls unsere Gesichter.

»Da hat er sich aber eine junge Stute angelacht«, hetzte Lynn, kaum dass Vincent mit dem Küken um die Ecke gebogen war. »Die muss er erst noch einreiten, was? Passt zu ihm.«

Ich hätte gerne mit ihr zusammen über Vincent gelästert, wurde jedoch schlagartig abgelenkt.

»Ja hallo, ihr Herzchen.« Ein männliche Stimme überfiel mich abrupt von hinten.

»Sebastian!« Lynn sprang auf und fiel ihm um den

Hals. »Schön, dass du da bist. Mensch, ich freu mich.«

Meine Freude hielt sich in Grenzen. Dementsprechend gedämpft fiel meine Begrüßung aus. Als mich Sebastian in den Arm nehmen wollte, wand ich mich unangenehm berührt heraus und verachtete mich selbst dafür.

Wir machten Sebastians Cousin Franjo mit Lynn bekannt. Die beiden gaben sich die Hand und schauten sich ein wenig zu tief und zu lange in die Augen.

Sebastian musste gespürt haben, dass er nicht wirklich bei mir erwünscht war, und zog Franjo von Lynn weg. »Wir gehen jetzt runter an die Keller-Disco, ein paar Freunde treffen und chillen. Kommt ihr auch hin? Später?«

»Na klar«, versicherte Lynn mit schmachtendem Blick auf Franjo. Ich nickte säuerlich. Er tat mir ja leid, der Sebastian. Nach allem, was er für mich getan hatte. Aber was sollte ich tun? Ich wollte flirten und den Mann finden, der mir endlich meine lang ersehnten Hummeln im Bauch verschaffte. Mein Horoskop prophezeite mir einen Skorpion-Mann. Und Sebastian war Krebs.

Herrje, Emma! Dieser Gedanke passt eher zu einem Teenager als zu einer erwachsenen Frau.

Lynn seufzte. »Musstest du die so abwimmeln? Den Franjo hätte ich mir gerne noch eine Weile aus der Nähe angesehen.«

»Aus welcher Nähe, Weib? Und sorry, aber den

Sebastian kann ich jetzt gerade nicht ertragen. Er macht mir ein schlechtes Gewissen, und ich will feiern!«

»Also, ich gehe gleich zur Keller-Disco, ob du mitkommst oder nicht.«

»Geht klar, Süße.«

Wir leerten unsere Flasche, behielten die leeren Gläser und gesellten uns zu Sebastian und Franjo an die Keller-Disco. Aber nur, weil Lynn drängelte. Sie wollte zu Franjo, den sie echt süß fand. Ich gönnte ihr die Schmetterlinge so sehr, dass ich dafür sogar Sebastians Anwesenheit ertrug.

Franjo und Sebastian standen inmitten einer Gruppe junger Leute, die wir nicht kannten und die nicht nur deutlich jünger waren als wir, sondern auch deutlich hipper, deutlich cooler, deutlich lauter und deutlich betrunkener. Mein ruhiger, sensibler Sebastian hatte sich in einen angeknipsten Clown verwandelt, der ohne Punkt und Komma redete, und das meiste davon war ausgesprochener Blödsinn. Keiner von den anderen aus der Clique wirkte wie jemand, den ich gern kennenlernen wollte. Nur Lynn und Franjo erschienen weitgehend normal, aber die waren miteinander beschäftigt.

Sebastian strahlte mich an und zeigte dabei perfekt weiß schimmernde Zähne und süße Grübchen. Die Nase schien in diesem Moment irgendwie nebensächlich. Kannst einpacken, Brad. Geh nach Hause, Johnny. Hier kommt Sebastian, braun gebrannt und mit lustig blitzenden Augen. Überraschenderweise unterhielten wir uns außerordentlich gut und oft auf Kosten der Leute, die uns umgaben.

»Siehst du die da vorne, die aufgetakelte Blonde mit dem alten Knacker?«, flüsterte er.

»Die mit den weißen Cowboystiefeln?«

»Das sind Fick-Mich-Stiefel. Und der Typ neben ihr ist sicher nicht ihr Vater. Der hat Asche!«

»Und sie nicht!«

»Treffer!«

»Guck mal«, ereiferte er sich, »jetzt fummelt er ihr am Hintern rum.«

»Igitt.«

»Pfui aber auch.« Augenzwinkern.

So verging die Zeit, und um uns herum klappten die Zuständigen bereits die Bürgersteige hoch.

Lynn? Franjo? Ach die! Die seien zusammen gegen halb eins davongewackelt, erklärte uns der beschwipste Rest der Gruppe. Wir hatten es nicht bemerkt. Tatsächlich stammte die letzte SMS von ihr von kurz nach zwölf. Ich versuchte es auf Lynns Handy, aber sie hatte es ausgeschaltet. Daher wehte also der Wind.

Entgegen meinem Drang, mit Sebastian die Nacht zu verbringen, verabschiedete ich mich. Er respektierte meine Entscheidung. Wie er immer alles tat, was ich wollte. Nur, war das jetzt gut oder schlecht?

Am nächsten Tag begannen wir dort, wo Sperrstunde und Schlafbedürfnis uns am Vorabend so rüde unterbrochen hatten: Wir standen wieder vor der Keller-Disco im Freien. Sebastian besorgte eine Ladung Jägermeister, und Franjo und Lynn klebten einträchtig an einer Natursteinmauer.

Als sie sich doch mal von ihm löste, um aufs Klo zu gehen, fing ich sie ab. »Entschuldige wegen gestern Abend, Lynn. Ich hab völlig die Zeit vergessen. Der Alkohol und so ...«

Lynn zwinkerte. »Hat schon gepasst.«

»Was Ernstes diesmal?«

»Och, bestimmt, so für ein Wochenende ist der wie geschaffen. Danach, meine Güte ... Er ist jünger als ich, nicht gerade mit Weisheit befüllt, verdient nix und will nach Australien auswandern. Er sieht sich sonntags immer diese Auswanderer-Shows im Fernsehen an.« Sie verdreht die Augen.

»Na, das wären dann immerhin vier Tage. Bei dir gilt das ja beinahe schon als Beziehung.«

Sie streckte mir die Zunge raus, bevor sie sich in der Schlange vor dem Damenklo einreihte.

Mein Blick traf Sebastian. Der flirtete in diesem Augenblick ungeniert mit einer rassigen Schwarzhaarigen. Das juckte mich kein bisschen. Total gelassen ging ich in Deckung und beobachtete die beiden. Jetzt legte er seine Hand auf ihren Arm, und sie hauchte ihm einen Kuss auf die Wange. Hey!

Sofort gab ich meinen Beobachtungsposten auf und kehrte an den Ort des Geschehens zurück. Sebastian strahlte mir entgegen.

»Emma, kennst du schon Leonie? Sie ist Franjos Schwester.«

Ich lächelte grenzdebil und schüttelte Leonie die Hand. Ja dann, alles klar, Familie war wichtig. Das Gebirge, das mir vom Herzen fiel, ignorierte ich.

»Außerdem war es die letzte Gelegenheit, mich zu besuchen, vor meinem Urlaub«, fügte er hinzu und schlang brüderlich den Arm um das rassige Weib.

»Urlaub? Welcher Urlaub?«

»Na, ab morgen bin ich für zwei Wochen in der Türkei. Hab ich dir das nicht gesagt?«

Nein, hatte er nicht! Unverschämtheit. Und das, ohne mich vorzuwarnen. Das hatte er mit Absicht getan. Um mich schmoren zu lassen. Frechheit!

Seltsamerweise wollte ich mit einem Male nicht ohne ihn sein und eine Zeit ohne Sebastians tägliche Anrufe schien unvorstellbar. Meine widersprüchlichen Gefühle irritierten mich. Rein optisch reizte er mich immer noch nicht. Seine liebevolle Art, mich in den Arm zu nehmen und mich zu umsorgen jedoch würde ich vermissen. Wenn ein Mann mir gefiel, genügte ein Blick von ihm, um mich in Erregung zu versetzen. Da konnte ich mich nicht sattsehen. Bei Sebastian war das nicht so. Und doch mochte ich seine Art zu küssen, und ich roch ihn unheimlich gern. Und ich fühlte mich zu seinem Lachen, zu seiner Stimme hingezogen. Ich wollte nicht, dass er ohne mich verreiste!

»Wieso darf ich heute bei dir übernachten?«, fragte er mich drei Stunden später vor meiner Haustür verunsichert.

»Du fährst morgen in Urlaub und ich möchte wissen, wie ich zu dir stehe«, teilte ich ihm klipp und klar mit.

»Aha.«

»Ja. So isses.« Ich schwankte auf die Sherryflasche zu. »Und außerdem hab ich dann genügend Zeit, um über uns beide nachzudenken.«

»Also bist du vielleicht doch in mich verliebt?« Er schmunzelte und zog mich an sich.

»Weissichnochnich.« Wir fielen übereinander her und hörten erst beim Hahnenschrei auf.

Am nächsten Morgen schlürfte ich überwältigt heißen Kaffee. Mir fehlten die Worte. Sebastian gab mir zum Abschied den zärtlichsten Kuss aller Zeiten. Er hoffe, dass ich mich in seiner Abwesenheit für ihn entscheiden würde, sagte er leise, blickte mich mit gesenktem Kopf an und berührte auf eine unbekannte Weise mein Herz.

Die folgenden Tage erstickte ich mich in Aktivitäten. Überstunden im Büro trotz Trude, doppelt so viele Trainingsstunden, und sogar meine Ablageschublade im Schreibtisch hatte ich entrümpelt und alle meine Unterlagen peinlichst genau sortiert, abgeheftet und alphabetisch geordnet. Meine Bücherwand hatte ich penibel nach Themen sortiert, den Balkon neu bepflanzt und mich aufgerafft, alle

Wasserhähne und Kaffeemaschinen zu Hause und im Büro zu entkalken. Nur Hanna prügelte mich die Treppe hinunter, als ich mich an ihrer Kaffeemaschine zu schaffen machen wollte. Jetzt saß ich vor dem Fernseher und schaute mir die rührselige Romanze »Der Liebe verfallen« an, mit Robert de Niro und Meryl Streep in den Hauptrollen.

Und niemand rief an. Niemand. Ganz allein musste ich diesen Film überstehen. Lynn war bei ihren Eltern zum Essen eingeladen und Tina feierte auf irgendeinem Polterabend. Die kurze Überlegung, Silke anzurufen, verwarf ich umgehend. Sie war nicht die Frau, die sich ein Jammern der Freundin anhörte und tröstete. Sie rückte Köpfe zurecht. Das würde ich heute nicht ertragen können.

Ich schniefte in mein Taschentuch und latschte in die Küche, um mir einen Depressionskakao zu kochen.

In zwei Tagen würde Sebastian kommen, und ich wusste immer noch nicht, ob ich ihn wollte. Er hatte während seines Urlaubs drei-, viermal vom Handy aus angerufen, und ich war jedes Mal ganz atemlos vor Freude gewesen. Aber trotzdem wusste ich nicht, ob ich wollte, dass er jeden Abend bei mir hockte, mir bei Liebesschnulzen reinmoserte und einfach nur durch seine Anwesenheit verhinderte, dass ich alle viere von mir streckte.

Während ich darauf wartete, dass die Milch heiß wurde, fiel mir aus heiterem Himmel ein, was ich in der vergangenen Nacht geträumt hatte.

Lynn stand auf einer Art Messeplatz, von vielen Menschen umgeben. Einer davon war irgendwie dunkel und unheimlich, und er versuchte, Lynn mit sich zu ziehen. Sie schrie und strampelte, und plötzlich verwandelte sich der Fremde in einen Werwolf. Ich wollte sie retten und verwandelte mich kurzerhand ebenfalls. Dann waren überall Kerzen, aber Lynn blies sie alle aus, und es wurde dunkel. Mit einem Male jagte mich ein Pirat, der wesentlich größer und somit stärker als alle Werwölfe war. Ich floh vor ihm in den Wald, der gleich am Messeplatz begann. Wie ein Affe schwang ich mich von Baumkrone zu Baumkrone. Hinter mir mein Verfolger, und ich spürte seinen Atem, das Zittern des Erdbodens unter seinen Schritten. Eine Heidenangst gab mir übermenschliche Kräfte. Der letzte Baum des Waldes stand an einem Steinbruch, der in die Tiefe führte. Hinter mir ein Pirat mit Säbel, bereit, mein Herz zu stehlen, vor mir endlose Tiefe. Ich musste springen, wollte ich nicht sterben. Mit dem Gedanken, dass ich vor dem Aufprall sowieso aufwachen würde, sprang ich.

Nur der brenzlige Geruch gehörte nicht zu meinem Traum.

Die Milch war übergekocht.

Das kommt davon, dachte ich. Träum du nur unsinnige Piratengeschichten und sieh dir Herz-Schmerz-Romanzen an.

Sex mit Sebastian hatte ich bisher nur einem Test unterzogen, und er war wirklich gut gewesen. Gar nicht wie bei einem ersten Mal, eher, als seien wir schon jahrelang aufeinander eingespielt. Einerseits war das wunderbar, vertrauensvoll, kuschelig, andererseits wenig aufregend. Und wenn ich mich schon am Anfang einer Beziehung nicht aufregte, wie sollte das erst nach ein paar Jahren sein?

Vielleicht war ich aber auch nur aus dem Gummiknie-Alter raus? Versuchte ich verzweifelt, mich zu verlieben wie ein Teenager, während rund um mich alle erwachsen wurden? Oh, es war alles so verwirrend. Ganz sachlich nachdenken, Emma, sagte ich zu mir und nippte an der heißen Schokolade.

Für Sebastian sprachen seine Fürsorge, seine Souveränität trotz seiner jungen Jahre und sein ehrliches, freundliches Auftreten. Er war kompromissbereit, zärtlich und ein toller, wenn auch ein bisschen langweiliger Liebhaber. Gegen ihn sprachen ganz klar sein Äußeres und die Tatsache, dass er keinen Sport trieb. Außerdem war er jünger als ich, und damit hatte ich ein Problem, ein kleines nur, aber Grund war Grund.

Andererseits: Wer will, findet Wege. Wer nicht will, findet Gründe.

Ich legte mich in die Badewanne, um weiter nachzudenken. Der Sex mit ihm konnte sicher besser werden. Wenn das beim ersten Mal schon so gut klappte, war ja noch Luft nach oben. Aber ich war nicht mit ganzer Seele dabei gewesen. Schade eigentlich. Die Flammen wollten nicht so recht lodern. Sechzigprozentige Sparflamme, mehr nicht. Das Schwebegefühl anschließend hatte auch gefehlt. Der Gedanke, ihm eventuell wehtun zu müssen, schnürte mir die Luft ab. Auf eine merkwürdige Art hatte ich ihn so liebgewonnen, dass ich es fast nicht ertragen konnte, ihm die Illusion zu rauben. Aber musste ich das denn?

Ich hörte auf, mich gedanklich im Kreis zu drehen. Es hieß ja immer von den Frauen, sie hätten ein untrügliches Bauchgefühl. Also, entweder war ich keine Frau, oder ich hatte keinen Bauch.

Total durcheinander

Trude zog sich die Ringe von den Fingern und fing an, ihre Hände einzucremen.

Fasziniert und leicht angewidert beobachtete ich sie bei ihrer Ritualhandlung, die sie beinahe stündlich durchführte. An jedem Finger hatte sie mindestens einen Ring, und ihr Handgelenk wurde geziert von einer filigranen goldenen Uhr mit Kettchen dran. Alles das zog sie bedächtig aus und legte die Klunker fein aufgereiht auf den Schreibtisch. Dann cremte sie mit Hingabe ihre Hände ein und massierte den Rest der Creme in ihre Fingernägel. Unterdessen redete sie vor sich hin. Sie nahm wohl an, ich würde ihr zuhören. Und wenn nicht, wär´s auch egal gewesen, dann erzählte sie es ihrem Computer. Trude sprach mit ihrem Computer. Bis ich mich daran gewöhnt hatte, schreckte ich fortwährend von meiner Arbeit hoch.

»Was hast du gesagt?«

»Ach, ich meinte doch nicht dich. Entschuldige. Hab nur laut gedacht.«

Trude dachte so laut, dass ihre Gedanken noch zwei Büros weiter zu hören waren. Liebend gern hätte ich ihr meine alten Socken, die mit den Löchern, in den Mund gestopft, damit sie endlich mal die Klappe hielt.

Inbrünstig cremend schilderte sie ihre jüngste Begegnung mit Frau Hoffmann, der Chefsekretärin, auf dem Flur.

»Bewundert hat sie meine Bluse, die Frau Hoffmann. Nein, was für eine schöne Bluse. Wo haben Sie denn die her, hat sie gesagt. Frau Hoffmann, hab ich gesagt, die habe ich selbst genäht. Das Nähen macht mir eben Freude, sag ich. Und da hat sie gesagt, dass man das sieht, dass mir das Nähen liegen würde. Und ich hab gesagt, wissen Sie, sag ich, ich verstehe gar nicht, dass viele Frauen keine Lust haben, ihre Sachen selbst zu nähen. Beim Nähen, hab ich gesagt, kann ich so richtig abschalten. Und das zahlt sich nicht nur finanziell aus. Meine Blusen hat keine andere.«

Und wer will das wissen?!

Seit ich mit Trude zusammenarbeitete, war die Stimmung in den Keller gerutscht. Ich konnte mit diesem Hausmütterchen nichts anfangen. Ich meinte immer, einen Vorwurf aus ihren Worten zu hören, der sich gegen mich als liederliche, ungebügelte Nichthausfrau wendete. Also genau das Horn, in das Vincent viel zu lange gestoßen hatte.

Dippel steckte mal wieder den Kopf zur Tür herein. »Na, wie läuft´s?«

»Blendend«, rief ich gespielt euphorisch aus, wie jedes Mal, und er verschwand wieder. Das war so ziemlich alles, was wir von ihm sahen. Aber nicht nur er blieb unseren Blicken verborgen, sondern auch alle wichtigen Informationen, die uns früher rechtzeitig erreicht hatten. Diese Informationen wurden seit Neuestem direkt an Dippel weitergeleitet. Und da lagen sie dann. Von den wichtigen Dingen, wie Preisänderungen, dem aktuellen Projektstand oder neuen Lizenznehmern erfuhren wir erst, wenn alles unter Dach und Fach war. Wir durften dann nachbearbeiten. Wir waren zu besseren Datentypisten degradiert worden. Das machte mir meine Tätigkeit, die ich einst so geliebt hatte, madig. Ich spielte mit Veränderungsgedanken. Lange konnte ich die vor sich hin brabbelnde, ständig cremende und nickende Habichgesagt-Trude und die stumpfsinnige Arbeit nicht mehr ertragen. Das machte mich verrückt.

Auch in meiner ehemaligen Abteilung verließen die Ratten das sinkende Schiff, ganz wie Tina es vorausgesagt hatte. Tina war schon seit Wochen nicht mehr dabei, und Gitte hatte gerade gekündigt. Locher dachte gar nicht daran, einen Ersatz einzustellen. »Das erledigen Sie doch mit links, Frau Evens,« hatte er schulterklopfend gelächelt, »Sie mit Ihren Kenntnissen, nicht wahr? Außerdem war die Abteilung sowieso überbesetzt. Das Team war eben schlecht gesteuert. Aber jetzt bin ich ja da.«

Frau Evens kam seitdem jeden Tag eine Stunde früher und ging dafür zwei Stunden später. Das Klima hatte sich global vereist. Da war nix mehr zu retten.

Schluss für heute. Ermüdet klappte ich den Aktenkoffer zu und stapfte zu meinem Auto.

Rechnungen, nichts als Rechnungen. Ein Stapel Briefe fiel mir aus meinem Briefkasten entgegen. Telefonrechnung, Stromrechnung und die Kfz-Steuer.

Die hübsche Nachricht kam per SMS.

Komme morgen gegen Abend. Freu mich auf Dich. HDL, Sebastian.

Ich seufzte tief.

HD auch L, Sebastian.

Am Abend konnte ich mich beim Training nicht konzentrieren. Selbst nach mehrfacher Wiederholung verhaspelte ich mich bei der mehr als einfachen Choreografie, sah deutlich die Fragezeichen über dem Kopf der Trainerin, wenn sie mich ansah, und drehte mich weiterhin in die falsche Richtung.

Endlich war die Stunde vorbei, ich duschte, zog mich hastig an und raste in Richtung Lynn. Mein Wagen ächzte angesichts des ungewohnten Tempos. Egal. Morgen würde Sebastian da sein und ich musste mich entscheiden. Lynn würde mir helfen.

Als ich klingelte, kam sie gerade aus der Dusche.

»Hilf mir, Freundin, ich bewege mich an der Grenze der Bewusstlosigkeit, drehe mich im Kreis und kann nicht mehr klar denken.«

»Sebastian?«

»Wie scharfsinnig.«

»Komm rein, nimm Platz und rede. Ich hol uns was zu trinken.« Mit zwei Gläsern und Mineralwasser kam sie zurück. »Die Lage ist doch einfach,

Emma. Bist du verliebt oder nicht?«

Ich war froh, ihr den ganzen Ballast überschütten zu können, und vertraute ihr all meine widersprüchlichen Gefühle und Gedanken an.

»Das ist ja ein ganz schönes Durcheinander, was du dir da zurecht gesponnen hast.« Sie stöhnte und hielt sich den Kopf. »Da kann ich dir auch nicht wirklich helfen. Entweder du weißt es, oder du weißt es nicht. Ich kann nur sagen, dass mir Peter am Anfang auch nicht gefallen hat, und dann später doch.«

Ich rutschte unbehaglich auf dem Sofa hin und her. »Das mit Peter und dir hat ja nicht das beste Ende genommen.«

»Ja, aber der Mittelteil zwischen dem lahmen Anfang und dem bösen Ende, der war super.«

»Ich weiß nicht, ob ich Lust habe, das mit Sebastian nachzuspielen.«

»Ach was. Vielleicht hast du ja nur Angst, dich zu verlieben? Vielleicht kann er dir richtig gefährlich werden, der Sebastian. Dein schönes Solodasein ist in Gefahr. Du könntest nicht mehr frei Schnauze flirten und Männer abschleppen. Das passt dir nicht.«

»Quatsch! Schließlich heule ich jedes Mal, wenn sich im Fernsehen zwei Liebende kriegen. Außerdem hätte ich definitiv nichts gegen eine Beziehung.«

»Ach ja? Und warum rufst du die Kerle nie mehr an? Nimm zum Beispiel Gregor. Der darf nur alle

Schaltjahre mal bei dir anklopfen. Nils? Samuel? Kannst du das Flirten überhaupt noch sein lassen, wenn's darauf ankommt?«

Hatte sie am Ende recht? Was, wenn ich gar nicht lieben konnte? Was, wenn der Pirat in meinem Traum Sebastian gewesen war? Und ich lieber von der Klippe sprang, als mich einfangen zu lassen? Hatte ich mich nicht frei und ungehindert von Baumkrone zu Baumkrone, also von Lover zu Lover geschwungen? Und hatte ich Angst, dass nicht ich, sondern meine Freiheit sterben würde, wenn er mich zu fassen bekam?

»Wie wäre das denn für dich«, wollte ich wissen, »wenn da jetzt einer käme, mit dem es wirklich ernst und für immer wäre?«

Sie blickte mich sehnsuchtsvoll an »Nichts wünsche ich mir mehr. Mir geht die elende Sucherei so was von auf den Nerv. Und ich muss an meine Zukunft denken. Ich will Kinder haben, solange ich noch einigermaßen jung bin.«

Nanu, dachte sie schon an Kinder? Welch befremdliches Begehren. Ich wäre schon froh, endlich meine finanzielle Seite auf die Reihe zu kriegen. Mann und Kinder waren so weit weg wie eine Reise zum Mond.

»Ach ja«, träumte Lynn weiter, »wäre das schön, endlich den Mann meiner Kinder kennenzulernen. Wenn er vor mir steht, werde ich es wissen. Ganz sicher.«

»Das ist also dein Begehr, Weib?«, spottete ich.

»Mach dich nicht lustig, Emma. Mir ist es damit sehr ernst. Ich will einmal heiraten, Kinder kriegen und in einem Haus wohnen. Genauso stelle ich mir meine Zukunft vor. Ich habe keinen Bock mehr, mich ständig für karrieregeile Chefs ins Zeug zu legen, die mir den Einsatz sowieso nicht danken. Wenn Kinder da sind, erst recht nicht. Irgendwann arbeite ich dann ein bisschen in Teilzeit, und gut ist.«

Ich war verblüfft. »Und was ist mit deiner Karriere? Du hast dich doch erst vor ein paar Monaten in München bei dieser Bank vorgestellt. Mehr Gehalt, mehr Verantwortung, mehr Prestige. Was ist damit?«

»Ach das. Das war nur ein kurzer Ausreißer. Jetzt weiß ich wirklich, was ich will. Ich brauche keine Karriere. Meine Kinder sollen immer ihre Mama um sich haben. So kleine, süße Pausbäckchen mit blauen Augen, die dich anlächeln und irgendwann Ich hab dich lieb, Mama sagen.«

Der plötzliche Ausbruch mütterlicher Instinkte überraschte mich. Weder mit dem Verstand noch mit dem Gefühl konnte ich ihr in diese zuckersüße Wattewelt folgen. Höchstens der Anblick einer kleinen Katze verursachte bei mir euphorische Ausrufe wie Ach Gott ist die süß! An Kinderwagen ging ich eher gleichgültig vorbei. Lynn allerdings würde wohl neuerdings stehen bleiben und sinnige Fragen stellen, wie zum Beispiel: Wie alt isses denn? Was isses denn? Was wiegt es denn? Pupst es auch regelmäßig?

Und reihert es auch regelmäßig über Ihre Schulter? Nein? Dann müssen Sie etwas mehr auf den Rücken klopfen.

Schluss jetzt!

Die folgenden sechs Wochen gab ich der Beziehung mit Sebastian mehrere Chancen. Zwischendurch startete ich Myriaden von Anläufen, mich von ihm zu trennen. Mit wechselndem Erfolg. Sebastian wurde mehr und mehr zu einer Kulisse. Dahinter stapelte sich das Chaos.

Seine Eltern erschwerten die Entscheidung, denn sie hatten mich vom ersten Augenblick an mit offenen Armen in die Familie aufgenommen. So begann dann auch ein weiterer Versuch, die Beziehung zu beenden, mit einer Einladung zum Abendessen.

»Emma, mein Herz, bleibst du zum Essen?« Sebastians Mutter strahlte mich an. Schweren Herzens lehnte ich ab. Meine Waage zeigte mir zwei Kilogramm mehr an. Das kam nur davon, dass Sebastians Mutter so gut kochte. Knödel mit Soße zum Beispiel. Da starb ich für. Und dennoch, jetzt musste Schluss sein mit der Völlerei. Ich fühlte mich wie eine vergessene, im Fett schwimmende, aufgedunsene Dampfnudel. Und ich war nicht hier, um leckere Knödel zu essen, sondern, um dem Sohn des Hauses das Herz zu brechen.

Ich ging durch den Garten hinüber in seine unaufgeräumte Bude und ließ sofort meine Rede vom Stapel, wie ich es mir vorgenommen hatte.

»Sebastian, lass uns die Beziehung beenden. Ich kann das nicht mehr. Es wird mir alles zu viel.«

»Was? Wie bitte? Was habe ich denn getan?«

Ach, wie schwer mir das fiel. Diese traurigen Augen.

»Es ist nichts, was du getan hast. Es ist eher ... die Tatsache, dass du blind durchs Leben läufst, nicht erwachsen werden willst und dich auf dein Glück verlässt. Warum erzählst du jedem, dass du Medizin studierst? Du gehst doch schon seit drei Semestern nicht mehr auf die Uni? Warum beschwindelst du deine Eltern? Du erzählst ihnen ständig etwas von bestandenen Klausuren. Sie glauben dir! Ich meine, nicht nur, dass du deine Eltern belügst, du verdirbst dir gleichzeitig deine ganze Zukunft. Was willst du denn anstellen als abgebrochener Mediziner?«

Ich sah ihn verzweifelt an, doch er blickte beschämt zu Boden. »Gleich morgen werde ich ihnen die Wahrheit sagen, ehrlich.«

»Das sagst du schon zum dritten Mal! Ungefähr so oft, wie du versprochen hast, mehr für die Uni zu tun. Und passiert ist nichts!«

»Die Leute sind alle so ätzend an der Uni. Und der Druck ist dort so groß. Das ist nicht mein Ding.«

Ich flippte schier aus. »Ja, was ist denn dein Ding? Du kümmerst dich doch überhaupt nicht darum, was dein Ding sein könnte. Du belügst auch mich!«

Er griff nach meiner Hand. »Ich tu´s. Gleich morgen fange ich an. Versprochen. Ich suche mir einen ordentlichen Job. Ich tu doch alles für dich.«

Durfte das wahr sein? War er mit Blindheit geschlagen?

»Du sollst es für dich tun, nicht für mich, Himmelherrgott!«

»Ich weiß. Du hast recht. Ich bin ein Versager ...«

»Na ja ... noch nicht. Noch ist Zeit, dir selbst einen Tritt zu geben und irgendwo anzufangen.«

»Aber wo denn, und womit denn?«, jammerte er.

Ich zögerte. Sollte ich ihn jetzt in den Arm nehmen, trösten, tätscheln und sagen, ich sei ja da und ich würde ihm helfen? So, wie er immer für mich das gewesen war, als ich ihn brauchte? Oder sollte ich ihm den Gnadenschuss geben und gehen? Wie ein Häufchen Elend kauerte er vor mir auf dem Sofa.

War das der gleiche Mann, der im Bett mit Vorliebe die Führung übernahm, bei dem ich mich fallen lassen konnte? Der stark, ausdauernd und mitreißend war? Ich verstand die Welt nicht mehr. Was tat ich mir da an? Auf eine Weise hatte ich ihn gern. Der Sex mit ihm machte mittlerweile einen Heidenspaß. Allerdings hielt ich immer die Augen geschlossen. Das war auch nicht okay. Die Zeit miteinander verbrachten wir im Bett oder in Kneipen. Alles oberflächlich und keine tiefschürfenden Gespräche, bitteschön. Ich vermied es, ihn mit zu meinen Freunden zu nehmen, weil ich befürchtete, seine unstete Ader und sein verlogenes Leben kämen zum Vorschein. Wenn ich ihn nicht sah, war das in Ordnung. Wenn ich ihn sah, war das auch in Ordnung. Ich hatte es einfach laufen lassen.

Er wusste, dass ich ihn nicht liebte, und es war ihm gleichgültig. Hauptsache, ich war bei ihm, sagte er. Warum ich die Beziehung immer noch aufrecht hielt, wusste ich nicht. Aus Egoismus vielleicht? Weil er so ein guter Liebhaber war, bis ein besserer kam? Oder, weil ich mich auf eine unerklärliche Art für ihn verantwortlich fühlte?

Dies alles jagte mir durch den Kopf, während er mich flehend anblickte. »Ich liebe dich«, flüsterte er, und mir lief das Herz über. Wie bei einem Hund, der winselnd um die Beine herumstrich, mit großen Augen zu mir aufsah und auf Streicheleinheiten oder die Wurstpelle hoffte.

Ich umarmte ihn und fing an zu heulen, und konnte ihm einfach nicht sagen, dass ich ihn liebte, obwohl er es so gerne gehört hätte.

Tage später das gleiche Spiel.

»Emma, Liebes, bleibst du zum Essen?« Sebastians Mutter beschnitt ihre Rosensträucher und sah es schon fast als selbstverständlich an, dass ich zum Essen blieb, fragte jedoch aus Höflichkeit.

Nein, leider nicht, ich bin nämlich gerade dabei, deinen Sohn über den Jordan zu kicken. Den solltest du dir mal vorknöpfen und endlich aufhören, ihn so zu verhätscheln!

»Nee, leider nicht. Ich muss noch einkaufen und die Wohnung auf Vordermann bringen, sorry.«

Energisch riss ich die Tür zu seiner Hinterhofhütte auf und bahnte mir einen Weg durch Berge von Klamotten, dreckigem Geschirr, CDs und Aschenbechern. Das war auch so etwas, was mich rasend machte. Sebastian fabrizierte ein ständiges Chaos um sich herum. Überall. Er war der unordentlichste Mensch, den ich kannte.

»Hey, mein Liebling, ich habe mich nur noch mal ins Bett gelegt. Kommst du zu mir? Kuscheln oder so?«

Netter Versuch, aber der Zug war abgefahren. Endgültig.

»Jetzt komm aus dem Bett raus. Ich habe mit dir zu reden«, kläffte ich, und fing an, den Tisch von Akten, Aschenbechern, Gläsern und leeren Flaschen zu befreien. Er setzte sich verschlafen an den Tisch. Ohne weiteres Vorspiel legte ich los. »Du weißt, warum ich hier bin.«

Er nickte.

»Gut. Hör zu. Der Sex mit dir ist toll, und du bist ein echt netter Kerl. Aber das kann nicht alles sein. Ich brauche einen Mann, der mir ebenbürtig ist. Auf Augenhöhe. Verstehst du? Du gehst immer den Weg des geringsten Widerstandes und lässt dich hängen.«

Ich legte eine kurze Pause ein, um den Vorwurf wirken zu lassen. Sebastian sah mich offen an. Keine Spur traurig oder geknickt. Nanu? Hatte er nicht verstanden, was ich eben gesagt hatte?

Ich fuhr fort. »Auch wenn das jetzt hart für dich

ist, aber ich kann und will nicht weiter mit deinem Leben verknüpft sein. Du hast keine Vorstellung von deiner Zukunft. Du bist 26 Jahre alt, lebst zu Hause, hast keine Ausbildung und dein Studium geschmissen. Du trägst einmal die Woche für einen Hungerlohn Zeitungen aus und lässt dir das Cabrio von Papi finanzieren. Wie lange sollen dich deine Eltern denn noch durchfüttern? Was wäre, wenn deine Eltern verunglücken? Wenn sie krank wären, wenn du dein Auto zu Schrott fährst, wenn du eine eigene Wohnung finanzieren musst, wenn du eine Familie gründen willst, wenn du irgendwas tun willst, was erwachsene Menschen eben so tun? Na? Wird's dir da nicht ziemlich unwohl in deiner Haut? Scheiß Gefühl, oder?« Ich registrierte, wie Sebastian sich mit zitternden Fingern eine Zigarette anzündete.

»Das Schlimme ist: Du weißt das alles. Und sicher willst du etwas daran ändern, aber du kriegst die Kurve nicht. Ich kann nicht mit einem Mann zusammenleben, der nicht weiß, was er will. Du denkst nicht an die Zukunft! Du denkst an die nächste Party, das nächste Smartphone und an was weiß ich noch alles. Du vertrödelst deine Zeit und lebst in den Tag hinein. Sicher, du machst das nicht absichtlich, und du willst es ändern. Aber merkst du nicht, dass du mit deinem permanenten Besserungs-Gelaber nur dich selbst beruhigst? Bis zum nächsten Mal. Es ändert sich nichts. Du wirst einfach nicht aktiv. Nicht in beruflicher Hinsicht und nicht in sportlicher. Als wärst du dir selbst scheißegal. Wie verlangst du da, geliebt zu werden? Krieg du dich erst mal selbst auf die Reihe. Ich kann und mag mich damit nicht mehr befassen. Dein Leben ist mir zu anstrengend, zu unstet und zu kindisch. Es ist einfach nicht mein Leben.«

Nach dieser wasserfallartigen Rede lehnte ich mich erschöpft zurück.

So, Sebastian, jetzt bist du dran.

»Was soll ich sagen, Emma? Du hast recht. Ich kann nicht von dir verlangen, das alles mit mir zu durchleben. Es tut mir leid.«

Kein Betteln? Kein »Ich liebe dich doch«? Jetzt kam er mit der Vernunftsmasche. Er machte sich zum Märtyrer und mir das Leben schwer. Er würde still und einsichtig leiden und mich meiner Wege gehen lassen. Welch sauberer Charakter.

»Wirst du endlich mit deinen Eltern sprechen und ihnen sagen, dass du schon lange nicht mehr studierst?«

»Gleich morgen.«

»Jetzt.«

»Mein Vater ist nicht da. Heute Abend. Einverstanden?«

Hm. Würde er es wirklich tun? »Hast du dir Gedanken über deine Zukunft gemacht?«

»Ich kann mich in der Firma meiner Cousine um eine Stelle bewerben. Im Einkauf. Die stellen zur Mitte des Jahres jemanden ein.«

Hoppla. Hatte er jetzt den ersten Schritt getan? Wurde er endlich aktiv? Offenbar brauchte er jemanden, der ihm den nötigen Stoß gab. Nur einmal, dann ging´s von selbst. Vielleicht würde er sich ändern, wenn er ein einziges Mal aus eigener Kraft etwas zustande gebracht hatte.

Ich stand auf. »Ich gehe jetzt. Ruf mich an, wenn deine Eltern Bescheid wissen und du die Bewerbung abgeschickt hast. Vorher nicht.«

Als ich im Auto saß, ärgerte ich mich. Und wieder hatte ich mich nur halbherzig von ihm getrennt. Eigentlich gar nicht. Es war nach wie vor alles offen. Warum, um Himmels willen, tat er mir so leid, und warum fühlte ich mich verantwortlich für ihn?

Sternschnuppen

Und wer fühlte sich verantwortlich für mich? Kein Schwein! Alle hatten jemanden an ihrer Seite, nur ich nicht. Na ja, außer Lynn vielleicht. Das war besser als nichts, aber sie war nun mal nicht männlich. Und wenn doch, wäre sie nicht mein Typ.

Wütend feuerte ich den Ordner mit den Kostenanalysen in den Aktenschrank.

»Was ist los? Schlecht geschlafen?« Trude rief vom Nebenzimmer und aus dem Augenwinkel sah ich, wie sie ihre Ringe ablegte. Ich warf ihr einen vernichtenden Blick zu, ließ mich in meinen Schreibtischstuhl fallen und starrte durch das Fenster hinaus auf das Feld. Die Zeit verging und nichts passierte. Immer noch hatte ich Trude im Büro gegenüber, immer noch steckte Dippel einmal am Tag den Kopf zur Tür herein und wollte wissen, wie´s läuft. Beschissen lief es. Alles. Mein Auto musste zum TÜV und ich bald zum Nervenklempner, wenn das so weiterging.

Schieß dir doch ein Loch ins Knie und häng einen Schokoriegel rein.

Heute war so ein Tag, an dem ich mit der ganzen Welt haderte. Ich hatte kein Geld, um die Reparaturen zu bezahlen, die der TÜV ganz sicher bei meinem Auto fordern würde. Meine Waschmaschine lag in den letzten Zuckungen, sie gurgelte, sprotzelte und bollerte beim Schleudern. Die Haftpflichtversicherung war angestiegen, und die Strompreise waren auch erhöht worden. Das Leben wurde immer teurer, und da war kein Papa, der mir mal schnell mit einem Hunderter bis zum nächsten Ersten aushalf. Dafür hangelte ich mich von Monat zu Monat und schaffte es nicht, auch nur zwanzig Euro auf die Seite zu legen. Alles ging raus, wie es reinkam, und zwischendurch hatte ich damit zu tun, meinen Partner aus einer Lebenskrise nach der anderen zu ziehen.

Ach, rutscht mir doch alle den Buckel runter.

Das Telefon riss mich aus meinen trüben Gedanken. Es war Sebastian.

»Hallihallo, mein Sonnenstern, ich habe eine tolle Neuigkeit für dich!«

»Na, dann schieß mal los.« War das neue I-Phone schon auf dem Markt? Oder hatte er am Ende beschlossen, ab morgen in allen Lebenslagen aktiv zu werden?

»Ich werde bei der Firma NAV zum ersten August als Sachbearbeiter im Einkauf anfangen. Na, ist das eine Neuigkeit?«

Das war allerdings ein Lichtblick. Oh, wie freute ich mich. Endlich hatte er eine Aufgabe, ein Ziel. Nur für sich alleine.

»Oh, Sebastian, das ist ja großartig, das muss gefeiert werden.«

»Und ob wir das Feiern. Und ich weiß auch schon wo. Kannst du dir Urlaub nehmen?«

»Heute? Jetzt?«

»Nee, aber wir sollten so bald wie möglich an den See fahren.«

»Ich höre immer See. Welcher See?«

»Wir fahren in das Ferienhaus meines Onkels nach Lazise am Gardasee. Direkt am Strand. Ein kleines Grundstück, ein kleines Häuschen, aber dafür traumhaft und romantisch. Und umsonst. Wir müssen nur Verpflegung und Fahrt zahlen. Na?«

Das kam mir gerade richtig. Die Vorstellung am Gardasee zu liegen und einfach nichts zu tun, war verlockend. Und dann für wenig Geld? Ich überlegte nicht lange und sagte zu. »Ich habe Urlaub aber so was von nötig. Fang schon mal an zu packen.«

Minuten später klopfte ich bei meinem Vorgesetzten an die Tür.

»Herein.«

»Ich hätte gerne Urlaub im Mai. Geht das in Ordnung?«

»Wie lange?« Er klickte auf seinem Computer herum und hob nicht einmal seinen Blick. Sehr unhöflich, der Mann.

»Drei Wochen. Besser vier.«

»Unmöglich!«, sagte er sofort. »Zwei kann ich Ihnen anbieten, allerhöchstens.« Er stierte auf seinen Bildschirm. Ich hasste ihn.

»Na ja, gut, also, dann eben zwei Wochen.«

»In Ordnung. Ab dem dritten Mai zwei Wochen. Geben Sie bitte rechtzeitig Ihren Antrag ab.«

Thema erledigt. Hatte der Typ überhaupt mitbekommen, wer ihn nach Urlaub gefragt hatte? Ich ärgerte und trollte mich. Vier Wochen Urlaub hätte ich gar nicht haben wollen, aber hätte ich zwei verlangt, hätte ich höchstens ein paar Tage bekommen. Langsam wusste ich, wie der Erbsenzähler tickte.

Und auch wenn ich gut in diesen Spielchen war, wünschte ich mir eigentlich einen Job, bei dem ich auf Spielchen verzichten und meine Arbeit mit Freude erledigen konnte. Noch so eine Baustelle in meinem Leben, aber wie im richtigen Leben konnte ich einfach nicht alle Schlaglöcher gleichzeitig flicken.

Das Auto bis unters Dach beladen, machten wir uns drei Wochen später auf den langen Weg nach Italien. Nach neunstündiger Autofahrt und zwei Pausen fielen wir todmüde in das Bett des Ferienhauses, das an einer einsamen Bucht lag. Herrlich.

Die Sonne weckte mich bereits um kurz nach fünf Uhr morgens. Hellwach und urlaubsfreudig sprang ich in meinen Bikini, schnappte mir ein Handtuch und begab mich nach draußen. Ich wusste nicht, wie ich hier an vernünftigen Kaffee kommen sollte und in der Küche hatte ich keinen gefunden, also würde ich zunächst den See testen.

Ein breiter, gepflasterter Weg führte durch den Kiesstrand an das wunderbar klare Wasser. Der Onkel hatte mitgedacht. Ich breitete mein Handtuch auf den Steinfliesen aus, setzte mich und ließ die Weite und die Ruhe des Gardasees auf mich wirken. Das tat gut. Einfach nur schauen, den Wind auf der Haut spüren und genießen. Und das Leben war doch schön.

Oben schlief Sebastian, der viel selbstbewusster geworden war und sein Leben jetzt in die Hand nahm; mein Wagen war anstandslos über den TÜV gekommen; sportlich startete ich richtig durch, und das Schönste von allem: Meine Beziehung zu Sebastian hatte sich gefestigt. Zwar gab es immer noch das ein oder andere, was mich störte. Die Augen konnte ich beim Sex immer noch nicht öffnen, auch fiel es mir schwer, »Ich liebe dich« zu sagen, also sagte ich´s nicht, aber mein Gefühl für ihn wurde inniger. Vielleicht musste wahre Liebe wirklich langsam wachsen, und Lynn hatte recht behalten?

Die zwei Wochen waren angefüllt mit langen Spaziergängen, Baden in klarem Wasser, Erkundungsausflügen entlang der Küste, leckerem Wein in Bardolino, Schlemmereien mit frischem Fisch und Sex bei jeder passenden und unpassenden Gelegenheit. Wir turtelten wie frisch Verliebte, und zum ersten Mal fühlte ich mich auch so.

Eines nachts lagen wir auf den noch warmen Steinen am Strand, hatten uns einen Drink aus Rum, Zitronensaft, Zucker und Eiswürfeln bereitet und schauten in den sternenübersäten Himmel. Kein Großstadtlicht nahm den Sternen ihr Leuchten. Hier sahen wir selbst Satelliten, die langsam in der Umlaufbahn schwebten.

Plötzlich schossen drei Sternschnuppen vorbei.

»Oh, sieh nur! Wünsch dir was, wünsch dir was«, rief ich aus, zeigte zum Himmel und schloss die Augen. Ich wünschte mir, mich zu verlieben, mein Herz wieder schlagen und die Hummeln zu spüren. Vielleicht war Sebastian doch der Richtige?

»Und? Was hast du dir gewünscht?«, fragte Sebastian. »Sag´s mir. Dann sag ich dir auch, was ich mir gewünscht habe.«

»Dann geht´s aber nicht in Erfüllung«, lächelte ich.

»Komm, sag´s mir. Ich habe mir gewünscht, mit dir alt zu werden. So. Und jetzt du.«

»Nein«, lachte ich und sprang auf. »Ich sag´s dir nicht, ich sag´s dir nicht. Fang mich, vielleicht sag ich es dann«, und lief davon.

Schnell holte er mich ein und drückte mich auf den Boden. »Sag´s mir! Sofort. Oder ich küsse dich bis du tot umfällst.«

Ich schaute ihm zärtlich in die Augen. »Küss mich. Meinetwegen so lange, bis ich tot umfalle.«

Traurig checkte ich am Flughafen in Verona ein. Die vierzehn Tage waren viel zu schnell vorübergegangen. Sebastian winkte mir zu. Er würde weitere zwei Wochen hierbleiben und mit seinem Onkel, der nachgekommen war, das Ferienhaus renovieren. Das hatten wir anfangs auch so vereinbart, nur hatte ich es erfolgreich bis zum letzten Tag verdrängt. Jeder Urlaub ging einmal zu

Ende. Und Sebastian würde ja bald wieder bei mir sein. Ich vermisste ihn schon jetzt. Wehmütig beobachtete ich die verschwindende Landschaft unter mir. In ein paar Stunden würde mich der Alltag in seinen Klauen haben.

War mein Wunsch in Erfüllung gegangen? Hatte ich mich verliebt? Jetzt endlich? Ich wünschte es mir so sehr.

Hanna, meine Nachbarin, holte mich vom Flughafen in Frankfurt ab.

»Bist du braun geworden! Steht dir gut.«

»Danke.«

Sie half mir, die Koffer in den Wagen zu hieven, und los ging es Richtung Heimat. Zu Hause wartete Lynn, die mich mit Spaghetti in Tomatensoße mit viel Parmesan überraschte. Nein, wie rührend. Lass dich umarmen, Freundin.

»Und? Wie war´s?«, wollte Lynn wissen. »Viel Sonne, viel Meer, viel Sex?«

»Ja«, lachte ich, »von allem im Überfluss.«

Ich schilderte meine Eindrücke von Lazise, schwärmte von der Piazza Vittorio Emanuele und dem kleinen Hafen und pries die Vorzüge der eigenen, touristenlosen Bucht an, das klare Wasser und die warmen Steine am See bei Nacht. Lynn hörte mir mit glänzenden Augen zu, mampfte ihre Spaghetti und stieß ab und zu ein sehnsuchtsvolles »Hach« aus.

»Aber jetzt mal genug von mir. Wie erging es euch denn so?«, wollte ich wissen.

»Neues von der Firma. Frau Evens hat gekündigt. Und jetzt springen sie alle im Dreieck.«

So, so. Nun verließ also auch die Mutter der Abteilung das sinkende Schiff.

»Und Trude ist noch da?«, erkundigte ich mich hoffnungsvoll.

»Trude ist noch da.«

»Schade.« Genüsslich schlotzte ich die Spaghetti. Ab Montag war noch genug Zeit zum Aufregen.

»Bevor ich es vergesse, Emma«, sagte Lynn zum Abschied. »Vincent hat uns nächste Woche auf einen Grillabend eingeladen. Er hat sich verlobt.«

»Vincent? Verlobt? Doch nicht etwa mit diesem jungen Gemüse?«

»Doch, genau mit dem. Wird lustig werden, glaube ich.«

Allerdings. Hatte er jetzt alle seine Exfreundinnen zur Verlobung eingeladen, oder nur mich? Schaut her, ich bin verlobt! Ihr alle, die ihr da sitzt, ihr seid es nicht wert gewesen, von mir verlobigt zu werden. Die Tanja schon, die ist ja auch schön brav, widerspricht nie und wird sich spätestens mit dreißig botoxen lassen, damit sie für immer aussieht wie eine Gummipuppe. Also heult euch die Augen aus dem Kopf. Ich bin vergeben. Für immer.

Na, vielleicht war ja ein Netter für Lynn dabei. Wurde Zeit, dass auch sie ein passendes Gegenstück fand. Sie redete jetzt über blutjunge, tennisballprügelnde Schönlinge, die sie alle haben könne. Junge Männer schätzten reife Frauen. Aber sie wollte die Hüpfer nicht. Allerdings, wenn sie wollte, könnte sie sofort, die würden ja alle ..., sie müsse nur winken.

Ich ließ ihr die Illusion und betete inbrünstig um einen Akademiker mit Häuschen und Bausparvertrag.

Ach, Sebastian, komm bald wieder.

Miese Muscheln

Vincent hatte alles mit Rang und Namen aus Heidelberg und Umgebung eingeladen, sowie drei seiner Ex-Partnerinnen. Zu seinem Bedauern heulten wir uns keineswegs die Augen aus dem Kopf, stattdessen gaben wir seiner Verlobten Tanja überlebenswichtige Tipps im Umgang mit konstruktiven Kritikern. Die Kleine wurde immer blasser, stiller und fing an zu rauchen. Nach der dritten Zigarette stürzte sie auf die Toilette, um sich zu übergeben. Die Arme. Sie war ein nettes, unschuldiges Ding. So eine hatte Vincent nicht verdient.

Lynn unterhielt sich angeregt mit Mike. Er war irgendwie um hundertfünfzig Ecken mit Vincent verwandt. Mike war dreißig Jahre alt und Ingenieur.

»He, Lynn, Ingenieur«, bewegte ich lautlos die Lippen und streckte den Daumen in die Luft. Sie winkte ab. Nerv mich jetzt nicht. Und hör auf, zu verkuppeln, sollte das bedeuten.

Der Abend war unbeschwerter als erwartet. Wir Exfrauen, das heißt, Susanne, Bianca und ich, tauschten einschlägige Vincenterfahrungen aus, Rang und Namen stand rum und smalltalkte mit Cocktail in den Händen, Tanja saß grünlich gelb angelaufen in der Ecke und Vincent hob den Zeigefinger.

»Liebe Tanja, jedes Kind weiß doch heute, dass Rauchen schädlich ist, und dein Körper hat dir das soeben in aller Deutlichkeit mitgeteilt. Du solltest besser darauf hören.«

Susanne, seine Ex-Ex, japste amüsiert: »Das kenne ich doch irgendwoher. Bei so einer Gelegenheit habe ich ihm den Finger beinahe mal abgebissen.«

Bianca verschluckte sich an ihrem Martini und spuckte die Olive irgendeinem Schnösel auf sein Jackett. Tanja rannte aufs Klo, um sich erneut zu übergeben. Wenn das kein gelungenes Fest war.

Auf dem Heimweg erkundigte ich mich bei Lynn nach Mike.

»Der ist schon dreißig, gell, und Ingenieur? Und gut aussehend. Er hat eine faszinierende Nase. So gerade. Gefällt er dir?«

Nebenbei fragte ich mich, warum ich immer zuerst auf Nasen sah. Sogleich verwarf ich den spontanen Gedanken, das Thema tiefenpsychologisch durchleuchten zu lassen.

»Emma! Muss mir denn gleich jeder Akademiker gefallen, bloß weil ich mich mal mit ihm unterhalte?«

Ich zwinkerte ihr zu. Wenn sie die Frage so strikt von sich wies, war was dran.

»Natürlich nicht. Aber interessiert bist du schon, oder?«

»Och, vielleicht ein bisschen«, nuschelte sie.

»Nicht so bescheiden, Weib, raus damit. Findest du ihn gut oder nicht? Klare Worte, bitte.«

»Schon irgendwie. Er hat uns übrigens für kommenden Freitag zu seiner Geburtstagsparty eingeladen. Da wird er dann erst dreißig.«

Ich zog gespielt erschrocken die Luft ein. »Echt? Och, dann ist er zu jung. Schade.« Ich schob die Unterlippe vor.

»Quatschkopf«, schmunzelte Lynn und boxte mir auf den Arm.

Ein paar Abende später saß ich einsam im Bett, kritzelte Gedanken in mein Tagebuch und wartete auf Sebastians Anruf. Ich hatte mir Donnerstag und Freitag freigenommen. Den Donnerstag würde ich komplett meiner Schönheitspflege widmen, und Freitag früh würde Sebastian kommen. Wir würden den ganzen Tag im Bett verbringen und am Abend auf Mikes Party gehen.

Sebastian hatte versprochen, mich anzurufen, wenn er von Lazise losfuhr, und noch einmal, wenn er die Hälfte des Weges hinter sich gebracht hatte. Sorgenvoll dachte ich an die mehrstündige Fahrt, die vor ihm lag. Ganz alleine. Ohne dass ihn jemand wach und bei Laune hielt. Seltsam, ich hatte sogar richtig Angst um ihn. Ein dumpfes Gefühl der Vorahnung beschlich mich. Es passierte so viel auf der Autobahn, gerade bei Regen, gerade bei Nacht, gerade wenn man übermüdet war. Ich vermisste ihn, wollte nicht mehr ohne ihn sein. Das war mir in den Wochen ohne ihn klargeworden. Bitte, lieber Gott, betete ich, lass ihn gesund wieder zurückkommen und hole ihn nicht vorzeitig.

Jetzt, wo ich mich doch in ihn verliebt habe.

Warum hatte er sich noch nicht gemeldet? Ich rief ihn auf dem Handy an, aber es war ausgeschaltet.

Gegen Mitternacht klingelte endlich das Telefon. Aha, sicher war er schon fast bei mir und wollte mich überraschen.

»Hallo, meine Süße.«

Oh, wie ich seine Stimme vermisst hatte. »Hallo, Sebastian, ich vermisse dich. Wo bist du?«

»Äh, ja, deswegen rufe ich an. Ich bleib noch etwas länger hier. Böse?«

Böse? Nein. Enttäuscht traf es eher. Zutiefst verletzt. Am Boden zerstört.

»Und wie lange ist länger?«

»Am Freitagabend bin ich bei dir. Ich liebe dich über alles.«

Am Freitagabend rief mich Lynn an, um zu wissen, wann sie mich zu Mikes Fete abholen solle.

»Du, der Sebastian kommt gegen sieben Uhr abends zu mir. Komm doch du um acht, und dann fahren wir zusammen dorthin, okay?«

Eine Stunde Zweisamkeit nach zwei Wochen Abstinenz, das war der kümmerliche Rest meiner Pläne. Ich versuchte, mir nicht allzu sehr leidzutun.

»Okay. Bis um acht dann. Ich freu mich drauf, den Sebastian wiederzusehen«, sagte sie fröhlich.

»Und freust du dich auch, Mike wiederzusehen?«, stichelte ich.

»Klar, den auch. Bis nachher dann.«

Unter der Dusche verpasste ich mir ein Ganzkörperpeeling. Butterweich gebürstet und babyhautzart entstieg ich just den Fluten, als das Telefon klingelte.

»Äh, hey, hier ist der Sebastian.«

Ich wusste sofort, was es geschlagen hatte, und die Wut wühlte sich unvermittelt in meine Gedärme. Dementsprechend eisig musste sich meine Stimme angehört haben. »Ja, das höre ich. Wo bist du?«

»Ähm, tut mir echt leid, aber ich bin noch am Gardasee. Irgendwie haben wir gestern Abend zu viel getrunken und heute Morgen zu lange geschlafen. Und heute Abend gibt´s frische Miesmuscheln. Mein Onkel hat die extra noch aus Verona geholt, und er macht die besten Muscheln der Welt. Da konnte ich nicht ablehnen. Deswegen komme ich erst am Montag. Nicht böse sein, Süße. Ich lieb dich!«

Böse? Ich war nicht böse. Ich war fuchsteufelswild! Allein die Tatsache, dass ich nicht bis Italien durchs Telefon greifen konnte, rettete Sebastian das Leben. Ich versuchte, meine Stimme vor dem Überschlagen zu bewahren.

»Ja, alles klar. Ich verstehe. Versäum du nur nicht deine Miesmuscheln. Aber mich kannst du versäumen, was?«

Wütend knallte ich das Telefon auf den Tisch. Es war so weit, ich war bedient. Und wie. Der brauchte mir nicht mehr zu kommen! Da freute ich mich unbändig auf ihn und scheuerte mich mit dem Sisalschwamm halb wund, und er dachte an Miesmuscheln. Schnaubend schaltete ich das Handy aus. Ich war nicht mehr erreichbar. Da konnte er sich die Finger blutig wählen. Wo das Telefonieren aus dem Ausland doch so teuer war ... Trotzdem würde er nur mit meiner Mailbox vorliebnehmen müssen.

Ein paar Minuten später versuchte er es auf dem Festnetz und machte auch dort Bekanntschaft mit Miss Mailbox. »Emma! Bitte geh doch ran. Bitte.«

Pause. Einen Teufel würde ich tun!

»Nicht enttäuscht sein. Am Montag bin ich doch wieder da. Ich vermisse dich! Ich liebe dich!«

»Ja, genau. Geh doch zu deinen Miesmuscheln, Idiot!«

Jetzt herrschte Funkstille, bis er wieder da war, und noch ein paar Tage länger. Die Wut, die mich ausfüllte, konnte ich mir selbst nicht erklären. Ich war wütend, enttäuscht, über alle Maßen zornig und gleichzeitig tieftraurig. Ein dumpfes Gefühl, dass etwas geschehen würde oder bereits geschah, machte sich breit und legte sich mir wie ein Stein auf die Brust.

Die Lust auf Feiern war mir gründlich vergangen. Mir war eher nach einem einsamen Weingelage mit verheulten Taschentüchern und Schmachtmusik bis zum Abwinken.

»Wie siehst du denn aus?« Am Freitag schob Lynn sich durch die Tür und musterte mein vor Zorn fleckiges Gesicht und meine roten Augen. »So kannst du nicht unter Menschen. Was ist denn los? Wo ist Sebastian?«

»In Lazise! Bei seinen Miesmuscheln!«, spie ich hervor.

»Oh, ich dachte, er würde heute Abend da sein?« Sie drückte mich auf den Stuhl, holte etwas Kamillencreme aus dem Bad und fing an, mein Gesicht zu betupfen.

»Tja, das dachte ich auch. Eben rief er an, um mir mitzuteilen, dass er seinen Urlaub bis Montag ausdehnt, um Miesmuscheln zu essen!« Meine Traurigkeit war verflogen. Ich war nur noch zornig.

»Dann gönn ihm doch den Urlaub. Im August fängt sein Job an, und wer weiß, wann er wieder so lange Ferien machen kann. Sieh das nicht so eng!«, beschwichtigte sie mich.

»Das ist es nicht. Es ist nur, ach ich weiß auch nicht, so ein blödes Gefühl. Ich kann das nicht beschreiben.«

»Du meinst, er geht fremd?« Sie hielt inne mit dem Tupfen und sah mich erschrocken an.

»Nein, das nicht. Sebastian geht nicht fremd. Wie gesagt, ich weiß es nicht. Nur ein Gefühl.«

»Das redest du dir jetzt ein.«

»Möglich.« Ich zuckte mit den Schultern und hatte keine Lust auf Party. Ich hatte das dringende Bedürfnis in mein Kopfkissen zu heulen.

»So.« Lynn hatte mir eine Schicht Make-up aufgelegt und alle Zornesflecken weggezaubert. »Perfekt. Und nun vergiss das alles, freu dich auf Montag und gehe mit mir auf die Party.«

»Ich weiß nicht ...«

»Emma! Du kannst mich da nicht alleine hingehen lassen. Ich kenn da niemanden außer Mike! Du gehst gefälligst mit!«

»Meinetwegen. Aber nur, weil du es bist.« Seufzend rappelte ich mich auf. Lynn würde mir nie verzeihen, wenn sie wegen mir die Party und Mike versäumen würde. Denn alleine ging sie dort nicht hin. Hasenherz! Was tat man nicht alles!

Partytime

Mike hatte einen riesigen Raum mit Theke und dahinterliegender Küche angemietet. Rote, blaue und gelbe Lichterketten verbreiteten ein sanftes Licht. Über der Tanzfläche drehte sich behäbig eine original Achtzigerjahre-Discokugel. Der Raum war voller Menschen. Sie tanzten oder standen in Grüppchen zusammen und versuchten lautstark redend gegen die Musik anzukommen.

Kurz nach unserer Ankunft begrüßte uns auch schon Vincent. Da wir außer seinem kein bekanntes Gesicht entdecken konnten, gesellten wir uns zu ihm und köpften eine Flasche Sekt, um bei Gelegenheit mit Mike anstoßen zu können. Der stand, überladen mit Geschenken, inmitten einer Gruppe von Frauen und amüsierte sich königlich. Lynn nahm das mit einem leichten Stirnrunzeln zur Kenntnis.

»Das sind seine drei Schwägerinnen«, verriet der umfassend informierte Vincent.

Na also, Lynn, siehste, Verwandtschaft. Noch ist nicht alle Hoffnung verloren.

Meine Augen blieben an einem großen, gut gewachsenen Mann hängen, der gerade an mir vorbei schlenderte. Das Gesicht kam mir bekannt vor. Wo hatte ich ihn schon einmal gesehen? Und einen super Hintern hatte der. Zwei schöne Händchen voll. Davon konnte sich mein unsportlicher Sebastian eine Scheibe abschneiden, oder zwei.

Ich kam nicht drauf. Ich konnte auch nicht so angestrengt darüber nachdenken, weil ich wieder angefangen hatte, Sebastian zu vermissen. Wie viel toller wäre diese Party mit meinem Freund an meiner Seite.

Idiot!

»He, Emma, mach doch nicht so ein griesgrämiges Gesicht«, stieß mich Lynn an. »Davon kommt dein Schatz auch nicht schneller zurück!«

Sie drehte sich zu Vincent und erzählte ihm brühwarm die Miesmuschel-Geschichte.

Danke. Schnapp dir doch das Mikro und erzähl´s der ganzen Welt: Emma ist versetzt worden. Ihr Freund amüsiert sich miesmuschelessend anderweitig. Arme Emma. Eine Runde Mitleid, bitte.

Nach einem tiefen Schluck aus dem Sektglas schüttelte ich Sebastian ab und beschloss, mich von nun an heiter und gesellig zu zerstreuen. Gezielt steuerte ich Mike an, reihte mich zum Kreise der Schwägerinnen, machte mich kurz bekannt und entschuldigte mich, dass ich jetzt den Mike mal kurz entführen würde. Schließlich warteten da noch mehr Gäste, die ihm gratulieren wollten, nicht wahr?

Ich zog den verblüfften Mann hinüber zu Lynn, damit meine Herzensfreundin ihn beschenken konnte. Wir hatten ein Comicbuch mit bösen Sprüchen für ihn ausgesucht. Keine Ahnung, ob wir damit seinen Humor trafen, aber was schenkte man einem Dreißigjährigen, den man kaum kannte?

Er freute sich brav, was blieb ihm auch übrig? Da sie ihn gerade greifbar hatte, begann Lynn sofort, mit ihm zu flirten, schlug ihre Augen wie ein Rehlein zu ihm auf und brachte ihr üppiges Dekolleté zur Geltung.

In dem Moment fiel ein dünnhaariges und breitlippiges Biest um Mikes Hals. »Herzlichen Glückwunsch, mein Mike!«

Mike freute sich offensichtlich sehr, diese überschwängliche Dame zu sehen, und stellte sie uns als »Britta, alte Freundin« vor. Die alte Freundin zog ihn, nachdem sie uns sein Glas und das Comicbuch in die Hand gedrückt hatte, auf die Tanzfläche.

Lynn passte es gar nicht, dass der Hirsch einem anderen Rehlein hinterher stieg. Wo sie doch so schön geguckt und ihren Ausschnitt ins Spiel gebracht hatte. Da kam so eine Dahergelaufene, knutschte ihn ungehemmt ab und zog ihn mit sich. Und dem Mike schien das zu gefallen!

»Tja, Lynn, da musst du wohl deine Taktik ändern. Immer schön flexibel bleiben und wenn nötig, einen Zahn zulegen«, lachte ich.

»Die kann doch überhaupt nicht mit mir mithalten, kann die nicht. Die mit ihren fettigen Streifen, die sich Haare nennen und dem Arsch, auf dem man einen Pizzateller ablegen könnte. Guck sie dir doch mal an!«, fauchte sie, Gift und Galle spuckend.

Ich nahm ihr Sekt und Geschenk aus der Hand, gab ihr einen sanften Stoß und wies mit dem Kopf in Richtung Tanzfläche. »Na los. Auf zur Großoffensive!«

Das ließ Lynn sich nicht zweimal sagen. Sie sprang auf die Tanzfläche, schnappte sich den überrumpelten Mike, schrie »Damenwahl!«, und quetschte sich mit ihm in die zappelnde Menge. Mit drei Sektgläsern, Buch und Geschenkpapier beladen stand ich am Rand und kam mir überflüssig vor. Ich trank die drei Gläser leer, bevor das Zeug darin schmeckte wie das Innere meines Sportschuhs.

Irgendwann gesellte Vincent sich zu mir und wunderte sich, dass sein Glas leer war. Meins auch, so ein Zufall. Gemeinsam fanden wir im Kühlschrank in der Küche Nachschub und schenkten uns reichlich ein. Wir hatten die neue Flasche halb leer, als Lynn, schweißgebadet vom Tanzen und sehr zufrieden, mit Mike im Schlepptau auf mich zu hechelte. Wir teilten unseren Sekt schwesterlich und stießen an.

Vincent sah mir tief in die Augen. »Auf dich, Emma. Irgendwie war das eine schöne Zeit mit uns.«

Nanu, wurde er sentimental? Er hatte doch seine Tanja?

»Bereust du es?«, wollte ich wissen und erfuhr, dass es keine Tanja mehr gab. Sie hatte einen jungen Mann in ihrem Alter kennengelernt und ihn verlassen. Ach ja? Oder Vincents Party lag ihr noch im Magen.

Daher wehte also der Wind.

»Das mit uns? Kein Stück«, seufzte er und drückte mich plötzlich an sich. Wider Erwarten fühlte sich die Berührung gut an. Auch wenn es Vincent war. Oder vielleicht gerade deswegen. Sie hatte etwas Altvertrautes. Und Bekanntes berührte und beruhigte in Zeiten der Verwirrung. Aufgelöst von seinem schwülstigen Gerede und meiner kurzen sentimentalen Anwandlung drehte ich mich von ihm weg und stieß Mike an.

»Sag mal, wer ist denn der Große da hinten? Der mit den hellen Haaren. Den kenne ich irgendwoher.«

Mike schwankte leicht auf meinen Schubser hin.

»Der? Das ist Jan.«

»Okay. Und woher kennst du ihn?«

»Habbisch keine Ahnung. Wartma, ich fragma.« Mike schwankte zu Jan hinüber, redete auf ihn ein und zog ihn am Ärmel zu uns.

»Jan, das ist Emma. Emma – Jan. Jan – Emma. Und das ist Lynn. Und das da Vincent. Freutmicheuchbekanntsumachn ...«

Allgemeines »Hey, hallo, schön dich kennenzulernen.«

»Ich kenne dich irgendwoher«, sagte ich lakonisch. Etwas Intelligenteres als dieser geistlose Spruch fiel mir im Moment nicht ein, entsprach jedoch der Wahrheit. Zumindest war er aufs Wesentliche konzentriert.

Jan zog die Augenbrauen hoch. »Ich bin gelegentlich in Heidelberg unterwegs«, sagte er. »Vielleicht daher?«

»Weiß nicht …

»Ach, ich habe ein Allerweltsgesicht. Das passiert mir öfter.«

Ach ja? Das war nicht weniger abgeschmackt als mein Spruch eben. Woher kannte ich ihn, verdammt? Diese braunen Augen …

Britta hing unterdessen wieder an Mikes Hals, Jan quasselte mich voll und Lynn stand unbeteiligt daneben. Beiläufig erkundigte ich mich bei Jan, ob er noch studiere. Er war gerade fertig, ließ er mich wissen. Sportwissenschaft. Nebenbei spielte er aktiv Tennis.

Oh, Tennis. Das war Lynns Sportart und die ideale Gelegenheit, sie in das Gespräch mit einzubeziehen, bevor sie vollends versauerte. »He, Lynn, hör mal. Der Jan spielt Tennis. Das ist doch dein Metier. Da kann ich nicht mitreden.«

»Du spielst Tennis?« Sie erwachte aus ihrer Starre. »Wo denn?«

Und schon waren die beiden vertieft in ein Gespräch über Asse, Aufschläge, Lobs und Rückhand-Volleys. Jetzt stand ich unbeteiligt daneben und spürte Vincents schmachtende Blicke auf meinem Rücken.

»Hoi, ick heet der Martijn. Wie heijst du?«, sprach mich ein sehr blonder Mensch mit blitzenden Augen an.

Oha, ein Holländer. Ich verriet ihm meinen Namen, und wir prosteten uns zu. Der Martijn erzählte mir eine lustike Gesiste aus einer holländischen Kleinstadt und seine stahlblauen Augen funkelten schelmisch, während er mich ununterbrochen zum Lachen brachte. Seine Haare waren so blond, dass sie fast weiß wirkten. Martijn war Akademiker, achtunddreißig Jahre alt und lebte in Heidelberg. Da sollte er doch eigentlich unser Stammlokal kennen. Klar, er sei jeden Freitag dort, um seinen Wijn zu trinken. Kein Wunder, dass wir ihn noch nicht kennengelernt hatten. Wir waren nur donnerstags da. Ich beobachtete Lynn und Jan aus den Augenwinkeln und stellte fest, dass dieser Mann ein ganz Süßer war. Groß, durchtrainiert, mit einem knackigen Hintern, geraden Schultern und flachem Bauch. Und lächeln konnte der! Herrje, ich kannte ihn, nur woher?

Lynn äugte zu uns herüber. »Wer ist denn das da?«, sagte ihr Blick.

Ich machte Lynn und Martijn miteinander bekannt, worüber beide spontan glücklich schienen, und wandte mich erneut Jan zu. Wenn der eine mit Miesmuscheln flirtete, schäkerte ich eben woanders. Das hast du jetzt davon, Sebastian. Knabber du an deinen Muscheln, ich knabber hier ein bisschen rum. Zumindest bleibt's in der Region. Das ist auch eine Art Treue. So!

»Wenn du Sport studierst, bist du doch sicher viel in Bewegung?«, fragte ich.

»Klar. Sport ist mit das Wichtigste in meinem Leben. Na ja, aktuell das Wichtigste, so ohne Freundin ...«

Da hatte er die relevanteste Information des Abends geschickt verpackt. Ich bedauerte ihn gebührend wegen seiner Einsamkeit und erzählte ihm dann, dass ich in einem Fitnessstudio angemeldet sei und dies sogar regelmäßig besuche. Sport sei in meinem Leben auch das Wichtigste. So ganz ohne Freund.

Vincent stand zwischenzeitlich schwer atmend, angespannt und keine Spur gelöst an einem Stehtisch und spähte verstohlen zu uns herüber.

»Enorm wichtig!«, begeisterte sich Jan, »Schau dir doch die Menschheit an. Der körperliche und geistige Bewegungsmangel ist bereits zu einem strukturellen Risikofaktor geworden! Der nach außen gerichtete Leistungsdruck lässt das eigene Empfinden verkümmern.«

Ich überlegte, welcher Leistungsdruck sich bei mir störend auswirkte.

Wir leerten eine Flasche Wein nach der anderen und redeten uns die Köpfe heiß. Irgendwann zog mich Lynn auf die Tanzfläche und weg von meinem brillanten Gesprächspartner. Widerwillig fing ich an zu tanzen.

»Du«, brüllte sie mir ins Ohr, »der Martijn ist ein toller Mann, und so gescheit! Wie findest du ihn?«

»Gut!«, brüllte ich zurück. »Was ist mit Mike?«

»Den hat sich die Dicke mit den strähnigen Haaren unter den Nagel gerissen. Der passt sowieso nicht zu mir. Der säuft! Hast du nicht bemerkt, wie viel er auf Vincents Verlobung gebechert hat? Und jetzt ist er schon wieder sternhagelvoll.«

Schön, wenn man so flexibel ist, dachte ich, und stellte fest, dass meine Zigarettenschachtel leer war. Mist. Wo war hier ein Automat? Ich ließ Lynn alleine weiterzappeln und fragte Jan, ob er hier in der Gegend einen Zigarettenautomaten wüsste. Ja ja, ich rauche. Und das als halbwegs gesundheitsbewusster Mensch. Schon gut, ich weiß. Aber wer keinen Fuhrpark hat, muss sich zumindest ein Laster zulegen.

Jan meinte, dass er um die Ecke einen Automaten gesehen hätte, und bot an, mich zu begleiten.

Draußen regnete es. Na toll. Was tat man nicht alles für die Gesundheit. Um die Ecke war allerdings kein Automat, und um die nächste auch nicht. Dafür blinkte die Fassadenwerbung des NH-Hotels vom Ende der Straße zu uns hinüber. Vielleicht hatten sie dort einen, und nass waren wir sowieso schon. Gemeinsam schwankten wir los. Jan legte seinen Arm um mich. Millimetergenau passte meine Schulter unter seine Achselhöhle. Wie maßgeschneidert dachte ich. Zudem verblüffte es mich, wie wohl ich mich in seinem Arm fühlte. Flatterte da etwa ein Schmetterling in meiner Magengrube? Nein, das war definitiv keiner ... Das war Hummelbrummen!

Durchnässt, stark angesäuselt und kichernd traten wir an die Rezeption des Hotels. »Verzeihung? Haben Sie hier ´n Zigarettenautomat?«

Der junge Mann am Empfang sah aus, als wollte er sagen »Ja, natürlich. Darf´s auch ein Doppelzimmer sein?« Stattdessen sagte er: »Geradeaus, den Gang runter, dann links. Gleich neben den Toiletten«, und zeigte in die entsprechende Richtung.

Oh, Toiletten. Die kamen mir gerade recht. Ich drückte Jan meinen Geldbeutel in die Hand, mit dem Auftrag, mir eine Schachtel zu ziehen, und verschwand hinter der Tür mit dem Damenschild. Mein Spiegelbild ernüchterte mich mit einem Schlag. Wie sah ich nur aus?!. Einzelne Strähnen klebten durch den Regen am Gesicht, die Wimperntusche hatte den Gang Richtung Wangen angetreten und mitten auf meinem weißen Shirt prangte ein fetter Rotweinfleck. Mit Papiertüchern, Seife und etwas Wasser rückte ich dem Dilemma zu Leibe.

Als ich aus der Tür trat, sah ich Jan, wie er lässig an der Wand lehnte, die Hände in den Hosentaschen. Süß sah er aus.

»Hey«, sagte ich und grinste debil.

»Hey«, sagte er, lächelte, zog eine Schachtel Zigaretten aus seiner hinteren Hosentasche und hob sie hoch. Ich nahm ihm das Suchtzeug aus der Hand und gab ihm einen freundschaftlichen Kuss auf die Wange. Schließlich war ich vergeben. Offenbar interpretierte er meinen freundschaftlichen Kuss als Aufforderung, denn plötzlich nahm er mich in den Arm und küsste mich.

Wow. Wow. Oh. Mein. Gott. Konnte der küssen. Schmetterling? Da tobten mindestens zwei Hummeln!

Moment mal. He, das wollte ich doch gar nicht. Eigentlich ...

Aufgewühlt strampelte ich mich frei. »Wir müssen jetzt gehen. Hoffentlich regnet es nicht mehr. Ich bin nämlich nur bedingt wetterfest.«

Wir waren wohl länger weg gewesen, als wir gedacht hatten. Die Party wirkte ziemlich verlassen mit nicht mehr als einer Handvoll übrig gebliebener Gäste. Mike tanzte eng umschlungen mit Britta. Jochen gab den DJ, wobei er offenbar entschieden hatte, nur noch Schmuse-Musik für die Pärchen aufzulegen.

»Guck mal, deine Freundin scheint fündig geworden zu sein.«

Wo? Lynn? Tatsächlich. Meine Freundin stand mit einem Mann wild grabbelnd in einer dunklen Ecke. Ich krallte mich an Jan.

»Das ist der Holländer. Dieser Martijn. Akademiker.«

»He, jetzt mach mal den Mund wieder zu«, lachte er, »Du kannst doch da nicht so ungeniert hinstarren.« Jan wollte mich wegziehen.

Lass das! Und ob ich kann! Ich will das sehen.

Mit einer Flasche Rotwein ließen wir uns auf einem kleinen Sofa nieder. Um uns herum nur verliebte Pärchen. Tja. Was machte man denn da?

In diesem Augenblick nahm mir Jan das Rotweinglas aus der Hand, stellte es neben sich auf einem kleinen Beistelltisch ab, nahm mein Gesicht in beide Hände und küsste mich.

Huh!, war der zärtlich. Ach Gott, küsste der gut. Er rieb seine Nase sanft an meiner Wange, schnupperte sacht an meinem Hals und streichelte mir mit Hingabe meinen Nacken. Weiter traute er sich nicht. Ich genoss seine Sanftheit, strich ihm über sein helles Haar, das ihm keck vom Kopf abstand, und hörte für eine Weile auf zu denken.

»He, was macht ihr beide denn da? Iss ja nich wahr!« Lynn hängte ihren Oberkörper über die Theke, um uns besser zu sehen. »Heimfahren, Emma, Taxi teilen«, befahl sie.

Ich sah sie gequält an, doch sie kannte keine Gnade und zückte ihr Handy. »Ist besser für alle, kannste glauben.«

Ich wusste nicht, was sie meinte, stimmte ihr jedoch insgeheim zu. In meinem Leben gab es schließlich ...

Jan sah mich mit seinen schönen braunen Augen an, und fegte damit alle Gedanken aus meinem Kopf.

»Darf ich dich morgen anrufen, oder ... war das eher so ein Party-Ding?« Seine Stimme klang sanft und leise und ...

Moment! Die Augen ...! Mit einem Schlag fiel mir ein, warum er mir so bekannt vorkam. Das war der Typ, den ich beinahe über den Haufen gefahren hatte. Das war der Pirat! Ob ich ihm das sagen sollte? Ach nein, warum auch, es änderte ja nichts. Ich war vergeben. Glücklich mit Sebastian. Nein, schrie ich innerlich, ruf mich nicht an! Gerade habe ich mich in Sebastian verliebt. Ich freue mich auf ihn.

Ich warte auf ihn. Er ist der Mann, mit dem ich den Rest meines Lebens verbringen will!

Dann blickte ich in Jans unglaubliche braune Augen.

»Ja«, seufzte ich, »ruf mich morgen Abend an.«

Lynn kuschelte sich neben mich in mein schmales Bett. »Sag mal, was war denn das mit dem Jan? Das hast du nicht ernst gemeint, oder?«

Hatte ich das ernst gemeint? »Keine Ahnung, ich muss mal drüber nachfühlen. Und Martijn?«

Dumpf starrte sie in die Lampe. »Weiß nicht ...«

»Das hat aber so gar nicht nach Weiß nicht ausgesehen«, versuchte ich, sie aus der Reserve zu locken.

»Hm ...«, starrte sie weiter. So wortkarg kannte ich sie nicht.

»Hast du dich verliebt? Ein bisschen? Ganz viel? Gar nicht?«, bohrte ich weiter.

»Weiß nicht ...« Jesus, war die schwierig heute.

»Sollen wir jetzt besser schlafen?«

»Ja, glaub schon.«

»Dann gute Nacht, Freundin, träum schön von sauren Gurken und vergiss nicht, reinzubeißen.«

Aus und vorbei

Am nächsten Abend knabberte ich nervös an einem eingerissenen Daumennagel.

Jeden Moment würde Jan anrufen und ich hatte keine Ahnung, was ich sagen sollte. Ich wusste nicht einmal, ob ich überhaupt mit ihm reden wollte. Oder mit Sebastian. Oder mit überhaupt irgendjemandem.

Endlich klingelte das Telefon und ich meldete mich etwas zu hastig.

»Hoppla, habe ich dich aus der Dusche oder von einem Mann weggeholt?«

Silke! Ausgerechnet jetzt und ausgerechnet sie. Ich heuchelte Begeisterung. Ja, so in etwa hätte sie mich schon aus der Dusche gezerrt, aber nein, kein Problem. Machs kurz, ich erwarte einen Anruf.

»Hör zu, ich bin wieder ausgezogen. Wollte ich dir nur kurz mitteilen. Außerdem habe ich einen tollen Job in Mannheim gefunden und eine Wohnung gleich daneben. Kommst du mich mal besuchen? Ich habe jetzt einen Riesengarten.«

Hatte sie mir noch vor Kurzem mit Begeisterung von ihrem Einzug bei Oliver erzählt, so sprach sie jetzt in ähnlichem Tonfall von ihrer neuen Wohnung. Diese Frau sollte einer verstehen.

»Moment mal ... das heißt ... heißt das, du bist nicht mehr mit Oliver zusammen?«

»Genau das. Was ein Langweiler, da machst du dir kein Bild. Hing nach Feierabend nur auf dem Sofa rum und das Vieh von Hund hat die ganze Wohnung verdreckt. War nicht mein Ding, wirklich nicht.«

»Na, dann herzlichen Glückwunsch zu Job und Garten. Sehen wir uns mal in nächster Zeit?«

Der arme Oliver.

»Weiß nicht, denke nicht ...«, wand sie sich für meinen Geschmack etwas zu sehr um die Worte herum. »Habe jede Menge zu tun. Kisten auspacken, den Garten bepflanzen. Das Übliche.«

»Ich kann dir helfen.«

Stille.

»Silke?« Da stimmte was nicht. Sie verheimlichte mir etwas. »Silke! Raus damit!«

»Du wirst mich hassen.«

»Jetzt sag schon.«

Ich hörte, wie sie tief die Luft einzog. »Vincent hilft mir.«

Bitte? Vincent? Das konnte nicht ... Nein. Ich schüttelte ungläubig den Kopf. »Ist nicht dein Ernst ...«

»Ich wusste es, du hasst mich jetzt.«

Einen Moment war ich sprachlos und fühlte nach, horchte in mich hinein. Tat es weh? Silke mit meinem Ex im Bett, in enger Umarmung? Im Liebesspiel? Ich gluckste. Nein, beim besten Willen konnte ich mir die beiden nicht zusammen vorstellen. Was, wenn er sich bei ihr über den Zigarettenrauch beschweren würde? Silke würde ihm die glühende Kippe wahrscheinlich in seinen Wein werfen und ihm sagen, er solle sich nicht so anstellen. Das konnte nichts von Dauer sein. Er würde sie töten, irgendwann, also, ehe sie ihm zuvorkam.

»Ich hasse dich nicht. Aber Silke, mal ehrlich, ihr passt überhaupt nicht zusammen.«

Wie zu erwarten, wollte sie das nicht hören und schon gar nicht darüber reden. Es war so, wie es war. Punkt.

Ja, dachte ich, bis zur Trennung.

»Wir könnten uns doch mal treffen, oder? Du, Sebastian, Vincent und ich. Was hältst du davon? Wird sicher witzig.«

Mit Sebastian. Und Vincent. Ja. Und wie ...

»Du Silke, ich frag erst mal den Sebastian, ob er schon was geplant hat. Er ist noch in Italien und kommt erst am Montag wieder. Ich ruf dich im Laufe der nächsten Woche an und sag Bescheid. Aber ganz ehrlich? Nein, ich glaube, das tu ich mir dann doch nicht an. Nicht böse sein.«

Sie war natürlich nicht sauer. Eher schien sie mir erleichtert. Wohl hatte sie mir aus Höflichkeit diese rhetorische Frage gestellt. Wir versprachen, uns noch dieses Jahr zu sehen, und beendeten das Gespräch.

Da hatte mich doch meine Vorahnung, sie würde bald ein Kind von Oliver erwarten, im Stich gelassen. Nun, Vincent war ebenfalls gut situiert. Und er hatte kein haariges Kalb und konnte hervorragend kochen.

Bei mir selbst liefen meine Weissagungen ebenfalls ins Leere. Permanent und jederzeit. Und Sebastian würde am Montag kommen, und Jan würde heute anrufen, und ...

Ich stützte meinen Kopf in die Hände und stöhnte auf. Herr, lass Abend werden und sich den dunklen Schleier des Vergessens über dieses Chaos senken.

Dann rief Jan an.

Seine warme Stimme verursachte mir angenehme Schauer. Er gab sich unbeschwert und versuchte erfolglos, seine leichte Nervosität zu verbergen. Ich kenne Menschen, die verstummen, wenn sie aufgewühlt sind. Lediglich unruhige Hände und fahrige Blicke verraten den Gemütszustand. Andere kauen dir ein Ohr ab und reden ohne Punkt und Komma.

Jan redete. Über sein soeben gewonnenes Tennismatch, sein Studium, seine Masterarbeit und über den Hund seiner Eltern. Entspannt lehnte ich mich zurück. Er konnte gut erzählen. So bildlich und greifbar nahe, so beruhigend. Gerne hätte ich ihm jetzt beim Erzählen zugesehen, seine Mimik studiert und ihm über sein kurzes Haar gestrichen. Einfach so.

»Emma«, sagte er irgendwann, »Wollen wir uns treffen? Natürlich unverbindlich.«

Warum spross nicht ausgerechnet heute ein dicker, roter Pickel auf meiner Stirn, der mich daran hinderte, aus dem Haus zu gehen? Ich brachte kein Wort heraus.

Jan räusperte sich. »Gestern Abend, da ... ich meine ... da war so etwas wie ... Ach, wir sollten uns einfach sehen.«

Sollten wir? Was, wenn er mir nicht gefiel und es eben nur ein Party-Ding war, wie er es genannt hatte? Dann war ich aus dem Schneider. Was aber, wenn er mir ans Herz ging oder gar mitten hinein? Ich beschloss, meine Gedanken in, klare Worte zu fassen.

Still, ihr doofen Hummeln!

»Was ist, wenn wir uns gegenüberstehen und dem Auweia-Gefühl erliegen?«

»Was für ein Gefühl?«

»Ich meine, gestern Abend war gestern Abend, mit viel Alkohol, mit Schmusemusik und ausschließlich Pärchen um uns rum. Vielleicht haben wir einander schön getrunken? Und wenn wir uns treffen, stehen wir uns gegenüber, und jeder denkt: Auweia, wie konnte ich nur. Weißt du, was ich meine?«

»Und selbst wenn, sind wir erwachsen genug, um das wegzustecken, oder nicht? Dann verbringen wir einen netten Abend, plaudern ein bisschen, und das war's. Ich glaube aber nicht an ein Auweia-Gefühl, ganz ehrlich.«

Ja, na ja ... Irgendwie hatte seine Worte Hand und Fuß und ehe ich mich versah, entschlüpfte meinem Mund ein »Okay«.

Am nächsten Tag saß ich in der Dämmerung im Auto und wartete. Wir hatten uns auf einem Parkplatz verabredet. Mit kaum zwei Minuten Verspätung fuhr er vor und parkte seinen Golf direkt neben meinem. Auch ein Golf, sicherheitsbewusst und bescheiden, kein Cabrio, das die Eltern finanzierten.

Dann standen wir uns gegenüber. Jung sah er aus mit seinen verwaschenen Bluejeans, dem Leinen-Shirt und der Jeansjacke darüber, sehr jung, obwohl er in meinem Alter war.

»Und?«, schmunzelte er.

»Alles in Ordnung«, lächelte ich.

»Also kein Auweia-Gefühl bei dir?«

»Nein.« Ich schaute zu ihm auf. Himmel, er sah besser aus, als ich ihn in meiner benebelten Erinnerung hatte. »Und bei dir?«

»Im Gegenteil! Im absoluten Gegenteil. Komm, gehen wir eine Kleinigkeit essen. Ich habe Hunger. Du auch?«

Das war mal ein Mann, der sagte, was er wollte. Bei Sebastian hätte es sich folgendermaßen angehört: »Hast du Hunger? Sollen wir etwas Essen gehen? Ich hätte schon Lust dazu. Allerdings nur, wenn du möchtest. Ich kann mir auch zu Hause ein Brot schmieren ...« Und Vincent, wenn wir schon gerade dabei waren: »Liebe Emma, zum Stillen unseres Hungers streben wir ein leichtes und gediegenes Mahl an, niedriger Fettgehalt, hochwertige Kohlehydrate, gedämpftes Gemüse und organischer Bio-Reis.«

Gemeinsam fuhren wir in den nächsten Ort und ergatterten in dem kleinen Bistro an der Hauptstraße einen Tisch ganz hinten. In meinem Kopf musste Jan pausenlos den Vergleich mit Sebastian und Vincent antreten. Sebastian, der sich mitten in der Nacht Pommes und Burger besorgte, wenn es ihn dazu trieb, und der literweise süße Limonade in sich hineinkippte. Vincent, der nichts aß, was nicht biologisch, regional oder vollwertig war, am besten alles gleichzeitig.

Schöne Hände, sinnierte ich und betrachtete Jans schmale Finger, die sehnigen Unterarme. Wie sich wohl sein Rücken anfühlte, oder sein Hintern? So ganz ohne was drum herum?

Jan blickte mich an, und ich hätte in dem Moment schwören können, dass er dieselben Gedanken hatte. Bei seinem Blick durchfuhr mich eine nie gekannte Wärme, und die Hummeln in meinem Bauch feierten eine Party.

Stunden später setzte er mich an meinem Auto ab und nahm vorsichtig meine Hand.

»Ruf mich an, wenn du mich wiedersehen willst. Ich möchte dich nicht zu etwas bewegen, das du später bereust. Sollen wir so verbleiben?«

Erleichtert fing ich den Ball auf. Ich musste ihn nur zurückwerfen, irgendwann, oder auch nicht. Vorher musste ich jedoch Sebastian gegenübertreten.

Neuanfänge

Mir war schlecht!

Zitternd hielt ich den Brief in der Hand, den ich soeben gelesen hatte. Wie kam der Mann dazu, meinen gerade mühsam sortierten Mikrokosmos durcheinanderzubringen? Vincent war noch nie ein großer Schreiber, geschweige denn ein großer Redner gewesen, wenn es um seine Gefühle ging. Und jetzt dieser Brief!

Liebe Emma!

Bitte verzeih, dass ich Dir schreiben muss, aber ich befürchte, meine Gefühle nicht klar ausdrücken zu können, wenn Du mir gegenübersitzt. Lange Zeit bin ich mit mir selbst ins Gericht gegangen, habe andere Frauen geliebt – mit dem Körper. Mit meiner Seele und meinen Gedanken war ich immer bei Dir. Durch Silke wurde ich verstärkt an dich erinnert und mir wurde klar: Ich bin ein Idiot, ein Hornochse, ein zwanghafter Saubermann. Endlich habe ich erkannt, was ich dir angetan habe. Und Silke, deine Freundin, bezeichnet mich als emotionalen Analphabeten. Seitdem bin ich, stell Dir vor, in einer Therapie, kannst Du Dir das vorstellen? So, wie ich mich verhalten habe, würde jede Frau weglaufen, und ich versichere Dir: Ich habe Hochachtung vor Dir, vor deiner Geduld, es so lange mit mir ausgehalten zu haben. Bitte verzeih mir. Wenn Du noch ein wenig für mich empfindest, dann lass es uns noch mal versuchen. Was hältst

Du davon? Du weißt, ich kann nicht die tollen Reden schwingen, so wie Du, deswegen schließe ich auch hier. Ich hoffe, Du meldest Dich. Lass uns reden.
Dein Vincent

Was jetzt? Sebastian, Jan, Vincent. Das Chaos war perfekt. Und ich würde keine Lynn anrufen, um mir Rat zu holen. Da musste ich allein durch. Aber weshalb schaffte es dieser Brief, dieses Geständnis, mich aus der Bahn zu werfen? Empfand ich noch etwas für Vincent? Empfand ich überhaupt etwas, und wenn ja, für wen? Spontan entschloss ich mich, reinen Tisch zu machen, mit mir, meinen Gefühlen, meinen Männern. Gleich morgen würde ich mit dem Stahlbesen jeden Konjunktiv in Bezug auf Männer aus meinem Leben kehren.

Ich tippte Silkes Nummer aufs Display. Es klingelte nur einmal, bevor sie abhob und sofort lossprudelte. »Hallo, Emma! Gut, dass du anrufst. Hast du Vincents Brief erhalten?«

Sie schaffte es immer wieder, mich zu verblüffen. »Ja, woher weißt du?«

»Was ein Trottel!« Silke ereiferte sich. »Ständig hat er nur von dir geredet und was du für eine tolle Frau seist.« Sie schnaubte wie ein wilder Stier. »Hat der Typ mich aufgeregt. Versteh mich nicht falsch, du bist eine tolle Frau, aber musste er mir das ständig sagen? Und dann meinte er noch, dass er es hasst, wenn Frauen rauchen und dicklich sind. Dabei hat er auf meinen Bauch geblickt und die Brauen hochgezogen. Hallo? Du kennst meinen niedlichen Schwimmring, ich brauch dir nix erzählen. Was ein Idiot! Dämlicher Hornochse. Der hat es nur nicht ver ...«

Ich lachte laut heraus und unterbrach sie. »Wie hast du es getan? Wie hast du ihn rausgeschmissen? Sag es mir! Ach, wie herrlich!«

»Ich hab ihm den Cognac übergeschüttet und seinen Schlüsselbund aus dem Fenster geworfen. Er ist seltsamerweise sofort gegangen.« Jetzt lachte auch Silke. Gleich darauf wurde sie jedoch ernst. »Hör mal, Emma. Der verkraftet es nicht, verlassen zu werden. Lass die Finger von dem. Ernsthaft. Egal, was er schreibt.«

Silke ließ mich mit einem unguten Gefühl zurück. In mir wirbelten die Emotionen durcheinander und ich hatte das Bedürfnis, mich auf einen Berg zu stellen und »Stopp« zu schreien. Aufhören! Lasst mich zur Ruhe kommen, damit ich lerne, in mich zu gehen, um zu wissen, was ich will.

Eine Stunde später war mir immer noch schlecht.

Aschfahl im Gesicht und bang der Situation saß ich Sebastian gegenüber, der mich unschuldig und herzensgut anblickte. Seit ein paar Stunden erst war er aus dem sonnigen Urlaub zurück, und ich war sofort zu ihm gefahren, um mein Herz entscheiden zu lassen.

Sobald ich ihm gegenüberstand, wusste ich, dass ich niemals dieses warme Gefühl in seiner Gegenwart spüren würde, wie ich es bei Jan erlebt hatte.

Ihn gernhaben? Ja. Lieben? Nein. Eine tiefe Zuneigung zu diesem unbeholfenen Jüngling erschütterte mein Innerstes, und die Vorstellung, ihn verletzen zu müssen, brach mir das Herz. Schon lief mir eine Träne die Wange hinunter. Teufel! Warum konnte ich nicht ruhig und gelassen bleiben? Warum nahm mich das so mit? Schließlich wurden Tausende von Männern verlassen und noch mal so viele Frauen enttäuscht. Ich wand mich unbehaglich und traurig um meine Rede herum und heulte.

»Warum weinst du denn, Emma?« Sebastian wischte mir mit einer zärtlichen Geste die Träne fort. »Möchtest du mir etwas sagen? Bist du sauer, weil ich länger in Lazise geblieben bin? Das tut mir leid. Wird nicht wieder vorkommen.«

»Nein,« schluckte ich, »das ist es nicht.« Warum machte er es mir mit seiner verdammt liebenswürdigen Art so schwer?

»Es ist nur so, Sebastian. Ich kann mich einfach nicht in dich verlieben. Etwas fehlt, und ich habe mich wirklich bemüht. Aber ... ich möchte jemandem sagen können, wie ich für ihn empfinde. Ich mag dich, hab dich lieb, aber ich liebe dich nicht.«

Dieser Mensch, dem ich gerade eine eigentlich zerschmetternde Eröffnung machte, sah mich liebevoll an, ja sogar etwas amüsiert. War das die Möglichkeit?

»Ich weiß,« lächelte er, »du hast mich noch nie geliebt. Aber das macht nichts. Hauptsache, du bleibst bei mir. Vielleicht kommt die Liebe irgendwann? Früher haben die Menschen auch ohne sich zu Lieben, nur aus materiellen Gründen, geheiratet.«

Ich seufzte auf. Wieso hatte ich daran geglaubt, ihn lieben zu können? Warmer Kiesstrand, Sonne, abgeschnitten von der Realität und dem Kampf des Alltags. In dieser rosaroten Kulisse hatte sich die Gelegenheit frech in den Vordergrund geschoben und wollte beim Schopfe gepackt werden. Aber außerhalb des italienischen Sommerduftes reichte es leider nicht.

Bei Jan hatte eine schlichte Geburtstagsparty, sogar ein Zigarettenautomat neben Hoteltoiletten genügt, um meine Hummeln aufzuscheuchen. Dieses Gefühl wollte raus, leben, genießen, riechen, spüren, sehen, erleben.

»Sebastian ...« Ich seufzte und nahm seine Hand. »Ich kann nicht darauf warten, dass die Liebe, oder wie immer du es nennen magst, sich aus Gewohnheit einstellt. Lass mich gehen, bitte. Auch keine täglichen Anrufe, kein Mal eben schnell nachsehen, wie es mir geht. Bitte ...«

Ich war unfähig, ihm von Vincents Brief oder von Jan zu erzählen. Es war nichts sicher, noch war nicht ausreichend darüber nachgefühlt worden. Gequält stand ich auf. »Ich gehe jetzt.«

»Ja, Emma. Ich werde darüber nachdenken. Ich liebe dich.«

Sebastian blickte mich offen an. Ich weiß, dass du zu mir zurückkommst, sagte mir dieser Blick, das hast du jedes Mal getan. Aber ich lasse dir trotzdem Zeit.

»Nein, diesmal nicht, es ist wirklich vorbei, Sebastian.« Traurig und mit dem untrüglichen Gefühl, dass sich mein Leben entscheidend ändern würde, verließ ich ihn. Diesmal sah ich nicht mehr zurück.

Entscheidungen

»Frau Weber ...« Dippel trat an meinen Schreibtisch und hielt mir eine Berechnung vom letzten Monat unter die Nase. »Wir müssen uns unterhalten! In dieser Kalkulation sind zwei gravierende Fehler, die ich Gott sei Dank entdeckt habe, bevor die Unterlagen an die Geschäftsleitung weitergereicht wurden. Was ist denn mit Ihnen los?«

Was für Fehler, dachte ich, zeig mal her.

»An welcher Berechnung liegt's denn?«, fragte ich brav, obwohl es mich nicht die Bohne interessierte. Nicht heute und nicht morgen. Bereits seit zwei Wochen hatte ich keinen Kopf für Kalkulationen und erst recht nicht für Trude.

»Kommafehler«, spie er aus, », und zwar um zwei Stellen! So etwas darf nicht passieren!«

»Sorry, bei mir geht es im Privatleben aktuell etwas drunter und drüber«, entschuldigte ich mich.

Dippel wirkte etwas besänftigt. »Na ja, schließlich ist man immer noch Mensch. Und Sie sehen wirklich nicht gut aus in letzter Zeit. Nehmen Sie sich ein paar Tage frei und kommen wieder zur Besinnung.«

»Danke, sehr freundlich, aber das hilft mir auch nicht«, lehnte ich ab. Bloß nicht zu Hause vergraben. Da fiel mir die entscheidungsschwere Decke auf den Kopf.

»Wie Sie meinen, aber reißen Sie sich künftig zusammen. Solche Fehler dürfen nicht passieren, egal, was im privaten Bereich los ist.« Dann verließ er steif mein Büro.

Bedrückt stützte ich den Kopf auf meine Hände und starrte mit rot geäderten Augen auf den Zettel mit Jans Telefonnummer in meiner Hand. Unmöglich konnte ich von einer Beziehung zur nächsten wechseln. Das machte man nicht. Das war nicht gut. Der Pfirsich musste erst verdaut werden, bevor man den Sekt hinterher schüttete, sonst gab´s Magendrücken. Ich hatte Sebastian tatsächlich nicht geliebt, lediglich eine gewisse Zärtlichkeit für ihn empfunden, die am Schluss einfach nicht gereicht hatte. Und Jan? Kannte ich ihn lange genug, um mir sicher zu sein? Nein. Hummeln hin oder her.

Mutig tippte ich seine Telefonnummer, um ihm zu sagen, dass wir uns nicht mehr sehen würden. Nicht Sebastian, nicht Jan, nicht Vincent. Niemand. Nur ich. Meine Gefühle mussten zu mir selbst zurückfinden. Und das ging nur allein und ohne fremde Einflüsse. Vincent allerdings wäre ein bekannter Einfluss, oder?

»Jan«, schoss es aus mir heraus, »es ist besser, wenn wir uns nicht mehr treffen.« Das war womöglich nicht sonderlich zartfühlend, dafür klar in der Sache.

»Findest du, dass man so etwas am Telefon abhandeln sollte?«, fragte er, und ich hörte die beherrschte Traurigkeit in seiner Stimme.

Nein, finde ich nicht, aber so ist´s leichter.

Gleich zwei Männern das Herz brechen zu müssen, trieb mir die Tränen in die Augen. Mir war alles Zuviel: Männer, Entscheidungen, Umstrukturierungen, Trude ... Ich sehnte mich nach Gleichförmigkeit, nach Bekanntem, danach, endlich Ruhe in meinen Kopf und mein Herz bringen zu können.

Ein paar Tage später hüpfte ich leichtfüßig und mental gefestigt die Treppe zu meiner Wohnung hinauf.
Das Abendessen, das Vincent für mich gekocht hatte, war perfekt gewesen. Hirschragout mit Knödeln und Preiselbeeren, begleitet von Rotwein, Kerzenlicht, sanfter Musik und einem ausgesprochen aufmerksamen und charmanten Vincent, der sich sogar den abgespreizten Finger abgewöhnt hatte. Und das alles wegen mir. Meine kleine Katze hatte fast den ganzen Abend schnurrend auf meinem Schoß gelegen, als hätte sie mich in meiner Abwesenheit ebenfalls vermisst. Sauwohl hatte ich mich gefühlt. Wir hatten über uns und unsere Probleme geredet, und Vincent hatte Besserung gelobt. Sollte ich nach einer langen Reise auf Umwegen endlich angekommen sein?
»Hey, Emma!«
»Lynn?« Da saß doch tatsächlich Lynn auf der letzten Stufe vor meiner Tür und hangelte sich nun am Geländer in die Höhe. »Was machst du denn hier? Warum hast du nicht angerufen?«
»Hab ich doch, Scherzkeks. Du hattest dein Handy nicht an.«

»Oh.«

»Ja, oh.«

»Was gibt's denn?«, fragte ich und schloss die Tür auf.

»Ich muss mit dir reden. Sofort. Ich sterbe, wenn du mir nicht hilfst.«

Ich schob sie nach drinnen, setzte sie auf einen Stuhl und goss zweifingerbreit Glenfiddich in ein Glas. Sie stürzte den Inhalt mit einem Schluck hinunter. »Hach, das hat gut getan.«

»Also, schieß los.«

»Martijn ist wieder da.«

»Wieder da? War er denn weg?«

»Schätzchen, davon habe ich dir doch erzählt. Drei Wochen Jahresurlaub, den er immer in Österreich verbringt, beim Wandern.«

»Ach ja, da war was. Und du hast ihn seit der Party nicht mehr gesehen?«

»Richtig!«

»Und jetzt?«

»Ja, genau, das ist die Frage! Und jetzt!« Sie griff nach dem Glenfiddich, um sich in ihrer Verzweiflung sinnlos zu betrinken. »Ich weiß nicht, was ich tun soll!«

»Moment, ganz langsam. Schön der Reihe nach. Er hat angerufen?«

»Gestern Abend. Er will mich morgen abholen und mit mir essen gehen. Er hätte an mich gedacht, pausenlos, sagt er.«

»Aber von Österreich hat er sich kein einziges Mal gemeldet?«

»Nein. Er sagt, er hätte sich nicht getraut. Er wollte nicht daherkommen wie ein Stalker, weil wir uns doch kaum kennen und so. Und den Rest der Zeit hatte er kein Netz.«

»Oder er wollte die teuren Gebühren aus dem Ausland nicht bezahlen.«

Mein kostbarer Glenfiddich sah seinem bitteren Ende entgegen. Wenn das so weiterging, konnte ich ihr nur noch Wodka anbieten, den neben der Schokolade im Kühlschrank.

»Jedenfalls will ich nicht mit ihm essen gehen, denn wenn ich mit ihm essen gehe, wird er mir sagen, dass er sich verliebt hat. Aber ich habe mich nicht verliebt!«

»Äh ... das kommt unerwartet. Nach der Party hast du ganz entschieden verliebt ausgesehen.«

»Ja ... nein ... ich weiß halt auch nicht.«

»Dann geh mit ihm essen und find's raus.«

»Ich muss nichts rausfinden! Ich will ihn nicht!«

»Na, ist doch prima. Also, nicht wirklich, aber immerhin eine klare Sache. Dann ruf ihn an und sag ab.«

»Ich dachte, das könntest du für mich übernehmen?«

»Ja, klar, ich ruf ihn an und sage, he, Martijn, die Lynn kann leider nicht mit dir essen gehen. Sie liegt mit dem Glen im Bett und ist tierisch fiddich. Geht's noch? Wie alt sind wir denn?«

»Ja, schon gut, hast ja recht. War nur ein Versuch.«

Sie schüttelte die leere Flasche über ihrem Glas und sah mich, als nicht mal mehr ein Tropfen herausrinnen wollte, gebrochen an. Wortlos stellte ich ihr den Wodka vor die Nase.

»Wie kommt´s zu dem Gesinnungswandel? Damals, nach der Party, hast du einen völlig anderen Eindruck hinterlassen. Ihr seid ja förmlich miteinander verschmolzen.«

»Er ist zu alt. Ganz einfach. Er macht keinen Sport, außer Wandern, und das ist ja wohl voll retro! Er hat einen Schwabbelbauch und er ist zu klein. Da dürfte ich niemals hohe Schuhe tragen.«

Ich versuchte, mich zu erinnern. Mir war kein extrem dicker Bauch in Erinnerung. Offen gesagt hatte er sogar recht schlank ausgesehen. Aber ich war an dem Abend auch ziemlich abgelenkt gewesen.

»Dann sag ab, wenn der Typ so gar nicht geht.«

»Ich weiß nicht ...«

»Was jetzt? Bei der Party hat dich kein Schwabbelbauch gestört. Im Gegenteil, du hast dreingesehen, als hätte dir Michael Weatherly persönlich einen Heiratsantrag gemacht. Ich würde sagen, du gehst mit ihm essen und testest es aus.«

»Wer?«

»Toni aus NCIS.«

Tiefer Schluck aus der Flasche. »Und wenn es ein ganz blöder Abend wird? Wenn er holländische Volkslieder singt und nach Käse riecht?«

»Michael Weatherly?!« Ich grinste.

»Das ist jetzt nicht witzig, Emma!«

»Entschuldige ... Also, wenn Martijn Volkslieder singt, dann war's halt eine Bruchlandung, meine Güte. Wäre nicht der erste Abend, den eine von uns in die Tonne klopfen kann.«

»Ach, ich ...«

»Sag jetzt nicht, ich weiß halt auch nicht!«

»... weiß halt auch nicht. Ich mache mir nur so viele Gedanken. Was, wenn daraus etwas Ernsthaftes wird? Kein Flirten mehr mit anderen Männern, und überhaupt - ich glaube, ich bin wie du und kann gar keine feste Beziehung mehr eingehen.«

Wie ich? Also bitte!

Tief holte ich Luft, um nicht etwas Unschönes zu erwidern. Nun, das war wohl Karma. Jetzt steckte Lynn in ihrer eigenen Predigt fest, die sie mir vor ein paar Monaten wegen Sebastian gehalten hatte.

»Lynn, das ist doch Quatsch. Du kennst ihn überhaupt nicht, wie sollst du entscheiden können, ob du mit ihm eine feste Beziehung eingehen willst?«

»Ich weiß ...«

»Sag es nicht!«

»Und was, wenn ich mich verliebe, und er will mich nicht? Oder ich verliebe mich und überlege es mir dann anders? Wie komme ich aus der Nummer dann wieder raus? Oder ich verliebe mich, und er verliebt sich auch. Was dann?«

»Schwierige Frage, Lynn ... Das ist doch nicht dein Ernst! Du triffst dich jetzt mit ihm. Du rufst ihn an. Ihr trefft euch. Und komm mir vorher nicht mehr unter die Augen!«

»Oh, jetzt mach mir´s doch nicht so schwer.«

Fünf Minuten später hatte sie ein Date mit einem total aufgeregten, sogar durchs Telefon hörbar überglücklichen Martijn. Sie selbst war immer noch ziemlich durch den Wind.

»Oh, Emma, was soll aus mir noch werden?«

»Wie wär´s mit einer ausgeschlafenen, nüchternen Lynn, die jetzt unter die Dusche geht, ein Schlaf-Shirt anzieht und sich morgen früh von mir mit ins Büro nehmen lässt?«

Sie nickte widerstandslos. Nach ihrer Dusche packte ich sie ins Bett.

»Ach, übrigens, Emma?«

»Hm?«

»Am Wochenende spiele ich mit Jan Tennis.«

Schweigend entsorgte ich die geleerten Flaschen, lüftete kurz das Zimmer und legte mich anschließend in die Badewanne. Warum hatte da gerade in meinem Bauch eine Hummel vibriert?

Zwischen Pest und Cholera

In der Firma ging es drunter und drüber. Dippel räumte auf. Er kürzte Stellen, durchleuchtete Abläufe, modifizierte, optimierte und setzte Meetings an, bis uns allein das Wort zu den Ohren heraus kam. Die Luft war zum Schneiden dick. So konnte es nicht weitergehen!

Und Trude telefonierte. Wie immer.

»Und da hab ich gesagt, Horst, sag ich ...«

Trude, sag ich! Ich sag, wenn ich noch einmal »ich sag« höre, dreh ich dir den Hals um. Wo bin ich hier? Zwischen Pest und Cholera?

Am Samstag wurden in der regionalen Zeitung jede Menge Stellen angeboten. Zumindest hoffte ich das. Da würde sicher etwas für mich dabei sein. Ich war jung, dynamisch, qualifiziert, ich war auf den Laden hier nicht angewiesen.

Die Bürotür öffnete sich, und Dippel erschien. Trude legte hastig den Telefonhörer auf. Nanu? Wieso denn das? Sie hatte doch erst eine halbe Stunde telefoniert?

Dippel knallte mir wortlos einen Stapel Unterlagen auf den Schreibtisch.

»Hier sind die Daten von Bangkok für eine Rentabilitätsrechnung. Sie finden darin alles, was Sie brauchen. Grundstoffpreise, Zölle, Einfuhrbestimmungen und so weiter. Bitte erledigen Sie das bis morgen Mittag und faxen Sie es Dr. Locher zu. Er wird heute noch nach Bangkok fliegen.«

»Ja, klar ...«

Dippel verschwand, und Trude griff wieder zum Telefon. Ich war allein mit meinem sarkastischen Tonfall und einem Auftrag, der ohne Nachtschicht in dieser Zeit nicht zu bewerkstelligen war. Fing also schon an, das Bossing.

Meine halbjährliche Bürokrise packte mich ohne Vorwarnung. Gab es denn nichts Wichtigeres, als sich im täglichen Kleinkrieg über Prozentzahlen, Kompetenzen und Milestones zu zermürben? Was ist denn schon ein verantwortungsvoller Job, eine gut bezahlte und einflussreiche Position, die nur immer mehr Stress und weniger Freizeit mit sich bringt? Mehr Geld, mehr Macht, Prestige, Status, Atelierwohnung, Auto mit Sternchen. Was nützt mir Geld ohne die Zeit es zu genießen, ein Auto ohne den Freiraum, es zu fahren, ein Partner ohne die Muße, ihn zu lieben? Was ist denn mit den schönen Dingen des Lebens, den wichtigen Dingen wie Liebe, Sonnenuntergänge mit dem Liebsten und einem Glas Rotwein, oder einfach mal sich selbst genug sein?

Ich brauchte eine Alternative. Irgendwo musste ich mein Geld verdienen, aber nicht mehr in dieser Firma. Und vielleicht konnte ich auch mit weniger Geld auskommen. Eine Teilzeitstelle? Mehr Zeit für die wichtigen Dinge im Leben? Die Samstagszeitung war mein Freund.

Seufzend machte ich mich über das Projekt Bangkok her.

Das Telefon bot eine willkommene Abwechslung, kaum dass ich angefangen hatte. Lynn war dran.

»Du hattest recht«, sagte sie.

»Das hört man gerne, aber womit?«

»Mit mir und meiner Angst vor Beziehungen. Ich bin wirklich kurz davor, beziehungsunfähig zu werden. Deshalb habe ich etwas dagegen unternommen.«

»Psychotherapie?«

»Nee. Martijn.«

»Oh ...?«

»Ich bin ihm einfach auf den Schoß gesprungen und hab ihn geküsst. Er war überrascht, aber glücklich. So wie die anderen Gäste bei diesem Italiener. Überrascht, meine ich.«

»Du bist aber nicht allen anderen Gästen auch ...«

»Emma! Natürlich nicht. Martijn und ich, wir probieren das jetzt einfach. Und es fühlt sich fantastisch an.«

»Das ist doch großartig, Lynn. Ich freu mich für dich.«

»Danke, Süße. Aber was ist mit dir? Du klingst so niedergeschlagen. Läuft wohl nicht mit Vincent?« Deutlich hörte ich den Spott in ihrer Stimme.

»Es läuft super, mach dir keine Hoffnungen. Ich brauche nur einen neuen Job.«

»Bürokrise?«
»Aber gewaltig.«
»Das geht vorbei. Wie immer.«

Zwei von Vier

Seit einigen Wochen war ich nun wieder mit Vincent zusammen.

Wir hatten begonnen, miteinander Squash zu spielen, obwohl wir beide es nicht konnten, und wir hatten eine Menge Spaß dabei. Vincent zeigte sich tatsächlich von Grund auf gewandelt. Hätte er damals einen Trainer engagiert, einen Trainingsplan aufgestellt und im Anschluss jede einzelne Kalorie aufgeschrieben, die er beim Sport verbrannt hatte, konnte er sich heute ganz in den Augenblick fallen lassen, ausprobieren, albern sein und einfach einen völlig unperfekten Anblick bieten. Ich war ehrlich beeindruckt.

Allerdings hatte er auch viel zu schnell begonnen, mich zu beschwören, wieder zu ihm zu ziehen. Dieser Schritt schien mir allerdings noch Zeit zu haben. Sicher, ab und zu übernachtete ich bei Vincent. Morgens von den Katzen geweckt zu werden, durch das Fenster auf den Wald zu blicken und die aufgehende Sonne zwischen den Bäumen zu beobachten hatte so etwas Vertrautes.

Lynn war von Anfang an entsetzt gewesen und konnte sich auch mit den Wochen nicht daran gewöhnen, dass Vincent wieder ein Teil meines Lebens geworden war. Sie redete mit Engelszungen auf mich ein, drohte sogar mit Kündigung unserer

Freundschaft, und musste schließlich doch klein beigeben.

»So bist du nun einmal, Emma«, seufzte sie. »Je mehr man dir etwas ausreden will, desto mehr hältst du dran fest. Und welche Männer gut für dich sind, hast du noch nie gewusst.«

»Vincent ist gut für mich. Er hat sich wirklich geändert. Geh wenigstens einmal mit uns aus, damit du es siehst. Kannst auch den Martijn mitnehmen.«

»Menschen ändern sich nicht, Emma. Und schon gar nicht mehr mit fast vierzig. Der spielt dir was vor, wirst sehen. Und sei mir nicht böse, aber das Thema Vincent ist für mich durch. Mit dem halte ich mich nicht mehr freiwillig in einem Raum auf.«

Beleidigt zuckte ich die Schultern. »Wirst noch sehen, Freundin, der Vincent hat sich geändert.«

Das Leben verlief wieder in geordneten Bahnen. Ich liebte Vincent und hasste meinen Job. Jeden Samstag studierte ich Stellenanzeigen und schrieb, Bewerbungen. Viele landeten als Absagen in meinem Briefkasten, einige vertrösteten mich auf einen späteren Zeitpunkt und von manchen hörte ich überhaupt nichts mehr.

Nun, dachte ich, alles nicht so schlimm. Irgendwann würde der richtige Job dabei sein. Schließlich konnte man vom Leben nicht zu viel auf einmal verlangen.

Auf vier Dinge im Leben kam es an: Auf die Liebe, den Job, die Gesundheit und das Geld. Wenn zwei davon stimmten, konnte der Mensch zufrieden sein.

Bei mir stimmten Gesundheit, Liebe und Geld. Alles andere würde sich schon ergeben, in die eine oder andere Richtung, da war ich mir ziemlich sicher.

Dann nahte Vincents Geburtstag. Ich hatte meine letzten Ersparnisse zusammengekratzt, um ihm ein großartiges Geschenk zu machen: eine Aktentasche aus schmeichelweichem Leder, italienisches Fabrikat, ein cognacfarbener Traum. Den Gegenwert dieser Tasche gab ich normalerweise binnen zwei Monaten für Nahrungsmittel und Benzin aus.

Stolz führte ich Lynn das edle Stück vor.

»Na, was meinst du?«

»Für den Typ viel zu Schade«, murmelte sie, während sie die Tasche begutachtete. »Der weiß das eh nicht zu schätzen, Emma.«

Gekränkt nahm ich ihr die Tasche aus der Hand und verstaute sie vorsichtig in der mitgelieferten Leinentasche.

»Du musst ihn ja nicht lieben, Lynn, aber akzeptiere doch bitte, dass ich das tue. Ich weiß schon, was gut für mich ist.«

Ihr Blick verriet, dass sie da anderer Ansicht war, aber sie ritt nicht weiter darauf herum und wechselte das Thema. »Hast du dann wenigstens Lust auf eine Party nächste Woche?«

»Ja, warum nicht? Wer feiert denn?«

»Jan hat seine Masterarbeit abgegeben. Er hat mich gefragt, ob du auch kommst.«

»Welcher Jan?« Natürlich wusste ich genau, wen

sie meinte. Lynn kaufte mir meine Scharade nicht ab und zog die Brauen hoch.

»Dein Jan, Emma. Weshalb es auch sinnvoll wäre, wenn du ohne Vincent dort erscheinen könntest. Ich habe ihm nämlich nichts von Vincent erzählt.«

»Du hast … Ich soll …? Aber sonst geht es dir gut, ja?«

»Überleg nicht zu lange. Sonst endet dein Leben irgendwann, und du hast es mit den falschen Männern verbracht.«

»Das lass mal meine Sorge sein, Lynn. Übrigens muss ich jetzt los. Hab Vincent versprochen, noch ein bisschen seine Wohnung aufzuräumen, bevor die ersten Gäste kommen. Tschüss dann, ich ruf dich an.«

»Ja, tschüss, und mach ordentlich sauber, nicht dass er noch einen Krümel findet.«

Blöde Kuh! Das musste sie jetzt wohl noch loswerden, was?

So, zum Abschluss noch die kalten Platten mit Gürkchen, Trauben und Kiwi garnieren, und fertig war das kalte Büfett. In der sagenhaften Zeit von einer knappen Stunde brachte ich es fertig, die Wohnung festlich zu dekorieren, die Küche auf Vordermann zu bringen, den Boden zu wischen und zum Abschluss das Cerankochfeld zu polieren. Beim letzten Punkt allerdings wühlte sich eine sehr dunkle Erinnerung in meinen Kopf, die ich hastig verscheuchte.

Zufrieden ließ ich meine Blicke schweifen. Perfekt! Das Geburtstagskind konnte kommen. Ein wenig bedauerte ich, dass Silke abgesagt hatte. Sicher war es besser so. Möglicherweise wäre das Zusammentreffen mit Vincent etwas verkrampft verlaufen.

»Hey«, flötete es in dem Moment hinter mir, »da hast du dir aber Mühe gegeben!« Vincent kam strahlend auf mich zu, nahm mich in den Arm und schwang mich durch die Küche »Danke, mein Schatz!«

»Aber bitte sehr, mein Herr, gern geschehen«, flötete ich zurück.

»Warte, ich möchte dir etwas geben, bevor die anderen kommen.« Stolz überreichte ich ihm mein Geschenk, das ich liebevoll verpackt hatte.

Achtlos riss er die Verpackung auf, befreite die Tasche aus ihrer edlen Umhüllung aus Leinen und hielt sie mit ausgestreckten Armen von sich weg, wie einen Welpen, der gerade gepinkelt hatte.

»Oh. Super ... Danke.«

»Sie gefällt dir nicht ... Wie kann sie dir nicht gefallen? Sie ist so schön, ich hätte sie beinahe selbst behalten!«

»Sie gefällt mir schon, aber ... Ich hatte eigentlich eine Espressomaschine erwartet.«

Das war das Erste, was ich hörte.

»Du hast eine Espressomaschine! Da steht sie!« Mein Zeigefinger richtete sich auf das Gerät, das unschuldig und unbenutzt auf der Küchenarbeitsplatte stand.

»Ja, das ist aber nur eine von den Billigen. Mir schwebte eine Siebträgermaschine vor.«

»So, schwebte dir das …« Ich musste mich setzen.

»Mehrfach erwähnte ich in den letzten Wochen die Vorteile einer Siebträgermaschine gegenüber einer Kapselmaschine, du erinnerst dich? Langlebigkeit, eine schönere Crema und der ökologische Gedanke – man verursacht einfach weniger Müll.«

»Du verursachst weniger Müll, wenn du eine funktionierende Maschine wegwirfst und sie durch eine neue ersetzt?«

»Emma, ich möchte das nicht diskutieren. Die Tasche ist gut gemeint, aber ich habe keine Verwendung für sie. Ich habe bereits eine Aktentasche.«

»Du hast auch bereits eine Kaffeemaschine!«

»Das ist eine Espressomaschine.«

Ich hatte das Gefühl, in einem Bottich mit Eiswasser zu stehen. Die Kälte kroch langsam aufwärts, über die Waden, die Lendenwirbelsäule bis hin zum Nacken. Gerade erreichte sie die Kopfhaut.

»In unserer neuen Küche ist sicher Platz für beide Geräte, wenn du die alte Maschine nicht wegwerfen möchtest – was ich grundsätzlich als einen Akt der Sparsamkeit begrüße.«

»Unsere … neue … Küche?«

»Ja. Ich habe in den letzten Wochen mehrere Immobilien besichtigt und bin sicher, dass wir bereit sind, den nächsten Schritt zu tun.«

»Was für einen Schritt?«

»Auf die Dauer ist es unvernünftig, zwei Mietwohnungen zu unterhalten. Wir sollten Wohneigentum schaffen.«

»Damit wir später unseren Kindern etwas zu vererben haben?«

»Richtig. Es freut mich zu sehen, dass auch du dir Gedanken um unsere Zukunft gemacht hast.«

Die Kälte war mir inzwischen über Kopfhaut, Stirn und Kehlkopf bis zum Herz gewandert. Irgendwo tief in meiner Magengrube zuckte eine sterbende Hummel. Ich konnte ihn nur anstarren, beobachtete, wie er die Tasche wieder in das zerrissene Goldpapier stopfte.

Alle hatten sie recht gehabt. Alle. Lynn und Silke im Besonderen.

»Ach Emma«, versuchte er versöhnlich zu wirken, »Nimm einfach den Kassenzettel und gib das Teil zurück. Vielleicht wartest du mit der Espressomaschine, bis wir umgezogen sind, dann haben wir ein Stück weniger, das wir verpacken müssen.«

»Findest du nicht, das kommt alles ein bisschen plötzlich?«

»Ja, das mag sein, aber ich habe bereits für übermorgen einen Besichtigungstermin für die erste Liegenschaft vereinbart, 18 Uhr. Passt dir das? Der Makler kommt auch zur Party, er hat versprochen, das Exposé mitzubringen, damit du dir einen ersten Eindruck verschaffen kannst.«

»Vielleicht wäre ich gerne gefragt worden, bevor du meine Zukunft verplanst?«

»Wieso? Ich frage dich doch. Du jammerst doch immer über die vielen Überstunden. Ich dachte, du wärest froh, dich um nichts kümmern zu müssen.«

Schulterzuckend zog er seine Schuhe aus, ging ins Bad und begann, sich die Zähne zu putzen. Wie aus dem Nichts erschien Lynn vor meinem geistigen Auge und schlug mir links und rechts ins Gesicht. »Hab ich´s dir nicht gesagt! Wach endlich auf! Liebst du dieses Scheusal wirklich?«

Wie versteinert stand ich mitten in der Küche und wartete auf den ziehenden Schmerz, der sich immer dann einstellt, wenn eine Liebe geht.

Ich wartete einen Moment und noch ein bisschen länger. Nichts. Nur Leere und Kälte. Ich beschloss, diesen Eisbottich, in den ich mich freiwillig gestellt ha

tte, zu verlassen. So etwas führte nur zu kalten Füßen und kalten Herzen. Außerdem hatte ich das alles doch schon einmal erlebt, oder?

Gedankenlos verfütterte ich einen Teil des Buffets an die Katzen, während Vincent, immer noch Zähne putzend, die Klospülung betätigte.

Ekelhaft fand ich das. Saß auf dem Klo und putzte sich die Zähne. Widerlich. Ich stellte mir seine Hände auf meinem Körper vor, seine Lippen auf meinem Hals, seinem Atem in meinem Ohr, und eine nie gekannte Abneigung gegen seine Berührung überkam mich. Da hatte ich mir wohl kräftig in die Tasche gelogen. Schöner Waldblick, Holzfußboden und ein Mann, der dir die komplette Sicherheit gibt, bis hin zur völligen Entmündigung.

Fool me once, shame on you. Fool me twice, shame on me.

»Tschau, Vincent.«

»Wohin gehst du? Die Gäste kommen gleich!«

»Ist mir egal.«

»Was ist denn los? Warte, Emma. So warte doch!«, rief er mir hinterher.

»Ich ruf dich an.« Leise zog ich die Tür ins Schloss. Es war Zeit, mich bei Lynn zu entschuldigen.

Mist! Jetzt stimmen zwei von vier Dingen nicht mehr: Liebe nicht, Job nicht.

Design total

»Reich mir mal die Butter, bitte.« Kauend hielt ich Lynn die geöffnete Hand hin. Es war Montag und wir saßen, nach einem langen Gespräch unter Freundinnen, einträchtig in der Firmenkantine beim Frühstück.

Lynn drehte das kleine Butterpäckchen auf die Rückseite, um das Verfallsdatum zu studieren. In dieser Kantine bekam man alles: aufgeblähten Joghurt, angefaulte Bananen, streng riechendes Geschnetzeltes auf schleimigen Nudeln und abgelaufene Butter. Vom Suppenkaffee ganz zu schweigen. Lynn reichte mir mit einem Nicken die Butter - alles in Ordnung, ist genießbar - und strahlte mich an. Dreimal durfte ich raten.

»Du hast gekündigt?«

»Nein.«

»Dein Arzt hat bei dir eine Überfunktion festgestellt und das bedeutet, dass du in den nächsten zwei Wochen zwanzig Pfund abnehmen wirst?«

»Mensch Emma, jetzt tu nicht so. Du weißt es doch ganz genau.«

Strahlende Pause, sie hielt mir die bahnbrechende Neuigkeit noch ein bisschen vor, dann brach es aus ihr heraus. »Ich bin ja so verliebt!«

»Ich weiß, Freundin.«

»Jedenfalls haben wir beschlossen, dass wir demnächst zusammenziehen.«

»Demnächst, wie in: demnächst, in den nächsten drei, vier Jahren?«

»Ähm, nein. Demnächst in etwa acht Wochen. Wir haben schon den Mietvertrag unterschrieben.«

»Ist das nicht etwas verfrüht?«

Ich war wirklich überrascht. Die hatten doch nicht mal richtig feststellen können, welche abstrakte Formen der Nabel des anderen hatte, und wollten schon zusammenziehen?

»Du findest es nicht gut?« Sie zog die Augenbrauen hoch.

»Doch, schon, aber warum so schnell?«

»Weil wir erwachsene Menschen sind. Emma, wir haben bereits so viel erlebt, dass wir einschätzen können, was wir tun. Wir sind keine Teenies mehr, für die noch alles neu und aufregend ist. Wir stehen im Leben. Außerdem werde ich bald einunddreißig, und der Martijn geht stark auf die Vierzig zu.«

»Und ab einem bestimmten Alter darf man nicht mehr zusammenziehen, oder was?«

»Ach, Mensch, Emma, wir denken halt auch an die Zukunft. Irgendwann ist es zu spät für Kinder. Und wir wollen beide mindestens zwei. Je früher wir damit beginnen, das Zusammenleben zu testen, umso schneller erfahren wir, ob´s passt. Korrekt?«

»Das heißt, ihr wollt, vorausgesetzt ihr vertragt euch, so schnell wie möglich Babys machen. Korrekt?«

»Korrekt!«

»Nun, der Anlass verlangt definitiv ein Samstagsfrühstück mit Sekt, oder?« Das hatten wir seit dem dunklen Zeitalter der Vincentherrschaft nicht mehr getan.

Lynn war begeistert von meinem Vorschlag. »Ach, wo wir gerade bei diversen Treffen sind, gehst du jetzt eigentlich mit auf Jans Party?«

Ging ich nicht, wollte ich nicht, und ich wollte nicht mal darüber reden. Erst die Sache mit Sebastian, dann der Griff ins Klo mit Vincent. Ich hatte die Nase gestrichen voll und wollte jetzt erst einmal nichts von Männern wissen, besonders nicht von welchen, die mal in mich verliebt gewesen waren.

Damit Lynn aufhörte, auf dem Thema herumzureiten, eröffnete ich ihr eine andere Sensation. »Übrigens, ich habe ein Vorstellungsgespräch.«

Es klappte. Jan war vom Tisch. Lynn ließ sich alles genau schildern und ging dann in restloser Begeisterung gedanklich meinen kompletten Kleiderschrank durch: Seriös, aber nicht bieder, schick, aber nicht zu sexy, und Schuhe, in denen ich mich wohlfühlte, dann würde ich geerdet wirken, habe sie mal in einer Frauenzeitschrift gelesen, allerdings keine zu hohen Absätze, falls der Personaler ein Zwerg sei.

Ich beschmierte mein Brötchen mit der ungefährlichen Butter und riskierte sogar noch ein Schälchen Honig. Der war zwar abgelaufen, aber Honig konnte nicht verderben, oder?

Tags darauf saß ich sehr nervös auf einem Designer-Stuhl an einem Designer-Tisch in einem Besprechungsraum. Alles hochmodern, die Wände aus purem Beton, der Rest Glas und Edelstahl und hier und da ein greller Farbklecks an der Wand. Ganz nett, wenn man mal den Designschock überwunden hatte.

Ich war ziemlich froh, mich für mein teures und einziges Markenkostüm entschieden zu haben – eine milde Gabe von Vincent, damit ich für seine Golfmatineen etwas anzuziehen hatte. So passte ich wenigstens einigermaßen zu dem Design-Kaffeelöffel, mit dem ich den Kaffee in meiner eckigen Design-Tasse umrührte. Eine völlig andere Welt, diese Werbeagentur.

Bisher war ich sehr beeindruckt, versuchte jedoch, nicht so zu wirken. Das Gespräch war locker und angenehm verlaufen, ich hatte ziemlich viel erzählt und war mir im Nachhinein nicht ganz sicher, ob da nicht auch Unsinn dabei gewesen war. Jetzt waren wir jenseits des »Haben Sie noch Fragen an uns?« Mein Designerkaffee war kalt und meine Hände auch. Hier als Assistentin der Geschäftsleitung in Teilzeit zu arbeiten, schien mir verlockend wie ein Lottogewinn.

Von der anderen Seite des Tisches lächelte mich der Inhaber Herr Stutenköpper freundlich an.

»Nun, Frau Weber. Ich denke, wir sind uns einig ...«, kurzer Blickwechsel mit dem Personalchef, kurzes Nicken. »... wir würden Sie gerne bei uns beschäftigen. Wir denken, Sie werden unser Team hier bei ML sehr gut ergänzen. Ab wann können Sie denn anfangen?«

Da hatte ich den Ball. Das ging schnell. Zu schnell. Die wollten, dass ich mich jetzt, an Ort und Stelle, sofort entschied?

Okay, ruhig Blut. Nachdenken.

»Meine Kündigungsfrist beträgt vier Wochen. Vorab müssten wir aber noch etwas klären ...«

»Ja, klar, das Gehalt. Kein Problem. Dreitausendfünfhundert in der Probezeit, danach Dreitausendachthundert. Einverstanden?«

Einverstanden? Komm her, ich küsse dir die Füße. Gleiches Geld bei weniger Arbeit und keinen Dippel mehr.

»Einverstanden.«

Überglücklich unterschrieb ich den Vertrag. In vier Wochen würde ich hier anfangen. Das fühlte sich ein bisschen wie »durch Watte laufen« an.

Eine halbe Stunde später schwankte ich benommen zu meinem Wagen. Dreizehn Monatsgehälter plus Urlaubsgeld, tolle Atmosphäre und ein junges Team. Und vor allen Dingen mehr Freizeit. Endlich raus aus dem Hamsterrad. Durchatmen.

»Und wir können wohl nichts mehr tun, um Sie daran zu hindern? Sie haben den Vertrag schon unterschrieben?« Dippel sah mich am nächsten Tag mit entgleisten Gesichtszügen an.

»Ja, der Vertrag ist schon unterschrieben. Meinen Resturlaub abgerechnet, bin ich noch zwei Wochen hier.«

»Nur zwei Wochen? Welche Kündigungsfrist haben Sie denn? Nicht drei Monate zum Quartalsende?« Seine Hände zitterten.

Jetzt siehst du ganz schön alt aus, Erbsenzähler. Revidiere bei Gelegenheit dein Personalbudget.

»Nein, eine solche Sicherheit hat man mir nie einräumen wollen. Vier Wochen Frist. Und zwei Wochen Resturlaub.«

Säuerlich blätterte er, seine Nervosität überspielend, in seinem Timer herum. »Tja, da kann man wohl nichts machen. Sie erwarten nicht, dass ich Ihnen gratuliere, oder?«

»Nein. Meine Erwartungen bezüglich dieser Firma sind gewissermaßen nicht mehr vorhanden.« Damit verließ ich seinen Hoheitsbereich.

In meinem zukünftigen Ex-Büro stand Trude mit dem Telefon in der Hand an ihrem Schreibtisch, eine Hand in der Hosentasche, und erging sich gerade über ihren ach so köstlichen Rinderbraten vom Wochenende.

Mit einem dicken, schwarzen Marker schrieb ich »Ich habe gerade gekündigt!!!« auf ein Blatt Papier und hielt es ihr unter die Nase. Sie verschluckte sich an ihrem »Und da hab ich gesagt, Mama, sag ich, du ... Moment.«

Mit aufgeklapptem Mund starrte sie mich an. Ich zwinkerte ihr zu, warf das Blatt in den Abfalleimer und verließ das Büro, um dem Rest meines ehemaligen Teams von der Neuigkeit zu erzählen. Ausgelassen sprang ich die Treppe hoch, schlug mit der flachen Hand gegen einen Schrank, der mir gerade im Weg stand, und ließ einen Erleichterungsbrüller fahren. Nur noch zwei Wochen!

Das einzig Richtige

Der sechste Tag von flüchtigen zwei Wochen war angebrochen.

Langsam begann ich, meinen Arbeitsbereich zu sortieren. Alles sollte beschriftet und geordnet übergeben werden. Mit Vincent hatte ich auch schon telefoniert und ein Treffen am Abend mit ihm vereinbart. Gepflegt und ordentlich würde ich ihm den Todesstoß versetzen und es genießen. Ich hatte mich lange genug von ihm bevormunden lassen.

Trude zückte die Handcreme und begann, ihre Ringe auszuziehen.

Salbe dich, Weib, aber bald ohne mich.

Auch das Klingeln des Telefons nahm ich ruhig und gelassen. Wenn hier noch jemand eine Hochrechnung wollte, konnte er sie haben, aber nicht mehr von mir. Zwei Wochen waren dafür zu kurz.

»Weber?«

»Hallo, Emma? Hier ist Jan.«

Sofort war meine humorvolle Gelassenheit Vergangenheit und ich stammelte etwas wie, »Ja hallo, welche Überraschung, wie geht´s dir denn? Was kann ich für dich tun?«

»Ich wollte einfach mal hören, wie es dir geht. Schade, dass du nicht zu meiner Party gekommen bist. War ein schönes Fest.«

»Das glaube ich dir, ich hatte nur … anderweitige Verpflichtungen. Wirklich schade ...«

Ich Heuchlerin!

»Um es kurz zu machen, Emma: Ich habe dich vermisst. Können wir uns sehen?«

»Nein! Ja! Also, ... ich weiß nicht, ich habe echt viel zu tun, ich befinde mich aktuell in einem Jobwechsel und ...«

»Einfach nur sehen, Emma. Vertrau mir. Ich werde dich nicht bespringen. Ich bin mir selbst nämlich auch etwas wert, weißt du?«

»Sorry. Ich wollte nicht ... Ich bin nur einfach verwirrt.«

»Das merke ich.« Durch das Telefon konnte ich sein Lächeln spüren. Der Fußboden verschwand unter mir, ich schwebte in Richtung der vergilbten Decke.

»Lass uns ein bisschen Zeit miteinander verbringen«, sagte er. »Ohne Zwang, ohne Druck. Einfach nur so.«

»Okay«, hörte ich mich sagen. »Heute Abend in Heidelberg? Um sieben auf dem Marktplatz?«

»Prima«, lächelte er. »Ich bin da, und ich freu mich auf dich.«

Wir verabschiedeten uns, und ich legte verwirrt den Hörer auf.

Ja, genau. Von Männern hatte ich ja die Nase gestrichen voll. Aber so was von.

Langsam schlenderten wir, die Menschenmenge am Marktplatz hinter uns lassend, am Neckarufer entlang. Jetzt, Anfang Oktober, hatte die Sonne bereits viel von ihrer wärmenden Kraft verloren und es fröstelte mich leicht. Verstohlen beobachtete ich Jan aus dem Augenwinkel. Unverschämt gut sah er aus mit seinem hellen Haar, der leicht gebräunten Haut, seiner verwaschenen Jeans, die seinen knackigen Hintern gut zur Geltung brachte, und seiner kurzen, hellbraunen Lederjacke. Zum Anbeißen. Dass ich das vergessen hatte ...

»Ich aber nicht!«, summte die Hummel in meinem Bauch.

Auf der großen Wiese am Neckarufer zog er seine Jacke aus, legte sie auf den Boden und setzte sich. Ich ließ mich neben ihm nieder. Da saßen wir dann, ließen den Anblick des schönen Heidelberger Schlosses bei Sonnenuntergang auf uns wirken und schwiegen. Insgeheim hoffte ich, er würde mich in den Arm nehmen, und das war ziemlich merkwürdig, denn vor einigen Minuten hatte zwischen uns noch ein langatmiger, unbehaglicher Dialog stattgefunden, der sich auf »Ich will keine Liebesbeziehung« - »Schade, aber okay« reduzieren ließ.

Jetzt redeten wir über alles, nur nicht über uns. Von den Auswirkungen nicht ergonomisch eingerichteter Arbeitsplätze auf die Wirbelsäule, über die Weltwirtschaftskrise, die Schwierigkeiten veganer Ernährung bis hin zu den merkwürdigen Bodengravuren südlich von Lima, aus denen Erich von Däniken die Existenz extraterrestrischer Lebensformen ableiten wollte. Wir hatten beide Dänikens Buch mit dem Titel »Habe ich mich geirrt?« gelesen.

So ziemlich genau das fragte ich mich auch gerade. Hatte ich mich geirrt, und mir selbst auf der Suche nach Vertrautem in die Tasche gelogen?

Das Gefühl, diesen Menschen neben mir in den Arm nehmen und nie wieder loslassen zu wollen, wurde übermächtig. Irgendwann hörten wir auf, um den heißen Brei herumzureden, und fielen einander um den Hals. Genauer, ich umarmte ihn, weil mich eine Welle inniger Zuneigung überrollte, er mich niemals von sich aus berührt hätte und ich es einfach tun musste. Ich konnte nicht anders. Endlich wusste ich es. Endlich löste sich der Kloß, der seit Monaten unverrückbar in meiner Brust saß, und in meiner Magengrube schwirrten ausgelassen meine Hummeln.

Endlich!

Entschlossen drückte ich einen Tag später auf Vincents Türklingel. Der Türöffner brummte, ich stemmte die schwere Tür auf und stieg schweren Herzens die Stufen hinauf. Vincent lümmelte in seinem Sessel und sah sich eine politische Diskussionsrunde an. »Hey!«

»Hey«, sagte er knapp und schaltete freundlicherweise den Fernseher aus. »Was gibt's?«

Unfähig zu beurteilen, ob Vincent nervös war oder nicht, denn er ließ sich nichts anmerken, beschloss ich, nicht lange um den heißen Brei herumzureden und die Angelegenheit zügig hinter mich zu bringen.

»Es ist aus, Vincent. Sorry.«

»Aber Emma ... doch nicht wegen der blöden Aktentasche?« Er lächelte überheblich.

»Die Aktentasche war wunderschön und schweineteuer und mit viel Liebe ausgesucht, aber nein, nicht wegen der Aktentasche. Wegen allem. Weil du mich als Besitz betrachtest. Weil du nie aufgehört hast, mich umkrempeln zu wollen, auch wenn es für eine Weile den Anschein hatte, du hättest dich zum Positiven geändert. Weil du mich nicht respektierst, weil ...«

»Aber ich liebe dich, Herzchen!« Er stand auf, breitete die Arme aus und trat auf mich zu.

Spontan wich ich zurück. Das erwartete Herzbluten und die Tränen blieben aus. Überraschenderweise funktionierte ich kühl und präzise wie ein Schweizer Taschenmesser.

»Tut mir leid, Vincent, ich habe jemand anderes kennengelernt. Und um deine nächste Frage zu beantworten: Ja, ich kenne ihn schon etwas länger und ich glaube, ich liebe ihn.«

Schweigen. Er sah mich verblüfft an. Wenn er bis jetzt gehofft hatte, ich würde wieder weich werden, dann war er hiermit mit einem Schlag seiner Zuversicht beraubt. »Wer ist es?!« Mit hochrotem Kopf stürmte er an mir vorbei in die Küche und griff sich ein Bier aus dem Kühlschrank.

»Kennst du nicht. Außerdem ist es unwichtig.«

»Irgendein hergelaufener Verlierer, was? Kann der mir überhaupt das Wasser reichen? Du weißt doch gar nicht, was gut für dich ist, das wusstest du noch nie!«

»Ich weiß sehr wohl, was gut für mich ist. Zum Beispiel möchte ich mich nicht von dir beschimpfen lassen. Und auch nicht diskutieren. Ich habe mich entschieden, und du musst dich damit abfinden, ob dir das passt oder nicht.«

Ich wandte mich von ihm ab und ging.

»Das wirst du noch bereuen!«, schrie er mir hinterher, »Aber komm bloß nicht angekrochen, wenn du nicht mehr klarkommst! Ich helfe dir garantiert nicht! Ich nicht! Du bist doch ohne mich gar nicht lebensfähig!«

Seine Stimme verklang hinter mir, als ich die Haustür zuzog. Kurz hüllte mich eine stumme, unabwendbare Trauer ein. Es tat weh, das Ende eines Lebensabschnittes zu erkennen und das einzig Richtige zu tun: Vincent zu verlassen. Für immer.

Bitte einmal in den Schlaf streicheln

Aufatmend legte ich mich in heißes, nach Melisse duftendes Badewasser.

In einer Studie hatte ich mal gelesen, wer oft und gerne ein Bad nimmt, wünsche sich insgeheim in den Mutterleib zurück. So ein Schwachsinn. Ich liebte den Geruch von Melisse in heißem Wasser. Und keiner konnte mir erzählen, dass Fruchtwasser nach Melisse roch. Blödsinn.

Zur Abkühlung hängte ich ein Bein über den Badewannenrand, schloss die Augen, sog den wohltuenden Duft ein und atmete langsam und entspannt aus.

War vielleicht doch was dran an der Theorie, dass jedem Menschen das widerfuhr, was ihm entsprach? Hatte nicht auch Jean Paul Sartre mal so etwas Ähnliches gesagt? Dem Menschen begegnete immer das umgekehrte Spiegelbild seines Selbst. Oder so ähnlich. Eigenarten, Charakterzüge oder Ängste, die man verdrängte, wurden einem so lange in Dingen, in Erlebnissen und in der Umgebung präsentiert, bis man sich ihrer bewusst wurde und lernte, damit umzugehen. Bedeutete das, nichts im Leben war dem Zufall überlassen? Eine Frau also, die ständig ein verstecktes Gefühl der Unzulänglichkeit und Minderwertigkeit mit sich herumschleppte, geriete nach dieser Theorie immer an einen Mann, der sie unterdrückte und ihr das Gefühl gab, nichts wert zu sein. Das war eine vertraute, beinahe bequeme Botschaft, denn ihre verborgene innere Stimme flüsterte ihr ja andauernd das Gleiche zu.

Ähnlichkeiten mit lebenden Personen natürlich völlig zufällig, aber war da was dran? Ja, flüsterte meine verborgene innere Stimme, kann schon sein.

Aber was war mit Sebastian? Der hatte mich nicht unterdrückt. Im Gegenteil. Der war so weich gewesen, dass ich ihn kaum hatte spüren können. Vielleicht war nicht ich der Pflegefall in dieser Beziehung gewesen, sondern er. Vielleicht hatte er jemanden gebraucht, der ihm klarmachte, auf was für einem Trip der Selbstzerstörung und Talentverschwendung er sich da befand. Mein Sozialprojekt, sozusagen.

Und seit Sebastian hatte mein Leben eine echte Aufwärtskehre genommen. Mit Jan war alles wunderbar, mein Auto lief wie geschmiert, mein Gewicht hatte sich auf Wohlfühlbereich eingependelt, Sport gehörte nun zu meinem Leben wie das tägliche Zähneputzen, und ich hatte einen neuen Job. Lynn hatte Martijn und Silke den Bereichsleiter der Firma, mit dem sie just in diesem Moment in dessen Feriendomizil auf Teneriffa weilte.

So, als wolle der Herrgott zu mir sagen: »Hast du richtig gemacht, Emma. Du hast dem armen Sebastian aus seiner Lebenskrise geholfen, ihn dazu gebracht, etwas mit sich selbst anzufangen. Nicht böse sein, dass ich dir diesen Samariter-Dienst abverlangt habe, aber du warst genau die Richtige für diesen Job. Dafür hab ich dir den Jan geschickt – was du beinahe versaut hättest – und die neue Arbeitsstelle. Genieße es, du hast es dir verdient.«

»He, aber ich bin doch aus der Kirche ausgetreten.«

»Ja, aber nur, weil du dir die Kirchensteuer nicht leisten konntest. Die ist ja auch Nepp. Das meiste davon wird sinnlos verpulvert. Aber auf mich hört ja keiner.«

»Dass ausgerechnet du das sagst?«

»Ja, wer denn sonst? Ich habe den besten Überblick von hier oben.«

Da hatte er auch wieder recht. Schönen Dank auch.

Am nächsten Morgen – Mein letzter Arbeitstag! –, fand ich einen Zettel an meiner Windschutzscheibe, zusammen mit einer roten Rose. Sie war noch ganz frisch.

Guten Morgen, meine Sonne!
Einen schönen letzten Arbeitstag wünsche ich dir.
Ich vermisse Dich!
Dein Jan

Wie obersüß! Das war mein Jan. Gefühlvoll und spontan. Gerade deswegen liebte ich ihn. Liebte ich ihn? Oh ja, und wie!

Mein Autoradio versorgte mich mit seichtem Gute-Laune-Pop, und beschwingt nahm ich die Auffahrt zur Autobahn. Plötzlich überholte mich ein weißer Kombi, der Fahrer gab mir Handzeichen, scherte vor mir wieder ein und setzte den rechten Blinker, um auf den Autobahnparkplatz abzubiegen. Meinte der mich? Sollte ich ihm folgen? Polizei in Zivil etwa?

Aus dem Kombi stieg ein älterer Mann, der Bewegung nach hatte er es im Rücken und stakte zu mir herüber. Ich schaltete die Musik aus und öffnete das Fenster.

»Frollein, Ihr Hinterrad wackelt. Ziemlich sogar. Lassen se des ma in der Werkstatt nachsehen. Damit könnense nich weiterfahren.«

»Oh, tatsächlich? Danke für den Hinweis! Sehr aufmerksam!«

Während der kümmernde Verkehrsteilnehmer sich wieder in seinen Kombi schob und in den fließenden Verkehr einreihte, knirschte ich auf meinen Zähnen herum. Mein Hinterrad wackelte also.

Einen Seufzer ausstoßend fuhr ich weiter, diesmal ohne Musik. Vielleicht war ja ein Geräusch zu hören, das in meiner Fahrzeugbeschallung bisher einfach untergegangen war?

In der Tat, ein mahlendes Geräusch, ganz besonders in den Kurven. Und nicht nur hinten. Es kam von überall.

Werkstatt, Panik, Pleitegeier. Ich kannte das ja schon.

Bis ins Büro brachte mich die Schrottkarre noch, damit ich meinen großen Abschied nehmen konnte. Letzter Tag, Erinnerungsfotos, Sekt und Schnittchen, Abschiedskarten. Es war schon ein merkwürdiges Gefühl, nie wieder diese Firma zu betreten, nie mehr die vertrauten Gesichter zu sehen, aus dem vertrauten Fenster zu blicken, die vertraute Kaffeebrühe in der Kantine zu trinken. Schon komisch. Ich merkte auch, wie sehr ich mich innerlich bereits von der Firma verabschiedet hatte. Jedes Mal, wenn ein Kollege gegangen war, ein bisschen mehr. Vom alten Team, an dem ich so gehangen hatte, war sowieso nichts übrig. Den Ärger, die Intrigen, die Machtkämpfe und Dippels würde ich ja mit Sicherheit keine Sekunde vermissen.

Am Abend mahlte sich mein Auto dann Meter für Meter vorwärts und schrie nach einem Mechaniker. Im Schritttempo und mit eingeschaltetem Warnblinker bog ich schließlich erleichtert, es bis hierhin geschafft zu haben, in den Hof der Autowerkstatt ein. Der freundliche Herr im Blaumann kannte uns noch von unserer letzten Riesenreparatur.

»Na, woran fehlt's denn diesmal?« Er rieb sich die Hände und hatte zum Schein einen Lappen dazwischen.

»Weiß ich nicht. Der Wagen macht mahlende Geräusche, ganz besonders in den Kurven, und ein Hinterrad wackelt.«

»Könnte das Radlager sein.«

»Ist das teuer?«, bangte ich. Mehr als hundertfünfzig Euro durfte die Reparatur nicht kosten. Mein Konto war chronisch überzogen, und am Bankschalter hatten sie schon den Strick für mich aufgehängt.

»Kommt darauf an. Wenn´s nur eins ist, kommen Sie mit einem Hunderter davon.«

Er fuhr mein Auto auf die Hebebühne, besah es sich von unten, drückte hier, wackelte an den Rädern und kommentierte das mit einem »Hm.«

Kalt lief es mir den Rücken runter.

»Was ist es denn?«

»Also ... jedenfalls zwei Radlager ...« Er nestelte irgendwo am Unterboden herum. »Aber da läuft Öl raus. Dichtung oder Ölwanne! Außerdem sind die vorderen Stoßdämpfer fertisch, und mit denne Reife kriegen Sie Mordsprobleme.«

»Wieso, die Reifen sind doch noch gut. Die habe ich erst vor fünf Jahren oder so wechseln lassen.«

»Vor fünf Jahren?« Blaumann winkte ab. »Da hat ja meine Alte zu Hause mehr Profil, und die ... Na, egal. Mit denne Reife könnense auf jeden Fall nicht mehr fahren. Bei der nächsten Gelegenheit platzen die.«

»Machen Sie einen Kostenvoranschlag«, flüsterte ich resigniert. Ich brauchte mein Auto. Koste es, was es wolle. Waren Bankbeamte eigentlich bestechlich?

»Lassen Sie mich mal überschlagen ... Hm ... Dreihundert die Radlager, fünfzich das Ventil,

Vierhundert die Stoßdämpfer und sechzisch pro Reifen macht ...« Er holte seinen Taschenrechner und tippte wild darauf herum.

Unnötig. Das machte zusammen eine zumindest von mir unbezahlbare Summe.

»Das wären zusammen knapp tausend Euro. Bei der Karre würd ich mir aber überlegen, ob ich sie nich lieber verschrotten lasse. Das isse nich mehr wert.«

Das war der Todesstoß. »Wie lange kann ich mit dem Auto noch fahren, bevor es zusammenbricht?«

»Wennse mich fragen, fahrnse da besser gar nich mehr mit. Risiko zu hoch.«

»Danke, ich überleg es mir.« Er betätigte einen Schalter und die Hebebühne senkte sich herab.

Niedergeschlagen setzte ich mich hinter das Lenkrad und fuhr vom Hof.

Zu Hause angekommen ließ ich mich heulend auf einen Stuhl fallen. Und jetzt?

Just in dem Moment rief Jan an. Verzweifelt klagte ich ihm mein Stoßdämpferleid. Ob er nicht jemanden an der Hand hätte, der billig Autos reparieren könne? Hatte er nicht. Da blieb nur eins: Den Dispo bis ans Limit fahren und noch mehr Kontokorrentzinsen bezahlen. Rom wurde auch nicht an einem Tag erbaut, wieso sollte es mir da anders ergehen?

Jan tröstete mich und lud mich für abends zum Essen ein. Er versprach mir den leckeren Salat, den mit den Putenbruststreifen, dem Sherry-Dressing und der Kresse oben drauf, und zur Krönung des Abends würde er mich in den Schlaf streicheln. Oh ja, bitte, in den Schlaf streicheln. Schlafen, vergessen und kuscheln. Schön.

Goldene Zukunft

Zwei Wochen Urlaub bis zum Antritt meines neuen Jobs, dem Nichtstun frönen, faul rumhängen und Bücher lesen.

Mangels Auto fuhr ich mit dem Fahrrad einkaufen, zum Sport und auch sonst überall hin, was blieb mir anderes übrig?

Den Rucksack mit Einkäufen vollgepackt nahm ich den Heimweg in Angriff und trat verbissen in die Pedale. Der kalte Wind biss mir ins Gesicht, und ich träumte von heißem Badewasser mit Melisse und kalorienreichem Kakao. Jan würde zu Hause schon auf mich warten, das Badewasser einlassen und die Milch aufsetzen. Das hatten wir so abgesprochen. Und dann würde er zu mir in die Wanne steigen ...

Verdammt, es machte es keinen Spaß, bei minus drei Grad schutzlos den Wettergewalten ausgeliefert zu sein.

Zu Hause angekommen öffnete ich den Briefkasten. Ein Schwall Post fiel mir entgegen. Rechnungen. Mal wieder. Das Übliche. Telefon, Strom, Mietnebenkosten und ein Brief von Oma. Ich steckte alles unter den Arm und schwebte meinem Schatz entgegen. Es war ein schönes Gefühl, heimzukommen und ihn bei mir zu wissen. Obwohl Jan schon seit geraumer Zeit bei mir übernachtete, hatte ich noch nicht begonnen, das selbstverständlich zu finden. Sein Rasierapparat in meinem Bad, sein Aftershave neben meinem Parfum, sein Handtuch neben meinem, das alles war für mich immer noch etwas Besonderes.

»Hallo, mein Schatz. Ich habe dich vermisst«, begrüßte mich mein wunderschöner, begehrenswerter Mann. »Die Badewanne ist schon fast voll.«

Schockgefrostet brachte ich ein dankbares Nicken zustande und er führte mich ins Bad: vorgewärmte Handtücher, flackernde Kerzen, duftender Schaum und rauschendes Wasser. Wie wunderbar! Langsam taute ich auf.

Während Jan sich noch im Badezimmer zu schaffen machte, pellte ich mich aus Fleece-Shirt und Ski-Hose, die ich über die Jeans gezogen hatte. Dann nahm ich mir die Post vor. Oma fragte nach, ob ich noch lebte. Das schlechte Gewissen meldete sich sofort. Immer würgte ich sie am Telefon ab, und Zeit für Briefe hatte ich auch nicht. Schande, Weib! Gleich morgen würde ich ihr einen Brief schreiben!

Ich riss den nächsten Umschlag auf und seufzte. Schon wieder hatte ich versäumt, das Lotterielos zu kündigen. Der Inhalt las sich erwartungsgemäß wie immer. Gemäß Ihren Vertrag vom ... buchen wir zum ... von Ihrem Konto den Betrag x ab.

Moment, da stand noch etwas!

»Jan!« Fassungslos plumpste ich auf das Sofa.

»Was ist?« Mit einem Handtuch in der Hand trat er aus dem Bad zu mir.

»Komm her, schnell, setz dich!« Meine Hand zitterte, als ich ihn neben mich zog.

Das konnte nicht sein, das war ein Irrtum. Die hatten die Lose vertauscht oder sich geirrt.

»Was ist passiert? Du siehst ja aus, als hätte dich eine Büffelherde überrannt!«

»Ja, so ungefähr. Lies das.«

»Sehr geehrte Frau Weber, herzlichen Glückwunsch, mit großer Freude teilen wir Ihnen mit, dass Ihr Los 950 Euro gewonnen hat.«

Er ließ den Brief sinken, sah mich an, sah wieder auf das Schreiben.

»Du freust dich über 950 Euro als wären es zehntausend. Aber immerhin, haben und nicht haben. Glückwunsch.»

Wahnsinn! Gewonnen! War das zu fassen?

»Das ist die Autoreparatur«, flüsterte ich.

Jan nahm mich in den Arm. »Jetzt, wo du so eine gute Partie bist, willst du denn mit einem armen Schlucker wie mir noch in die Wanne?«

Vom Markt

Vier ungetrübte und aller Sorgen enthobene Monate später schlurfte ich eines schönen Morgens in unser Bad. Jan stand auf der Waage und versuchte gerade, sich durch Baucheinziehen leichter zu machen. Neugierig zwinkerte ich ihm zu. »Guten Morgen, mein Süßer, schon ausgeschlafen?«

Erschreckt zuckte er zusammen und hüpfte von der Waage. »Nicht gucken!«

»Wieso? Was wiegst du denn?«

»Verrate ich nicht«, zierte er sich.

»Du hast zu viel? Quatsch! Du bist genau richtig.« Ich umschlang seinen festen Körper von hinten und fühlte seine Bauchmuskeln unter meinen Händen.

»Einundachtzig Kilo.« Er jaulte gespielt auf. »Ab heute gibt´s nur noch Salat und Knäckebrot für mich. Für dich nicht, du bist nicht zu dick, für dich gibt es Rotwein, Salamipizza und Eisbecher.«

Der Kerl hat denselben Tick wie ich, dachte ich belustigt, der findet sich zu dick. Dabei war er absolut schlank, sehnig und mit einem Sixpack ausgestattet, von dem so mancher Mann träumen würde.

»Na, komm«, sagte ich. »Gehen wir frühstücken, damit du gestärkt bist für deine Diät.«

»Aber nur Obst und Kaffee«, bestimmte Jan, und ich willigte grinsend ein.

Frühstück in der gemeinsamen Wohnung. Ich war zum Platzen glücklich. Relativ schnell war unsere Suche erfolgreich gewesen, und kurze Zeit später hatten wir Wände angepinselt, Möbel zusammengeschraubt und ein schönes, breites Bett für uns beide gekauft. Dann waren wir eingezogen in unsere zauberhaften achtzig Quadratmeter mit Blick in die Rheinebene. Es gab nichts Schöneres, als morgens neben diesem Mann aufzuwachen und stundenlang mit ihm auf unserem dicken, roten Teppich zu sitzen, Wein zu trinken und zu erzählen, oder Sonnenuntergänge mit ihm auf unserer Terrasse zu genießen, oder ...

»Telefon.« Knirschend biss Jan in einen Apfel. Ich ging dem schwachen Klingeln nach und fand es im Bad, zwischen Haarspray und Rasierapparat.

»Weber?«

»Hallo, Freundin, Herzallerliebste, was machst du heute Abend?«, wollte Lynn wissen.

»Guten Morgen, liebste Freundin. Du, kein Plan, warte mal ...« Ich nahm das Telefon vom Ohr.

»Jan? Pläne für heute Abend?«

»Nicht dass ich wüsste!«

»Da hast du's gehört«, wandte ich mich wieder Lynn zu.

»Wollen wir uns heute Abend treffen? Es gibt Neuigkeiten.«

Einträchtig standen wir zusammen an der Theke. Von Samuel, unserem Lieblingsbarkeeper, bekamen wir Begrüßungsküsschen, rechts, links, und Riesling-Schorle wie in alten Zeiten. Ach ja, war das lustig gewesen, als hier kein Hintern sich unbeurteilt an uns vorbei schieben konnte. Ich vermisste es nicht. Es gab eben für alle Dinge seine Zeit.

Plötzlich stellte Samuel eine Flasche Sekt und zwei Gläser vor uns hin. »Nanu, wieso das denn, Samuel?«

»Frag Lynn«, blitzte er mich schelmisch an.

»Heute gibt´s keinen Sekt«, verkündete Lynn, »heute gibt´s Champagner. Wir haben etwas zu feiern. Etwas, das du noch nicht weißt.«

»Lass mich raten … Du heiratest!«

»Du hättest es mich wenigstens mal aussprechen lassen können«, schmollte Lynn gespielt.

»Man muss kein Prophet sein, um das vorher zu sehen. Du strahlst, Freundin.« Ich hob das Glas. »Auf das Leben, die Liebe und die Männer. Ist schon ein Termin festgelegt?«

»In drei Monaten. Ist das nicht schön? Alles schon geplant, na ja, so halbwegs wenigstens. Das Brautkleid näht meine Mutter. Und das Lokal ist auch schon ausgesucht. Ihr beide, du und Jan, seid selbstverständlich eingeladen. Wäre ja auch schlimm, wenn ich meine Trauzeugin an diesem Tag nicht bei mir hätte.«

»Deine Trauzeugin? Oh, ja, Danke! Ich freu mich total!« Ich stellte das Glas ab und drückte Lynn an mich. Als ich sie wieder losließ, wischte sie sich eine Träne aus dem Augenwinkel.

»Eine Frage, Lynn. Bist du etwa schwanger?«

»Noch nicht.« Sie zwinkerte mir zu. »Aber wieso noch lange warten, wenn alles klar ist?«

Da hatte sie auch wieder recht. Prösterchen.

»Und wann heiratet ihr, Emma?«, wollte sie wissen.

»Keine Ahnung ob und überhaupt«, lachte ich. »Immer langsam mit den Pferdchen. Jetzt sind wir erst mal zusammengezogen. Wer weiß, vielleicht bin ich eines Tages so weit. Vielleicht aber auch nicht.«

Vier von Vier

»Ich kann's immer noch nicht fassen. Der Martijn und die Lynn heiraten.« Jan hatte den Blick auf die Straße vor sich geheftet und setzte den Blinker, um von der Brücke nach rechts Richtung Ziegelhausen abzubiegen.

»Versuch, dich an den Gedanken zu gewöhnen. Du hast noch zehn Minuten, dann sind wir an der Kirche«, riet ich ihm.

»Findest du nicht, dass die Zeit irrsinnig schnell vorbei ging? Kaum haben sie sich auf einer Party kennengelernt – und wir auch, nebenbei bemerkt – und schon heiraten sie.«

Die Zeit schien zu galoppieren, und sie hatte eine Menge wunderschöner Erinnerungen hinterlassen. Die an das Mountainbiker-Treffen im Elsass beispielsweise. In einer Skihütte hatten wir zusammen mit einem Haufen sportbegeisterter Menschen drei Tage lang bis in die Puppen gefeiert, und in einer dieser Nächte hatten Jan und ich uns in dem uns zugeteilten, winzigen Bett aneinandergekuschelt und uns in die Augen gesehen, die Luft geschwängert von überschäumendem Gefühl und überfließenden Herzen. Zum ersten Mal hatte ich die Worte »Ich liebe dich« geflüstert, als wäre es das Natürlichste der Welt. Diese drei Worte waren die größte Wahrheit, die ich je ausgesprochen hatte.

Selbst jetzt, im Auto auf dem Weg zu Lynns Hochzeit, bekam ich noch feuchte Augen, wenn ich nur daran dachte.

Als das Brautpaar stolz über den roten Teppich schritt, erhoben wir uns ergriffen von den Kirchenbänken. Bei Lynns Anblick schossen mir die Tränen in die Augen – und das, obwohl ich vorher große Töne gespuckt hatte, so ein Kirchenzirkus ließe mich total kalt. Aber als ich in ihr Gesicht blickte, der Ausdruck darin so überaus glücklich und selig, und als ich sah, wie sie an Martijns Arm zum Altar schwebte, würdevoll und anmutig, da wurde mir so warm ums Herz, dass ich ein paar Tränen wegtupfen musste. Und dann noch ein paar mehr. Und dann musste ich mich geräuschvoll schnäuzen, obwohl es mir peinlich war. Welch ergreifender Moment. Zum Schluss heulte ich wie ein undichter Wasserhahn.

Jan drückte mir ein neues Taschentuch in die Hand. Danke, Liebster. Meine Packung hätte nicht einmal bis zum Jawort gereicht.

Ich konnte erst wieder aufhören zu heulen, als wir im Auto saßen und mit lautem Gehupe dem Hochzeitswagen hinterherfuhren.

Beim Sektempfang fiel mir Lynn um den Hals und wir heulten los. Zum Teufel, gerade, als ich mich wieder gefangen hatte. Nahm das auch wieder ein Ende?

Obwohl ich die Staffage nicht ausstehen konnte, die eine Hochzeitsfeier so mit sich brachte, musste ich zugeben, dass alles in einem sehr stilvollen Rahmen ablief. Die Hochzeitsgesellschaft wurde nicht an die üblichen L-förmigen Tische verteilt, die dann so genau die Hierarchie in der Hochzeitsgesellschaft abbildeten (je näher am Brautpaar, desto enger), sondern man gruppierte sich locker um viele runde Tische. Der Raum war geschmackvoll in Weiß und champagnerfarben gehalten. Die Band spielte moderne und tanzbare Musik, leicht jazzig. Wirklich gut.

Später hielt Lynns Vater die Hochzeitsrede. Ein Charakterkopf, den in Stein zu meißeln es wert gewesen wäre, ein Mann mit Charisma, seine Rede ging uns allen ans Herz. Sie war tiefgründig, lustig, er zielte auf Lynns Sturkopf und auf Martijns holländischen Dialekt ab. Die Gäste lachten und hörten doch die leichte Wehmut eines Vaters heraus, der seine Tochter an einen anderen Mann übergab.

Wir amüsierten uns königlich, auch als wir singen mussten, auch bei der verhassten Brautschuhversteigerung, auch, als die Spielchen mit dem Hochzeitspaar langsam albern wurden. Der Abend wurde später und so mancher Gast hielt sich beim Gähnen verschämt die Hand vor den Mund. Vereinzelt wurde noch zu langsamer Musik getanzt oder sich unterhalten. Einige waren bereits gegangen, und es herrschte allgemeine Aufbruchstimmung.

Ich nahm Lynn beiseite.

»He, Freundin, ich hab da noch was für dich«, zwinkerte ich ihr zu und drückte ihr einen dicken

Umschlag in die Hand. »Es ist eine kleine Geschichte, die ich für dich geschrieben habe. Sie heißt: Von einer, die auszog, das Lieben zu lernen. Damit du nicht vergisst, wie das war mit uns, mit den Männern ... und all das.«

Zum wiederholten Male schoss mir das Wasser in die Augen.

Lynn drehte den Umschlag in den Fingern. »Danke, Emma. Das ist ein tolles Geschenk. Wir hatten großartige Zeiten, wir beide.« Jetzt liefen auch bei ihr die Tränen.

»Und wir werden großartige Zeiten haben ... nur anders.«

»Ja, bestimmt. Wir treffen uns dann regelmäßig auf Kinderspielplätzen und ...«

»... und quetschen unsere Hintern auf Kindergartenstühle«, vervollständigte ich lachend ihren Satz.

»Ja, und abends lassen wir die Männer auf die Kinder aufpassen und gehen feiern. Nur wir Mädels. Wie früher.«

»Wie früher!«

Unerwartet legte sich von hinten ein Arm um meine Schulter.

»Brauchst du deine Jacke?«, fragte mein fürsorglicher Prinz. »Soll ich schon mal das Auto holen?«

»Nein, warte. Ich komme mit.«

Wir verabschiedeten uns von Lynn und Martijn, die jetzt zwar immer noch glückstrahlend, aber total müde wirkten, und kuschelte mich unter Jans Arm in die Kuhle, die wie für mich geschaffen war.

Zusammen gingen wir durch die klare Nacht zu unserem Wagen.

»So still?«, fragte Jan mich. »Nachdenklich oder übermüdet?«

»Beides«, seufzte ich. »Weißt du, ich glaube, mir ist da gerade etwas klar geworden.«

»Was denn?« Er blieb stehen und nahm mich in den Arm.

Neugieriger Kerl. Ich puffte ihm zärtlich in die Rippen und küsste ihn.

»Ich liebe dich«, hörte ich mich sagen.

Diese Worte entströmten direkt aus meinem Herzen. Und wieder überkam mich das Gefühl, dass sich etwas in eine Richtung entwickelte, auf die ich keinen Einfluss hatte. Doch dieses Mal fühlte es sich verdammt gut an. Ich begab mich in den gleichmäßigen und wohltuenden Strom diese Sensation, die man wohl Liebe nannte, und ließ mich von ihr tragen.

Es schien, als würde das Schicksal mir milde zunicken und sagen: »Siehste, Emma, du musst nur damit aufhören, dem Glück hinterherjagen zu wollen, dann kommen die Dinge von ganz alleine zu dir. So läuft das, nicht umgekehrt.«

Na, das hättest du mir auch mal früher sagen können, dachte ich und kuschelte mich an meinen Jan, der in diesem Moment meinen Mund mit einem sehr langen, sehr zärtlichen Kuss verschloss. Wohlige Schauer durchströmten meinen Körper und alle Hummeln dieser Welt überschlugen sich vor Freude in meiner Magengrube.

Jetzt endlich stimmt alles: Liebe, Gesundheit, der Job und das Geld.

Und zwar genau in dieser Reihenfolge.

Ende

Liebe Leser

Eine kleine Bitte zum Schluss …

Ich hoffe, Ihnen hat dieser Roman gefallen. Über Ihr Feedback würde ich mich sehr freuen, denn Ihr Feedback hilft nicht nur anderen Lesern, Neues zu entdecken, sondern auch mir, um nachvollziehen zu können, was aus Lesersicht in diesem Buch gefallen oder weniger gut gefallen hat. Nur so kann ich mich als Schriftstellerin weiterentwickeln. Darüber hinaus sind Ihre Erfahrungen, Erkenntnisse und Eindrücke als ehrliches Leser-Feedback eine immense Wertschätzung. Dabei müssen es nicht viele Worte sein.

Ich danke Ihnen bereits im Voraus, wenn Sie sich zwei bis drei Minuten Zeit nehmen und eine kleine Bewertung zum Roman bei Amazon verfassen.

Mehr zu mir finden Sie auf:
www.facebook.com/JoBergerAutorin
www.jo-Berger.com

Abonnieren Sie auch den Autoren-Newsletter und erfahren Sie so als Erster von Neuerscheinungen, Autorennews und exklusiven Buch-Gewinnspielen.

Die Autorin

Jo Berger lebt mit ihrem Mann und einer Tochter in der Metropolregion Rhein-Neckar. Seit 2016 schreibt sie als hauptberufliche Schriftstellerin Liebesromane, Krimikomödien mit einem Hauch Lovestory und amüsante Kurztexte aus dem Frauenalltag.

Die Leser lieben ihren Witz, der in keinem Roman fehlt. Denn wenn Jo Berger zu ihrer Feder greift, dann meist mit viel Humor und Herz. In ihren Romanen geht es um die ganz große Liebe, um Lebenslust, Glück und große Gefühle. Natürlich immer mit Happy End. Es geht um Frauen in den Achterbahnen des Lebens, um Traummänner, beste Freundinnen und Lebensträume.

Und eines ist garantiert: Lachen, weinen und seufzen, wunderbare Bilder im Kopf und große Gefühle. Ganz einfach Bücher, die sich wie gute Kinofilme vor dem inneren Auge abspielen und ein gutes Gefühl hinterlassen.